韓國古典文學 100

4

張翼星傳
金剛聚遊記
陰陽玉指環

編者
文學博士 金 起 東
文學博士 全 圭 泰

瑞文堂

● 차 례

張翼星傳　　11
金剛聚遊記　　95
陰陽玉指環　　165

책머리에

우리 古典文學을 현대화하는 방법에는 여러 가지가 있을 것이다. 우선 그 어려운 古文을 現代 綴字法으로 옮겨 독자들이 쉽게 읽도록 하는 방법이 그 첫째의 단계라고 생각한다.

이와 같은 고전문학의 現代化作業은 우리 學界에 꾸준히 진행되어 왔으나 현재 그 절반도 미치지 못하고 있는 實情이다.

현존하는 300여 편이나 되는 방대한 고전소설만 하더라도 현재 시판되고 있는 〈韓國古典文學全集〉에서는 40여 편만이 현대화되어 있을 뿐이다.

이에 우리는 현존하는 모든 고전소설을 현대 철자법으로 개편하되 원문에 충실하여 學的 價値가 있도록 하였고, 漢文小說은 번역하여 수록했으며, 독자의 편의를 위하여 어려운 漢字語를 노출시켰을 뿐 아니라 어려운 漢文語나 人名·地名 등 故事에는 脚注를 달았다.

부디 이 〈韓國古典文學〉이 많이 읽혀져 현대인이 가질 수 없는 우리 先人들의 인생관을 되찾아서 새로운 민족문학의 전통을 수립하는 데 이바지할 수 있다면 다행으로 여기겠다.

1984. 1.

編者 識

張翼星傳

〔해 설〕 張翼星傳

── 비교적 단순한 플로트의 무공담

　북송 당시 금릉(金陵)땅에 늦도록 자식을 얻지 못해 상제께 빌어 득남을 하니 익성(翼星)이라 했다. 익성은 5세가 되던 해 부친을 잃고 어머니와 문전걸식으로 세월을 보낸다. 한편 간신배들로 인해 국사(國事)가 어지러운 때 그는 어느 승상댁 후원에 쓰러져 낮잠을 자다가 채운(彩雲)이라는 왕승상(王丞相)의 딸에게 발견되어 일약 꿈 같은 출세 가도를 달리게 된다. 채운 아가씨와 작별하고 산사(山寺)에 들어가 도승의 교시를 받아 천자(天子)를 구출하러 나와 간신배 표진영(表鎭英)의 무리들을 평정한 댓가로 대원수(大元帥)가 되어 왕승상댁을 찾아 숙연(宿緣)을 이룬다. 장익성은 승상의 자리에까지 올라 부귀와 공명을 누리다가 왕부인과 선녀의 안내를 받아 천상에 올라 신선이 된다는 얘기이다.
　이 작품은 남녀의 결연담을 짤막하고 남녀주인공의 영웅적 무공담이 대강의 줄거리를 이루고 있는 전형적 영웅소설이다. 특이한 점은 여주인공이 남주인공을 상사(相思)끝에 가사로서 상사곡을 지어 병풍에 써붙여 두고 지정(至情)을 달랜다는 것이다.
　대부분의 영웅소설이 일부다처제의 입장에서 결연과정을 결구해 놓은 데 비하여 이 소설에서는 그런 면을 찾아볼 수가 없는 비교적 플로트가 단순한 것이 특징이다.

장익성전
張翼星傳

    北宋 順和時代에 金陵 땅에 고상한 사람이 있으되, 성은 張이요, 이름은 暎이라. 서한 시대 張子房의 후예로 勢窮力盡하여 초야에 은거하여 伊尹과 嚴子陵의 지취를 효측하여 농업과 어업을 힘쓰니, 家勢는 不貧하나 다만 슬하에 일점 혈육이 없기로 매양 슬허하더니, 일일은 장공이 부인 鄭氏와 더불어 작반하여 울울한 심회를 풀고자 하여 竹杖芒鞋로 후원 동산에 올라가 詩酒로 서회하다가, 풍경도 완상하며 산보로 이리저리 배회하다가 인간 영욕을 담화하더니, 장공이 부인을 향하여 추연 탄왈,
    「사람이 세상에 처하여 부귀 영화는 고사하고 자손이 번성함은 人倫上의 제일 경사어늘, 우리 年光이 반이 넘되 한낱 자식이 없으니, 先祖香火는 뉘라서 받들며 우리 사후엔 뉘라서 뒤를 따르리이까. 칠대 독자로 내

게 미쳐 선영 향화가 끊이게 되었으니, 어찌 망극하고 한심치 아니하리이까.」
하더라.

이때는 마침 춘삼월 망간이라. 동산 서원에 백화는 만발하여 울긋불긋하며, 전천 후당에 양류는 의의하여 푸릇푸릇하여 원근 산천을 단청하였는데, 花間蝶舞(화간접무)는 紛紛雪(분분설)이요, 柳上鶯飛(유상앵비)는 片片金(편편금)일새, 飛禽走獸(비금주수)는 춘흥을 못이겨 이리저리 雙去雙來(쌍거쌍래)라.

춘경 물색이 정 여차하매, 此處此景(차처차경)을 가지고 즐거운 사람이 보게 되면, 환환해해하여 興致(흥치) 일층 도도하겠고, 슬픈 사람이 보면 憂憂嘆嘆(우우탄탄)하여 愁懷(수회) 일층 증가할러라.

춘경과 수회로 말미암아 그렁저렁 종일 노닐다가 日落西山(일락서산)하고 月出東嶺(월출동령)일새, 낮같이 밝은 달빛을 띠고 돌아오다가, 장공이 부인 정씨를 향하여 왈,

「이 같은 花朝月夕(화조월석)을 매양 당하면 청년 시절에는 철없이 좋아만 하였더니, 쇠경 시대에는 무자함으로 그러함인지 비회를 억제치 못하겠도다.」
하는지라. 부인이 청파에 함루 대왈,

「우리 문중에 무자함은 다 첩의 박덕함이라. 五刑之屬(오형지속)에 無後莫大(무후막대)라 하오니, 그 죄 족히 내치옴직 하오되, 도리어 군자의 넓으신 덕택을 입사와 이같이 사랑하사 존문에 의탁하와 영화로이 지내오니, 그 은혜 白骨難忘(백골난망)이로소이다. 원컨대 군자는 法門道家(법문도가)의 窈窕淑女(요조숙녀)를 구하시어 취처하여 귀자를 얻으시면 七去之惡(칠거지악)을 면할까 하나이다.」

장공이 미소 답왈,

「부인에게 없는 자식이 타인을 취처한들 어찌 생남하

오리까. 이는 다 나의 팔자오니 부인은 안심하옵소서.」
하며, 장공이 시동을 명하여 주효를 내와 부인과 더불어
권커니 마시거니 一杯一杯 復一杯로 서로 위로하며 마신
후에 취흥을 못 이겨 각기 침소로 돌아오니라.

 부인이 이날 밤에 잠을 이루지 못하여 輾轉反側하다가,
적막한 빈 방에 홀로 독좌하여 비회를 등촉에 붙여 이리
생각 저리 생각 곰곰이 생각하다가, 옛적에도 무자한 사
람이 하늘에 정성을 드려 득남한 사람이 있으니, 나도 자
식 발원하여 보리라는 마음이 불 일듯 하여 날 새기를 기
다리더니, 의외에 장공이 내당으로 들이치시거늘, 정부
인이 장공을 대하여 여쭈오되,

「옛적 사람도 자식을 빌어 득남한 이가 많사오니, 첩
도 고인의 자취를 밟을까 하나이다.」

장공이 청파에,

「부인 말씀 같으면 세상에 무자할 사람이 있사오리까.
그러한 허튼 말씀은 다시 하지 마옵소서.」

하거늘, 부인이 또 여쭈오되,

「古言에 하였으되, 정성이 지극하면 至誠이 感天이라
하였으니, 명산대천에 가서 지성으로 기도하여 得男發
願이나 하여 보면, 天地神明이 혹시 감동하사 일개 동
자로 점지하와 후사를 이어 조선에 죄를 면할까 하나
이다.」

장공이 부인의 정성스럽게 간곡히 勸勉함을 感應하여
왈,

「부인의 말씀이 감격하오니 意向대로 하사이다.」

하며, 금전을 준비하여 즉시 행장을 수습하여 떠난 지 여
러 날 만에 南岳山에 도착하니, 이때는 마침 춘삼월 호

시절이라.

　원근 산천을 두루 돌아본즉, 산은 첩첩 천봉이오, 수는 용용 만회일새, 산 첩첩 수 중중한 가운데로 점점 들어가니, 黃鶯(황앵)은 길을 인도하는 듯하며, 청학 백학은 지저귀며 좌석을 지정하며 반겨 영접하는 듯하며, 琪花瑤草(기화요초)는 향기를 토하여 接賓(접빈)하는 듯하니, 진실로 이곳은 別乾坤(별건곤)이 여기로다 하며 점점 깊이 들어가니, 山影(산영)이 수려하여 기이한 암석이 전후 좌우에 나열하였더라.

　폭포수에 목욕하고 상상봉에 올라 삼층 제단을 정결히 건축하고, 주야로 부부가 정성을 다하여 하느님께 百日祈禱(백일기도) 발원하고 집에 돌아온 후에, 혹시 하느님이 감동하사 은택을 내리실까 바라고 부부가 서로 위로하여 담화하더라.

　이날 밤에 정부인이 원로 행려의 노독으로 인하여 困疲(곤피)함으로 안석에 의지하여 잠간 졸더니, 非夢似夢間(비몽사몽간)에 紅衣童子(홍의동자)가 남천으로부터 침실에 완연히 들어와 부인을 향하여 재배하여 왈,

　「소자는 천상 翼星(익성)으로 득죄하여 옥황상제께옵서 塵世(진세)로 放黜(방출)하시매 所行無處(소행무처)라. 갈 바를 알지 못하여 두루 서설타가, 마침 남악산 신령이 귀댁으로 지도하기로 이에 왔사오니, 복원 부인은 어여삐 여기사 용납하심을 바라나이다.」

하며 품속으로 들거늘, 놀라 깨어 보니 一場春夢(일장춘몽)이라. 부인이 내심에 헤아리되,

　「천지신명이 감응하사 귀자를 점지하신가.」

하여 喜不自勝(희불자승)하여 장공을 청하려 할 즈음에 마침 장공이 내당으로 들어오거늘, 부인이 장공을 대하여 몽사를

자세히 말하니라. 청파에 장공이 웃음을 머금고 가로되,
「내 역시 몽사가 이와 방불하니 참 이상한 일이로다.」
하며, 시비를 명하여 주효를 내와 부인과 더불어 일배일배 부일배로 권커니 자커니 마신 후에 취흥을 띠고 즐기다가, 과연 그달부터 태기가 있음을 알고 胎中衛生과 교육을 성심 실행하여 산월을 기다리더니, 세월이 유수 같아 십삭이 차매, 일일은 운무 자욱한 중에 오색 채운이 집을 둘러싸며 향기가 진동하는지라.

이때 정부인이 내렴에 상서로운 일인 줄 알고 心獨喜自負하여 옥노에 분향하고 小學 內則篇을 열람하다가 昏迷中에 일개 옥동을 탄생하였거늘, 장공이 대희하여 부인을 향하여 치하하고 새로이 즐겨하더라.

아이가 점점 자라 삼세에 이르매 얼굴은 관옥 같고 풍채가 늠름하여 杜牧이 다시 나고 關長이 부생한 듯, 울음소리가 웅장하여 어른을 놀래는지라. 장영이 즐거움을 이기지 못하여 몽사를 생각하고 이름을 翼星이라 하다.

나이 오세에 이르매 일일은 장영이 勸學하여 왈,
「우리 아들 익성아, 아비 교훈을 들으라. 세상에 좋은 것이 문학 밖에 또 있느냐. 주야로 권하니 근근 공부하여 세사문장 통달 빛난 일과 부귀공명 남자업을 성현 사업의 본을 받고, 요순 임금의 도덕과 孔孟 聖賢 학문 효칙하면, 生員 進士 뉘가 할꼬. 壯元及第 네가 하지. 謝恩肅拜 다한 후에 玉笛花童 앞세우고 觀光諸人이 칭찬할 제, 장안 대도 횡행하니, 위엄과 명망이 혁혁하고 세상 영욕이 너뿐이라. 翰林學士 玉堂하고 到門 잔치 네가 하며 左右捕將 一品位에 자맥 홍산 등양하 제일등 충신 몸이 되고, 사시 음양 순조하여 만

성 인민 다스릴 제, 인민들은 칭송하고 초목까지 굽힐 적에, 늙은 부모야 이 아니 즐거울소냐. 이렇듯이 영귀함이 글공부에 더 있느냐. 어여쁘다 장익성아, 글공부에 힘을 쓰라. 이내 권하는 말을 들어라. 고금 현인 뜻을 알려고 공부할 제 董仲舒(동중서)는 십년 문밖에 아니 나왔고, 李太白(이태백)은 십년 강산 맞아 하였고, 蘇秦(소진)은 鬼谷先生(귀곡선생) 만나 십년 自顧(자고)하였고, 예관은 상투를 풀어 복고개 달아 주야 졸지 않고, 둥근 목침 잠 깨기는 司馬光(사마광)의 글공부라. 이와 같이 삼년 숙독하여야 다 통달하니라. 一覽輒記(일람첩기) 顔淵(안연)도 권권 수학하여 있고, 사동학사 東方朔(동방삭)도 잠시 책을 아니 놓고, 주야 근근 공부하였었다. 충성 효도 군자 사랑 공맹같이 힘쓰라. 아비의 경계 잊지 말고 때로 학문을 읽어라.」

이같이 공부시킴으로 한자를 가르치면 열자를 통하니, 오래지 아니하여 모를 것이 없는지라. 장영이 희불승함을 비할 데 없더니, 苦盡甘來(고진감래)요 興盡悲來(흥진비래)는 인간의 상사라. 박복한 장영이 이같이 귀자를 두었으니 어찌 長久(장구)하리오. 홀연 득병하여 점점 위중하매 살지 못할 줄 알고 부인과 익성을 불러 손을 잡고 눈물을 흘려 왈,

「우리 부부가 偕老(해로)하다가 죽게 되었으니, 피차 섭섭한 마음 없거니와, 다만 익성이 장성하여 성례 후에 재미를 못 보고 黃泉客(황천객)이 되오니 가슴에 맺혔도다. 부인은 익성을 잘 길러 조상 향화를 받들게 하옵소서. 구천 타일에 부인의 은혜를 치하하오리다.」

말을 마치매 기운이 맥맥하더니 인하여 명이 진하거늘, 부인이 익성을 안고 천지 망극하여 모자가 발을 굴러 통곡하며 初終凡節(초종범절)을 지성으로 차려 선산에 안장하고 새로

이 슬퍼하더라.

장례 후 가세가 영치하여 촌락에 다니면서 밥을 빌어다가 朝夕奠(조석전)을 극진히 지내더니, 불과 수년에 기한을 견디지 못하여 모자가 서로 붙들고 통곡 기절하다가, 겨우 인사를 차려 겨우 고연을 받들고 선산 묘에 안장하고 모자가 서로 통곡하고 하직하니 천지가 아득하여 동서남북에 어디로 향할꼬. 날이 점점 저물매 모자가 손을 잡고 걸식차로 촌촌 전진하여 다니니라.

각설, 이때 천자가 덕화를 베풀어 천하 태평하더니, 순화 십삼년 추구월에 천고성이 남천에 진동하고 일월이 無光(무광)한지라. 이러므로 천자 근심하사 조서를 조정에 내려 길흉을 평론하라 하시니, 조정이 紛紜(분운)하여 황황하더니, 大都督(대도독) 蘇月岩(소월암)이 주왈,

「일월이 붉은 것은 국가에 큰 변이 온지라 성언치 못하거니와, 천고성이 남천에 진동하오면 조정에 소인이 있사와 篡逆之心(찬역지심)을 품고 南蠻國(남만국)과 더불어 同心合力(동심합력)하여 謀反(모반)하는 뜻이오니, 각 읍에 조서를 내려 병기를 수습하옵소서.」

言未畢(언미필)에 左丞相(좌승상) 表鎭永(표진영)이 주왈,

「대도독 소월암의 말이 요망하와 인심을 요란케 하옴이로소이다. 태평 시절에 병기를 수습하오면 이는 위로서 민심을 동케 함이오니, 먼저 소월암을 베어 각 읍에 회시하와 민심을 안돈케 하옵소서.」

소월암이 주왈,

「황상 표진영의 말이 도시 참소로소이다. 옛날 요순 같은 성현도 사흉의 변을 만나옵고, 漢高祖(한고조)는 영웅 군자로되, 백동에서 욕을 보았사오이다. 그러한 태평 시절

이로되 그러한 변을 당하였사오리까. 표진영의 말이 전혀 誣訴(무소)이오니, 황상은 깊이 살피옵소서.」

상이 猶豫未決(유예미결)하오시고 양인을 물리치시더라. 승상 표진영은 본래 칠형제로 용력이 으뜸이요, 부귀 권세가 조정에 제일이라. 표진영의 동생 제일은 鎭德(진덕)이니 冀州刺史(기주자사)요, 제이는 鎭學(진학)이니 蘇州刺史(소주자사)요, 제삼은 鎭玉(진옥)이니 黃州刺史(황주자사)요, 제사는 鎭伯(진백)이니 翼州刺史(익주자사)요, 제오는 鎭國(진국)이니 左翼大將(좌익대장)이요, 제육은 鎭摠(진총)이니 驃騎大將(표기대장)이라. 이러하므로 천하에 그 권세를 당할 자 없고 국권을 임의로 농락하니, 만조 백관이 다 승상 표진영의 말이면 바람을 쫓아 쓰러지는지라. 표진영이 찬역지심을 품고 조정을 먼저 시험코자 하여 사슴을 가리키며,

「저것이 사슴이 아니냐.」

만조 대왈,

「말이로소이다.」

하거늘 대도독 소월암과 元帥(원수) 黃秋慶(황추경)과 護衛大將(호위대장)의 제삼인이 의논 왈,

「승상 표진영이 사슴을 가리키며 말이라 하면 백관이 다 말이라 하니, 이는 반드시 찬역지심을 두고 먼저 조정의 마음을 시험함이니, 이를 장차 어찌하리오. 국가의 큰 근심이라, 어찌 분하고 망극하지 아니하리오. 명천은 하감하옵소서.」

하고 축수할 뿐일러라.

황제가 천축병으로 신기 불평하사 식음을 전폐하시고, 병세 만분 위중하신지라. 슬프다, 도시 천운이라 어찌하리오. 일어나지 못할 줄 아시고 승상 표진영을 불러 하조하사 왈,

「짐의 천명이 만한된 것 같으니, 한때 빌기 어려운지라. 東宮(동궁)이 어리고 국사가 분분하니 경은 충성을 다하여 사직을 받들고, 周公(주공)이 成王(성왕)을 업고 조회받던 일을 효칙하여 사직을 받들라.」

하시고 인하여 붕하시니, 황후 태자를 안고 애통하시매 창천은 담담하고 일월은 무광하더라. 조정이 흉흉하고 만민이 천지를 부르짖더라.

국상이 난 지 구개월 후에 명당을 택하사 능을 모시고, 그 후로는 승상 표진영이 거짓 칭병하고 밀서를 닦아 진국 진총을 주어 왈,

「네 형에게 전하라.」

하고, 또 한 봉 글을 주며 왈,

「너는 남만국에 들어가 남만왕을 보고 여차여차하되, 천하를 통일한 후에 이십년 조공을 감하여 줄 뜻으로 약속을 정하고 빨리 다녀오라.」

하니, 진국과 진총이 승상께 하직하고 길을 떠날새, 진총은 기주로 가서 형 진덕을 보고 편지를 전하고, 또 소주로 가서 형 진학에게 전하며, 승상의 말대로 일장 설화하고 황주로 가서 제 형 진옥을 보고 들인 후에 기병할 일을 재촉하고, 또 익주로 가서 제 형 진백을 보고 약속을 정한 후에, 답장을 재촉하여 가지고 황성으로 올라와 승상께 드리니라. 진국은 남만국에 들어가 남왕을 보고 편지를 전한 후에 약속을 정하고 답장을 받아 가지고 주야 배도하여 승상께 드리니라.

각설, 이때 장익성의 모자가 걸식차로 촌촌 걸식하여 흉산하에 이르니, 한 노인이 목에 걸었던 염주를 주며 왈,

「일후에 나를 찾아 이리로 오면 네 소원을 이루리라.」

하고 가거늘, 익성이 고이히 여겨 염주를 살펴보니 문채 찬란하고 푸른 구슬 열 두 개를 차례로 끼었거늘, 기이히 여겨 가지고 정처없이 수년 만에 昆州(곤주) 땅에 이르니, 차시 익성의 나이 십오세라. 한 곳에 다다르니 朱欄華閣(주란화각)이 반공에 표일하고 풍경 소리가 崢嶸(쟁영)하거늘, 모자가 후원에 올라가 구경하더니, 이때는 마침 삼월이라. 춘일은 조요한데 모란화 밑에 앉았더니, 익성이 잠이 깊이 들었거늘 부인이 생각하되,

「日落西山(일락서산)하고 산촌에 연기 나니 내가 내려가 밥을 빌어 오리라.」

하고 잠든 익성을 깨우지 않고 내려오니라.

이 댁은 王丞相宅(왕승상댁)이요, 이름은 王素敦(왕소돈)일러라. 소년등과 하여 벼슬이 승상위에 거하였으되, 자식이 없음으로 조정을 하직하고 고향에 내려와 부인 魏氏(위씨)와 더불어 무자함을 매양 슬허하더니, 千萬意外(천만의외)로 부인이 태기가 있어 십삭이 차매, 하루는 운무 자욱하며 향내 진동하더니 부인이 해복하는지라. 공중에서 선녀 내려와 옥병에 향수를 기울여 아기를 씻기고 부인에게 일러 왈,

「이 아기가 천상 선녀로서 翼星眞人(익성진인) 선관과 연분이 중하옵더니, 그 선관이 상제께 득죄하옵고 인간에 적거하오매, 그 연분을 진세상에 맺고자 하여 부인께 점지하오니, 귀히 길러 천정을 어기지 말라.」

하고, 공중으로 완연히 올라가는지라. 부인이 혼혼중 이 말을 듣고 아기를 보고 일변 낙심하여 승상을 청하여 이 말을 이르고 남자 아님을 한탄하시더라. 점점 자라매 이름을 採雲(채운)이라 하다.

세월이 유수 같아 채운의 나이 십륙세라. 女工才質(여공재질)과

針線紡績이 천하에 쌍이 없고, 겸하여 莊姜의 색과 姙姒의 덕을 가졌으매, 승상이 더욱 사랑하사 택서하기를 널리 하시더라.

이때 소저가 초당에서 성서를 읽다가 자연 곤하여 서안을 의지하여 잠깐 졸더니, 비몽사몽간에 춘광에 몸을 의지하여 후원에 올라가니, 한 떨기 모란화 밑에 청룡이 알 십이개를 품고 누웠거늘, 자세히 보니 용의 이마에 뚜렷이 썼으되, 大元帥兼 金紫光祿太侯라 하였거늘, 용이 소저를 보고 입을 반만 열고 소리를 지르며 중문으로부터 들어오거늘, 놀라 깨니 南柯一夢이라.

마음에 의아하여 시비를 물리치고 후원으로 가 보니 아무것도 없고 모란화 밑에 일위 소동이 누웠으되, 의복이 남루하고 때가 줄줄이 맺혀 그 醜鄙함을 칭량치 못할러라. 그러한 중에서 자세히 본즉 미간에 江山精氣가 은은히 솟아나고 흉중에 萬古興亡을 품었으며, 백호가 밤을 물고 암상에 누웠는 듯, 청룡이 如意珠를 물고 벽해에 굽히는 듯, 십이 염주를 안고 누운 형상이 청룡이 알을 안고 누운 듯하거늘, 소저가 마음에 놀랍고 정신이 황홀하여 쇄금단 저고리를 벗어 낯을 덮고 십이 염주를 빼앗아 치마에 싸 가지고 들어오니라.

익성이 잠을 깨어 모로 돌아누우며 보니 예 없던 옷이어늘, 놀라 일어나려 한즉 쇄금단 저고리로 낯을 덮고 염주를 가지고 중문으로 급히 들어가거늘, 익성이 일변 생각한즉,

「정녕 왕승상댁 소저라. 무슨 연고로 쇄금단 저고리를 주고 염주를 가져가는고. 내 쫓아가 그 연고를 물으리라.」

하고 일어나니 마침 황혼이라. 바로 쫓아 들어가니 중문이 열렸거늘, 일곱 중문을 찾아 들어가매 인적이 고요하고 촛불이 비치거늘, 반겨 문 틈으로 들여다보니 소저가 홀로 책상을 의지하여 앉았거늘, 완연히 문을 열고 들어가니 소저가 놀라 몸을 돌려 앉으며 왈,

「네 어떠한 아이인데 내 방에 외람히 들어오느냐.」

익성이 공손히 대왈,

「소저의 방에 들어온 죄 萬死無惜이옵거니와, 잠간 문자올 말씀이 있나이다.」

소저가 음성을 나직이 하여 꾸짖어 왈,

「무슨 소회가 있어 묻고자 할진대, 대명 천지 밝은 날 十目所視에 묻는 것이 당당히 옳거늘, 이 밤에 내 방에 임의로 들어옴이 고히하도다. 내 마땅히 승상께 고하여 죄를 입힐 것이로되, 인명이 지중하기로 용서하나니 돌아가 덕행을 닦으라.」

하니, 익성이 단정히 앉으며 대왈,

「소저께옵서 죽을 죄를 용서하옵시고 나가라 하시니 不勝惶恐하옵거니와, 아까 후원 모란화 밑에서 소생이 기한에 골몰하와 잠간 잤더니, 소저께옵서 무슨 연고로 쇄금단 저고리로 염주를 바꾸어 오시나이까.」

소저가 대왈,

「그는 말할 것이 아니라, 마침 후원에 갔다가 그 염주를 본즉 평생에 못 보던 바라, 사랑하기로 남의 것을 가져옴이 불가하여 저고리로 바꾸어 온 바라. 그 말이 더욱 외람하도다.」

익성이 일어 앉으며 왈,

「소저께옵서 그 염주를 사랑하와 가져오실진대, 손에

걸고 오시거나 목에 걸고 오실 것이어늘 하필 치마에 싸 가지고 오심은 어찌된 연고뇨.」

소저가 부끄러워 아미를 숙여 왈,

「그는 총망중이라 그리 하였거니와, 알지 못하겠구나. 이 밤에 내 방에 들어와 묻는 뜻은 어인 연고뇨.」

익성이 대왈,

「소저께옵서 이리 묻자오니 황공하옵거니와 쇄금단 저고리가 남자에게 불가하옵기로 소저께 도로 드릴까 하여 들어왔나이다.」

소저 대왈,

「그는 그렇지 아니하도다. 남의 것을 가지리오. 一言(일언)以蔽之(이페지)하고 저고리를 가져가라.」

하니, 익성이 대왈,

「그리 분부 마옵소서. 아무리 도로에 걸식하는 인생이오나 쓸데없는 염주를 주고 쇄금단 저고리를 가져가라 하시니, 소저께옵서는 소생을 천지간에 버릴 사람으로 대접하거늘, 무단히 남의 저고리를 가지리이까. 소생이 아무리 걸인이오나 소저의 재물을 탐하와 이 방에 들어옴이 아니어늘, 소저께옵서는 이렇듯이 하시니 소생의 신세를 생각하오매, 자연 슬픈 마음을 금치 못하리로소이다. 더우기 후원의 모친께옵서 밥을 빌어 가지고 와서 소생을 찾을 터이옵고, 저고리는 不當之物(부당지물)인고로 도로 소저께 전하옵고 가오니 만세 무양하옵소서.」

일어나 절하고 문을 열고 나오니, 소저가 이 말을 듣고 놀라 일어나며 왈,

「다시 묻자올 말씀이 있사오니, 노를 그치고 잠간 들어오시옵소서.」

익성이 문밖에 서서 대왈,

「소생은 미천하온 인물이오매, 처음에 무식한 마음으로 소저의 방에 들어감을 절절이 뉘우치거늘, 어찌 다시야 외람히 들어가오리까. 무슨 말씀인지 분부하옵소서.」

소저 생각다 못하여 문을 열고 나와 장생을 대하여 왈,

「이렇듯 하오니 규중 여자의 행실이 아니로되, 잠간 방으로 들어오시면 진정을 설화할 것이오니, 용렬하온 말을 혐의치 마옵소서.」

장생이 대왈,

「어찌 걸인을 이렇듯 경대하시나이까. 실로 황공하여이다.」

소저 대왈,

「규중 여자로서 부모의 명령 없이 외인을 대하여 이렇듯 수작하오니 만사무석이오나, 또한 천지도 부모 일체라. 하늘이 정하신 배필을 부모신들 어찌하시리오. 아까 과연 한 몽사를 얻자오니 여차여차하옵기로 시비를 물리치고 후원에 나가 보니 모란화 밑에 그대가 잠이 깊이 들어 자기로 생각하온즉,「하늘이 군자를 지시하시도다.」하와 그 염주를 치마에 싸 가지고 저고리를 벗어 낯을 덮으니, 그 용이 입을 벌리고 소리를 지르며 뒤를 쫓아 중문으로 들어오기로, 중문을 닫지 아니하였삽더니, 과연 그대가 들어왔사오니, 또한 천정이라. 군자는 깊이 생각하와 저고리를 가져다가 신물을 삼아 요망한 이내 일신을 저버리지 마옵소서.」

익성이 황공 감사하여 왈,

「소저께서 이 미천하온 인생을 미천타 아니 하고 이같

이 정담을 하옵시니 감격하옵거니와, 소생이 소저의 침소로 들어옴은 다른 뜻이 아니오라, 금번에 소저를 못 보고 가오면 만날 기약이 망연하기로, 소저를 보고 피차 신을 저버리지 아니할 생각으로 언약하고 가자 하와 들어왔나이다.」

소저 대왈,

「그대 모친이 후원에 계시다 하오니 시비를 보내어 모셔올까 하나이다.」

장생이 대왈,

「모셔오면 어찌 하시려 하나이까.」

소저 대왈,

「군자 가신 후에 함께 있을까 하나이다.」

장생이 대왈,

「그러하오면 모자 이별될까 하나이다.」

소저 왈,

「이별은 되오되, 그대 분주함은 없을 것이니 쾌히 허락하옵소서.」

장생이 대왈,

「소저께옵서 이같이 관대하와 잔명을 구제코자 하시니 그 은혜는 난망이옵거니와, 그리 하오면 이 밤을 터 이별될까 하나이다.」

소저 대왈,

「일후에 모친을 뵈오려 하시거든 후원으로 오시면 모친을 종종 뵈오리니, 조금도 염려 마옵시고 잠간 병풍 뒤로 숨으소서.」

장생이 생각하되 그리 하면 노모의 신세가 편안할 듯하여 왈,

「그리 하옵소서.」
하고 몸을 병풍에 감추니라. 소저 등촉을 밝히고 먼저 모부인의 침소에 들어가니 부인 왈,
「종일 근친을 신칙하다가 잠을 못 자면 정신이 손상하나니, 어서 네 방에 가 자라.」
하시니, 소저가 사양하고 내렴에 생각하되,
「권도로 모부인을 잠간 속이리라.」
하는 꾀를 얻은 후에 위부인께 고하여 왈,
「어떤 백발노인이 길을 잃삽고 운다 하오니 정히 불쌍한지라, 시비로 하여금 데려다가 잔잉한 세도 구제하옵고, 또한 신 초당이 요적하오니 벗이나 삼고자 하여 모친께 고하나이다.」
부인이 소저를 위하여 허락하거늘, 소저가 즉시 시비를 명하여 후원에 갔다오니라. 차시 정부인이 밥을 빌어 가지고 와서 익성으로 찾으니, 익성은 간 데 없고 밤은 점점 깊어 가는지라. 익성을 부르며 간간 기절하더니, 뜻밖에 시비가 나와 이르되,
「부인이 아들을 잃고 저러하시매 우리댁 소저께옵서 불쌍히 아셔 부르시니 가사이다.」
부인이 감히 영을 거역치 못하여 시비를 따라 초당에 들어가니, 소저 영접하여 예필 후에 소저가 정부인이 아들을 잃고 슬퍼하는 말을 듣고 왈,
「부인은 울음을 그치소서. 玉胤(옥윤)은 내일이면 볼 것이니 마음을 진정하옵소서.」
하고 진수성찬을 많이 내어 놓고 권하니 부인이 익성을 생각하매 먹을 마음이 없으되, 소저의 강권함을 마지 못하여 먹은 후에, 소저 청하여 왈,

「나와 함께 내 방에 있어 세월을 보내심이 어떠하시나이까.」
부인이 대왈,
「소저가 구제하는 은혜는 난망이로되, 자식을 찾지 못하였사오니 난처하여이다.」
소저 대왈,
「내일이면 옥윤을 만나 보려니와, 보신 후에 나와 함께 있고자 하나니이까.」
부인 왈,
「자식을 찾은 후 제 말을 듣고 그리 하오리이다.」
하거늘, 소저 시비를 명하여,
「모시고 네 방으로 가서 편안히 취침케 하라.」
하고 부인께 고왈,
「내 금야부터 모시고 싶으나 내 몸이 편치 못함으로 시비 방으로 모시오니 허물치 마옵소서.」
부인이 사례하고 시비를 따라가니라.
소저가 장생을 인도하여 당상에 앉히고 왈,
「부인을 모셔다가 아직 시비 방으로 처소하옴은 군자도 들었삽거니와, 금야에는 군자 있사온고로 내일부터 모시려 하나니, 조금도 염려치 마옵소서.」
장생이 일어나 절하고 그 은덕을 치사할새, 소저 주찬을 내어 청동 화로에 불을 불렬하게 데워 놓고, 잔을 잡고 술 가득히 부어 장생에게 권하여 왈,
「우리 처음 만난 인사 술이오니 받으소서.」
장생이 또한 잔을 잡고 술을 부어 소저께 권하여 왈,
「이 술은 소생의 회사주이오니 사양치 마옵소서.」
소저가 받아 놓고 왈,

「규중여자로서 어찌 술을 먹사오리까.」
장생이 대왈,
「소저는 주인이요 소생은 객이온지라, 손은 주인의 술을 먹고 주인은 손의 술을 먹지 아니하니 불안하여이다.」
소저가 마지 못하여 술을 마시고 그 잔에 또 술을 부어 들고 눈물을 흘리며 왈,
「첩이 칠세에 사주를 본즉 칠년 공방에 십이자를 두리라 하옵더니, 지금 생각하온즉 그 말이 옳을까 하나이다. 이 술은 情杯酒(정배주)오니 잡으소서.」
장생이 또한 그 잔에 술을 부어 소저께 권하여 왈,
「이는 소생의 정배주오니 받으소서.」
소저가 받아 놓고,
「여자에게 술이 부당하오되, 군자께옵서 人事酒(인사주)로 주옵시매 마지 못하여 먹었삽거니와, 이번 술은 정이 아니라 도시 군자의 春心(춘심)을 동하게 하였사오니 부끄럽소이다.」
장생이 참괴함을 머금고 대왈,
「사세 비록 그러하오나 송죽 같은 절개를 잠간 굽혀 허락하소서.」
소저가 잠간 웃고 대답치 않고 새로이 인연을 맺을새, 鷄鳴聲(계명성)이 사람의 심장을 놀래는지라. 장생이 소저의 손을 잡고 위로 왈,
「모친을 소저께 부탁하옵고 떠나오니 일신을 편안케 하옵소서.」
소저가 정신을 차려 의롱을 열고 진주 투심한 지환 한 짝을 장생께 드려 왈,

「일로 첩의 신물을 삼아 가련하온 일신을 버리지 마옵
시고 빨리 와서 찾으소서.」
　장생이 눈물을 흘려 옷깃을 적시며 받아 가지고 점두
개탄하니, 소저가 장생의 의복 한 벌과 은자 백냥을 주
며 왈,
「일시 노비나 보태옵소서.」
　장생이 받아 놓고 왈,
「쇄금단 저고리를 가져가고 싶으나 방향 없이 유리하
올 터인고로 두고 가오니 혐의치 마옵소서.」
　소저가 왈,
「낭군께옵서 널리 생각하옵소서. 이내 일신을 가긍히
여기사 저버리지 마옵소서.」
　장생이 대왈,
「이는 소생에게 할 말이 아니라 소저께옵서 한낱 누추
하온 몸을 생각하옵시고, 바라옵건대 모친을 모시고 귀
체를 보중하옵소서.」
하고 일어나며 왈,
「금일에 모자 상봉케 하옵소서.」
하고 술을 먹은 후에 눈물로 이별을 전하고 나오니, 소
저가 기운이 막혀,
「안녕히 가옵소서.」
할 따름일러라.
　장생의 소매를 붙들고 중문에 나가니 동방이 밝고 인적
이 왕래하는지라. 후원 모란화 동산에 나아가 모친을 기
다리더니, 이때 소저가 장생을 이별하고 바로 승상 양위
침소에 나아가 문안하고 시비 방으로 나와 정부인께 문
안하고 함께 초당에 돌아와 가로되,

「나가 옥윤을 찾아 보고 즉시 들어오시옵소서.」

정부인이 허락하고 중문 밖 후원에 올라가니 익성이 기다리는지라, 만나서 손을 잡고 하룻밤 그리던 정을 불쌍히 여겨 함께 있자 하고 간청하거늘, 익성이 복지 애걸 왈,

「소자 이 길로 형산에 들어가 염주 주시던 노인을 찾아 학업을 이루고자 하오니, 모친은 이 댁 소저와 함께 있사와 세월을 보내고 계시옵소서. 종종 와서 모친을 뵈올 것이니 불효함을 하렴치 마옵소서.」

부인 왈,

「내가 여기 있고 네가 소원을 이루고자 하여 만류하진 못하거니와 늙은 어미를 종종 와 보고 가라.」

하시니, 익성이 재배 하직하고 형산으로 향하니, 정부인이 익성을 보내고 초당에 들어오니 소저가 요거하여 문왈,

「옥윤을 만나 보셨나이까.」

부인 왈,

「보았나이다.」

소저가 또 문왈,

「떠나면서 무엇이라 하더이까.」

부인 왈,

「소저께서 애휼하시는 덕을 복축하옵고, 저는 형산으로 가노라 하더이다.」

소저가 다시 묻지 아니하고 다른 말씀으로 위로하며 세월을 보내더라.

이때에 익성이 모친을 하직하고 여러 날 만에 남악 형산에 다다르니, 염주 주던 노인이 먼저 와서 기다리더

라.

　　익성을 보고 반겨 문왈,

「모친은 어떠한고.」

　　익성이 재배 대왈,

「노인의 河海之德(하해지덕)을 입사와 근주 왕승상 집에 여차여차하와 모친을 모셔 두고 노인께 치하하고자 하여 왔나이다.」

　　노인이 웃어 왈,

「네가 나를 따라가고자 하느냐.」

　　익성이 대왈,

「감히 청하지 못하옵거니와 진실로 원하는 바이로소이다.」

　　노인이 익성을 데리고 형산을 떠나 남악산을 향하여 산문에 다다르니, 청의동자가 나와 맞아 절하고 익성을 인도하여 산으로 나갈새, 청의동자 雲山曲(운산곡)을 노래하여 장생을 위로 왈,

「萬壑千峯(만학천봉)*은 첩첩이 높아 있고 青青綠海(청청녹해)는 양양히 깊어 있다. 천고 후 이 산중에 애오수지 무궁이라. 登東皐而舒嘯(등동고이서소)하고 臨清流而賦詩(임청류이부시)로다. 산천 경개 좋거니와 담담 풍경 그지없다. 우우 일흥 못 이기어 짚은 막대 자로 놀려 독라 청풍 그늘 속에 오락가락 바라보며 동서남북 산천들을 배회 일망하여 구경하매, 원산 근촌 두세 집에 창창 묘연 잠겼도다. 三山半落(삼산반락) 청천이 어디메뇨, 二水分中(이수분중) 여기로다. 무심한 저 구름은 취수봉봉 떠 있고, 有意(유의)하다 저 갈매기는 금수 청산에 왕래한다. 黃山谷(황산곡)이 어디메뇨. 七年初志(칠년초지) 여기로다. 영척은 소뿔

─────────
＊만학천봉: 첩첩이 겹쳐진 깊고 큰 골짜기와 많은 산봉우리.

에 책을 걸었다. 孟浩然(맹호연)은 나귀를 몰아 두지 보랴 하고, 白樂天(백낙천)은 비파성에 푸른 한삼 젖어 있고, 張騫(장건)은 승사하여 은하에 올라갔고, 呂洞賓(여동빈)은 高尚其志(고상기지)하여 혼머리 친 바가 되었고, 孟東野(맹동야)는 성품이 강개하여 얼음을 익히고, 諸葛亮(제갈양)은 익주 그림을 벽상에 걸어 놓고 산중에 은신하였다가 목적을 달하였거니와, 나는 이 산중에 들어와 大志(대지)를 어찌 이루지 못할소냐. 時來豊豊(시래풍풍) 藤王閣(등왕각)으로 나도 응당 목적을 달하겠지.」

하고 노닐면서 산중 풍경을 구경하여 보리라.

「萬壽山(만수산) 구름 속에 草屋柴門(초옥시문) 특별하다. 송풍 과원에 거문고를 빗겨 놓고, 청계 폭포를 북삼아 속정을 다 버리고 흥에 겨워 노닐 적에 黃庭經(황정경) 손에 들고 자지곡 노래 부르니, 商山四皓(상산사호) 몇일런고 나와 네 신세, 姑蘇城外(고소성외) 寒山寺(한산사)에 夜半鍾聲(야반종성)이 웬일인고. 금산사에 경쇠 자는 저 노승아, 三清世界(삼청세계) 極樂殿(극락전)에 人道還生(인도환생)하려고 아미타불 관세음보살 정성스럽게 외는구나. 古今歷代(고금역대) 분명하니 옛 사람 생각하매, 주나라 때 姜太公(강태공)은 渭水(위수)에 고기 낚고, 은나라 때 伊尹(이윤)은 산야에 밭을 갈고, 傅說(부열)은 부암에 담을 쌓는다. 나 같은 장익성은 무슨 일로 이 산중에 숨었느냐. 고금 영웅 문장을 역력히 세어 보니 萬世芳名(만세방명)을 끼쳤은즉, 대장부 사업이 다를소냐. 이 아니 그때이며 그 아니 장익성인가.」

노래를 그치고 장생이 동자에게 사례하고 첩첩 운무를 헤치고 들어가니, 山明水麗(산명수려)*하여 별건곤이 여기러라. 한 곳에 이르니 삼간 초당이 정결한 가운데 다만 노인과 동자뿐일러라. 노인이 동자를 명하여 익성을 영접하여 禮(예)

＊산명수려 : 산수(山水)의 경치가 아름다움.

畢坐定한 후, 석반을 재촉하며 장생을 데리고 고금 역사를 강론할새, 별로 모를 것이 없는지라. 노인이 稱讚不已하며 만인 대적할 학술을 가르칠새, 孫吳兵書 六丁六甲과 呼風喚雨와 遁甲藏身法과 天文地理며 萬古興亡勝敗之理를 교수하니, 익성이 노인을 모시고 공부를 힘쓰더라.

　차시 승상 표진영이 기주 소주 황주 익주와 남만왕의 답서를 보고 이날 밤 삼경에 率家逃走하여 여러 날 만에 기주에 다다르니, 자사 표진덕이 승상 오심을 알고 마중 나와 영접하여 당상에 좌를 정하고, 이날부터 군사와 병기를 수습하여 승상을 南宋皇帝라 推戴하고 진덕은 스스로 大元帥가 되어 진국으로 後軍大將을 삼고, 삼천기를 거느려 승상을 옹위하게 하고, 진총으로 先鋒將을 삼아 십만 대병을 거느려 남방을 쳐들어가게 하고, 소주자사 표진학은 자칭 副元帥 되어 黃率英으로 후군대장을 삼아 삼천군을 거느려 옹위하게 하고, 嚴正泰로 선봉을 삼아 팔십만병을 거느려 동방을 짓쳐들어가고 황주자사 표진옥은 자칭 대원수 되어 葛公淡을 후군 대장으로 삼고 陣珠月로 선봉을 삼아 오십만병을 거느려 북방을 짓쳐들어가고, 기주자사 표진덕은 대원수 되어 黃秀天으로 후군대장을 삼고 禹鐵通으로 선봉을 삼아 정병 백만을 거느려 동방을 짓쳐들어가고, 겸하여 남만왕 平秀淡이 일등 명장 變胡鐵 具伯陵 骨春臺 삼장과 기병 팔십만과 보병 십만을 보내어 남송황제를 옹위하니, 그 형세가 철통 같은지라, 뉘 능히 대적하리오. 지나는 곳마다 항복치 않는 이 없더라.

　화설, 이때 황후 태자를 데리고 주야로 슬퍼하시며 조

정에 충신이 적고 간신이 많음을 근심하시더니, 불구에 南關長(남관장)이 장계를 올렸으되,

「승상 표진영이 남만왕을 달래어 일등 장수 상인과 제 동생 진덕 진국 진총 등을 거느려 남방을 일합에 탈취하옵고 황성을 침범코자 하오니, 복원 황후 폐하는 명장을 조발하와 방비하옵소서.」

하였거늘, 황후 태자를 안고 장문을 보시고 대경하사 백관을 모아 의논하실새, 또 西關長(서관장)이 장계를 하였으되,

「익주자사 표진백이 십만 철기를 거느려 서방을 일합에 무찌르고 황성을 침범코자 하오니 급히 방비하옵소서.」

하였거늘, 보시기를 마치지 못하여 또 北關長(북관장)이 장계를 올렸으되,

「황주자사 표진옥이 대병을 항복받고 황성을 침범코자 하오니 급히 정병을 조발하여 막으소서.」

하였고, 또 東關長(동관장)이 글을 올렸으되,

「소주자사 표진학이 백만 철기를 거느려 동방을 수합에 무찌르고 황성으로 향코자 하오니 살피옵소서.」

하였더라. 황후와 태자가 大驚失色(대경실색)하사 왈,

「이는 하늘이 망케 하심이라.」

하시며 문무 제신을 모아,

「경 등은 묘책을 생각하여 흉적을 방비하라.」

하시고 仰天嘆息(앙천탄식)하시니, 만조 백관이 황공하여 의논 왈,

「사면으로 쳐들어오니 그 형세 태산 같은지라. 승상 표진영의 칠형제와 남만삼장을 어찌 당하리오.」

하고 의론이 분분하더라.

이때 도독 소월암과 부원수 황추경과 호위대장 姜義齋(강의재)

복지 주왈,

「선제 계실 때에 천변이 있으매 오늘날 이런 변이 있을 듯하기로, 표진영을 의심하옵고 주달하옵기를 여차여차하오면 신하 중에 반드시 인군을 꾀하는 자 있사오니, 미리 제어하옵소서 하되 선제 유예미결하시더니, 이러한 변이 났사온즉 국가의 대환이온지라, 신 등이 평생의 힘을 다하여 죽을지라도 自願出戰하와 흉적을 치고자 하오나, 조정이 표진영의 당이올 뿐더러, 신 등 삼인이 각각 일지병을 거느리고 동서남북을 막자 하오나, 북적을 막을 자가 없사온즉, 신 등이 출전하온 후에 만일 북적이 황성을 침범하오면 대환을 면치 못할지라, 그것을 근심하나이다.」

황후가 태자를 안고 하조하사 왈,

「그러할진대 일찍이 항복하느니만 같지 못하다.」

하시고 통곡하시니, 천지가 참담하고 일월이 무광하더라.

삼장이 머리를 두드리며 복지 주왈,

「사세 그러하오나 어찌 적류에게 무릎을 꿇어 항복하오리이까. 마땅히 사대문을 굳게 닫고 천명만 기다리옵소서. 창천이 비록 높으시나 살피심이 소소하옵시니, 하늘이 송나라를 망케 하실진대 성내 배성이 다 영웅명장이라도 어찌할 수 없삽고, 만일 하늘이 흥복케 하실진대 자연 명장이 나오면 흉적을 쓸어 버릴 것이오니, 도시 흥망이 하늘에 있사오니 천명만 기다리사이다.」

황후 마지 못하사 허락하시니, 삼장이 물러나 즉일에 정병 오십만을 조발하여 각각 동서남북 사대문을 지키게 하고, 삼장은 匹馬單騎로 巡城하여 문을 신칙하며 하늘

께 빌어 왈,

「명천은 하감하사 송을 흥복케 하옵소서.」

축수하고 탄복하여 왈,

「명장을 인도하옵소서.」

할 따름일러라.

각설, 이때 장익성이 노인을 따라 남악산에 들어가 칼 쓰기와 말 타기며 六韜三略(육도삼략)을 공부할새 불과 일년이라. 노인 왈,

「네 나이 십오세에 와 있은 지 십삭이로되 인간에는 오년이라. 네 나이 이십이 되었고 또한 국가 흥망이 조모에 있으니 빨리 나아가 흉적을 소멸하고 국가를 받들되, 표진영의 칠형제 용맹이 너의 적수니 부디 경적치 말라. 또 남만국 청병장 삼인은 挾泰山(협태산)하고 而超北海(이초북해)할 근력을 가지고, 구름을 헤치고 바람을 쫓아 공중에 오르는 용맹을 겸하였으니 삼가 조심하라.」

하시고 가기를 재촉하시니, 익성이 대왈,

「흉적을 쓸어 버리고자 하오나 尺寸之兵(척촌지병)이 없사오니 어찌하오리까.」

노인 왈,

「하늘이 너를 내시매 어찌 護身之物(호신지물)을 아니 내었으리오. 천기를 누설치 못하나니 바삐 길을 떠나라.」

하시니, 익성이 다시 여쭈오되,

「선생님은 어느 때에 다시 보오리까.」

노인이 왈,

「내 별호는 천상에 駱駝老人(낙타노인)이라. 만일 급함이 있으면 내 너를 찾을 것이요, 그렇지 아니하면 타일에 천상에서 만날 것이니 그리 알고 길을 떠나라.」

익성이 재배하고 동자를 이별하고 산문을 바라보고 나오더니, 홀연 한 짐승이 소리를 천둥같이 지르며 산문 밖으로 뛰어 달아나거늘, 익성이 놀라 몸을 수풀에 의지하고 보니, 빛이 가을 물결 같고 눈이 일월 같으며 광채 찬란하고 천연히 말 같거늘, 선생의 말씀을 생각하고 나아가 소리를 높여 왈,

「너는 萬里靑驄말이면 어찌 금릉 땅 장익성을 보고 반기지 아니하느냐.」

그 짐승이 고개를 들고 이윽히 보다가 굽을 허위고 소리를 지르며 응하는 듯하거늘, 그제야 나아가 갈기를 만지며 목을 매어 끌고 오되 조금도 요동치 않는지라. 바로 형산하에 다다르니 운무 산상에 자욱하거늘, 익성이 고히 여겨 말을 송정에 매고 올라가니, 한 용이 반석에 서려 누웠다가 익성을 보고 소리를 지르며 달려들거늘, 놀라 그 용을 주먹으로 치니, 용은 청천으로 올라가고 용 누웠던 반석 위에 금자로 쓴 궤가 있으되,「대도독 대원수 겸 금자광록태후라. 금릉 장익성은 개락하라.」하였거늘, 익성이 일변 고히 여기며 일변 반겨하여 그 궤를 열고 보니, 갑주투구와 팔척 장검과 구척장창이며 玉勒金鞍이 들었거늘, 자세히 보니, 금자로 썼으되, 黃金雙鳳투구와 龍鱗保身甲이며 三台秋光劍과 七星長槍이라 하였는지라.

익성이 대회하여 내려와 옥륵을 말머리에 씌우고, 자금안장을 지어 타고 갑주투구와 창검을 말 다리 밑에 간수하고 馬革을 떨치니, 말이 고개를 들어 청천을 바라보고, 구름을 헤치며 날고자 하는 형상이라. 연하여 말이 만리 장강이며 천리 태산이 눈앞에 번개같이 지날새, 형

산서 곤주가 칠천팔백여 리일러라. 바로 황성으로 향하니라.

차설, 왕승상이 택서하기를 널리 할새, 소저가 이 기별을 듣고 급히 승상 양위전에 나아가 복지 주왈,

「전일에 한 꿈을 얻자온즉 여차여차하옵기로 후원에 가 보매, 어떠한 아이가 용의 알을 응하와 십이 염주를 안고 자기로, 생각에 하늘이 지시하심인가 하여 진주 투심 한 짝으로 십이 염주를 바꾸어 왔사오니, 소녀의 배필은 진주 투심 한 짝을 가진 사람이 천정이오니, 불초한 여식의 굳은 뜻을 위하여 구혼치 마시고 부모 슬하에 길이 온전케 하옵소서.」

승상이 이 말을 듣고 대경하여 소저의 손을 잡고 눈물을 흘리며 왈,

「내 딸 채운아, 이것이 어인 말이냐. 우리 혈육이 다만 너뿐이라. 내 눈으로 어진 사위를 구하여 말년에 영화를 볼까 하였더니, 네 말이 이렇듯 하니 걸인인들 영웅 군자가 없을소냐마는, 浮雲踪跡(부운종적) 같은 아이를 어찌 찾으랴. 생각컨대 내 생전에 너를 성취하여 너의 부부의 鴛鴦之樂(원앙지락)을 보지 못할 듯하니 늙은 아비 마음이 간절히 슬프도다.」

소저가 눈물을 머금고 승상을 위로 왈,

「안심 진정하옵소서. 몹쓸 여식이 부모의 명령 없이 죄를 지었사오니 만번 죽사와도 오히려 죄가 남을 터이옵되, 부친께옵서 죽이지 않고 용서하실 뿐더러 이렇듯 비창하여 하옵시니, 황공하와 아뢰올 말씀이 없삽거니와, 그 아이 모친이 소녀와 함께 있사오니 수이 돌아와 찾을 듯하도소이다.」

승상이 이 말을 듣고 일변 반겨 문왈,

「부인에게 물어 보고 싶으나 남녀간 체통이 있은즉, 네가 들어가 어떠한 사람이며, 고향과 성명이 무엇이며, 나이가 몇이며, 언제 온다 하더뇨. 자세히 물어 늙은 아비의 마음을 진정케 하라.」

소저가 다시 여쭈오되,

「일전에 들은 말을 문답하다가 물어 본즉, 고향은 金^금陵^릉이고, 張素衡^{장소형}의 칠대 독신으로 내려오며, 아들의 이름은 익성이옵고, 나이는 십오세라 하오며, 그 부친은 죽사옵고, 지향없이 걸식차로 다니오니 어디로 간 줄 모르되, 제 말이 형산으로 가노라 하며, 빨리 돌아와 모친을 상면할 줄로 언약하옵고 갔다 하더이다.」

하는지라, 승상이 黙黙不答^{묵묵부답}하시다가 왈,

「부재다언하고 일후 익성이 오거든 부디 나를 보게 당부하여라.」

하시니, 소저가 惶恐不答^{황공부답}하고 물러가는지라. 승상이 슬픔을 머금고 외당으로 나아가시니, 위부인이 소저의 등을 어루만지며 탄왈,

「네가 어려서부터 성현의 글을 배워 고인의 행적을 效^효則^칙하여 족히 군자에 비길지라. 어찌하여 규중에서 이러한 일이 있느냐. 자고로 군자가 때를 만나지 못하면 초야에 곤궁하나니, 그 아이 미천하다 함이 아니라 예로부터 요조숙녀의 행적을 배우면서도 이같이 하면 오장이 변하여 그러하니라. 몹쓸 것아 늙은 부모가 불쌍하지도 아니하냐. 네 심장이 바뀌었느냐, 수이 죽을 우리 신세를 생각하여라.」

하시고, 소저를 안고 길이 탄식하는 이유는 소저의 심장

이 변하여 죽을까 염려함이라.

소저가 눈물을 거두고 모친을 위로 왈,

「소녀의 不肖不敏하온 죄를 용서하옵시고 죽을까 염려하와 이렇듯 하옵시니 황공하옵거니와, 하늘이 영웅을 지시하옵고 后土神靈이 소녀를 인도하와 언약을 맺게 함이어늘, 어찌 심장이 변하여 망극하온 부모의 은덕을 저버리고 생각지 아니하오리까. 복원 부친께옵서는 슬픈 마음을 거두시고 다른 말씀으로 여식의 마음을 편케 하옵소서.」

하며 모부인의 過哀하심을 못내 황공히 여겨 초당으로 들어와 長嘆不已하더라. 승상부부 이후로는 택서하기를 그치고 익성이 오기를 기다리더라.

소저가 독수공방 홀로 앉아 장생을 기다릴새, 오늘이나 소식을 들을까 내일이나 만나 볼까, 이별한 지 벌써 오년이라. 이러저러 생각하다가 相思曲을 지어 병풍에 걸었으되,

「天地玄黃 개벽 후에 日月盈仄 되었도다. 천지는 남녀 되고 일월은 음양 되어, 사시를 분간하고 오행을 지었으니, 雲霧蔽空하고 風雨開江하였도다. 강산이 深高하고 수파가 개용되어, 인간이 생긴 후에 오륜이 밝았도다. 君義臣忠 남자사를 여자도 대강 알고, 권도로 부모를 잠간 속였으나 어찌 父子之孝道를 모를소냐. 어른 공경과 아이 사랑을 차례로 익히 알며, 교제에 신을 두니 朋友有信이 이 아닌가. 그중에 부부 있건만 모를 것이 이별일세. 百行之源 뉘 말인고 萬福之源 모르겠네. 父唱婦隨 떳떳한 법을 나는 어이 못하는고. 정월 보름 망월일에 풍년 잠간 점쳐 보고, 부모 효양하

는 끝에 夫婦有別(부부유별) 생각하니, 창해같이 깊은 뜻과 태산같이 굳은 언약, 저 달같이 밝은 마음 수이 볼까 기다리니, 음용이 적막하고 소식이 돈절하다 가련타 망월시에 장랑은 어디 간고, 二月祭享 寒食時(이월제향 한식시)에 금산봉을 새로 보고, 부모 효양하는 뜻을 부부유별 생각하니, 춘풍같이 새로운 뜻과 하일같이 밝은 언약, 창해같이 슬픈 마음 수이 볼까 기다리니, 음용이 적막하고 소식이 돈절하여, 가련타 한식시에 장랑은 어디 간고. 삼월 초삼일에 燕子(연자)가 날아오는 것을 잠간 보니, 부모 효양하온 끝에 부부유별 생각하니, 꽃과 같이 붉은 뜻과 잎새같이 푸른 언약, 호접같이 질긴 마음 수이 볼까 기다리더니, 음용이 적막하고 소식이 돈절하여, 가련타 踏靑時(답청시)에 장랑은 어디 간고. 남풍 사월 석가여래 誕降時(탄강시)라. 漢江水(한강수)에 거북 나고 崑崙山(곤륜산)에 봉이 울어, 분벽사창 빈 방 안에 안개 구름 검은 날을 草露人生(초로인생) 살펴보니, 壽筵行樂(수연행락)을 만나 千門萬戶(천문만호) 등을 달아 山呼萬歲(산호만세) 하는구나. 光風霽月(광풍제월) 넓은 천지 鳶飛魚躍(연비어약) 노닐 적에 玉窓櫻桃(옥창앵도) 붉었으니 怨情婦(원정부)의 이별일세. 松柏楊柳(송백양류) 긴긴 나무에 높이 높이 매여, 綠衣紅裳(녹의홍상) 소년들은 오락가락 추천하네, 우리 장랑 추천시절 모르시나. 炎天六月(염천유월) 流頭日(유두일)에 사람마다 목욕하며, 날이 더워 못 견디어 松亭綠陰(송정녹음) 찾아가네. 나도 머리 빗고 옥난간에 앉았으니, 천금 맹세 간절하여 쌍행 눈물 절로 나니, 一千肝臟(일천간장) 萬端愁心(만단수심) 더욱 답답하여 슬프도다. 우리 장랑 유두시절 모르시네, 孟秋(맹추) 明霞(명하) 칠월절에 乾坤有限(건곤유한) 새롭더라. 峨嵋山月(아미산월) 밝은 달과 梧桐秋夜(오동추야) 긴긴 밤에 오락가락 빈 방에 무슨 일로 잠 못 자노. 烏鵲(오작)은 은하수에 내려와 牽

牛織女(우직녀) 왕래하네. 우리 장랑 어디 가고 칠석날이 가긍하다. 仲秋望月(중추망월) 팔월절에 경가백로 회인시라. 蕭蕭落木(소소락목) 秋聲中(추성중)에 百萬穀(백만곡)이 豊登(풍등)하다. 蟋蟀鳴聲(실솔명성) 수심 돕고 鴻雁(홍안) 울음 반갑도다. 우리 왕손 가신 후에 돌아올 줄 모르시나, 여기저기 곳곳마다 伐木香火(벌목향화)하는구나. 우리 장랑 어디 간고, 추석절을 잊었는가. 추구월 금풍절에 만학천봉 단풍 드니 꽃이 핀 듯 반갑도다. 蕭蕭黃林(소소황림) 君子恨(군자한)과 蕭瑟斑竹(소슬반죽) 湘君(상군)의 눈물일세. 이내 신세 생각하니 추월공방 더욱 섧다. 매월관산이 어디메뇨, 의본 전키 어렵도다. 우리 장랑이 어디 간고, 구일날이 가긍토다. 그달 그믐 다 지나고 시월이라 天馬日(천마일)에 무정 일월 얼마나 긴고. 서산낙일하고 월출동령하니 이마 위에 손길이오, 한벽 잔등 상대하니 베개 위에 눈물일세. 이별 맹세 어인 일고 천고지후 아득하다. 찾으소서 찾으소서, 우리 장랑 상봉할 줄 잊었는가. 그달 그믐 다 지나고 지월이라 동짓날에, 가지가지 눈이 맺혀 이화같이 열렸더라. 한낱 해가 새로 나고 온갖 초목이 무색이라, 정인군자 의복착면이나 하였는가. 엄동북풍 참도 차다, 이리 생각하니 無主一身(무주일신) 가련하다. 찾으소서 찾으소서, 우리 장랑 동짓날을 잊었는가. 그달 그믐 다 지나가고 납월이라 際夕日(제석일)에, 홀연 일모 어언간하니 가련 금일 더욱 섧다. 암하처에 종거하며 명하처에 종내려고. 일년 삼백육십일이 오늘 밤뿐이로다. 팔자청산 두 눈썹에 털끝마다 수심일세. 찾으소서 찾으소서, 우리 장랑 제석일인 줄 잊었는가. 화신이 동창하니 경일년지 춘광일러라.」

선시에 익성이 칠천팔백여 리를 수일 만에 득달하여 승

상대 후원으로 나아가니, 이때 마침 정부인이 아들을 생
각하고 후원에 올라가 모란화를 만지며 슬퍼할 즈음에 익
성이 올라오니, 모자가 붙들고 그리던 정회를 말씀할새,
부인 왈,

「너를 보내고 나만 이 댁에 있어 소저의 망극한 은혜
를 입어 錦衣玉食(금의옥식)으로 지내매 몸은 편하나, 너의 사생
을 몰라 주야로 사모하더니 오늘날 모자 상봉하니 어
찌 즐겁지 아니하리오.」

익성이 복지 왈,

「소자가 모친을 떠나와 수월 만에 형산으로 가서 노인
을 만나 남악산에 들어가 오년을 의탁하여 공부하옵고,
돌아오는 길에 듣자온즉, 좌승상 표진영의 칠형제 남
만국과 더불어 동심 모반하여 황성을 침범코자 하오매
국가 위태함이 조석에 있다 하오니, 모친께옵서 들으
셨나이까.」

부인 왈,

「내 들은 지 오래되 자세한 사실은 알지 못한다.」

하는지라, 익성이 황황히 일봉서를 모친께 드려 왈,

「이 글은 소저의 은혜를 치사함이오니, 부디 남이 모
르게 소저에게 전하옵소서. 소자는 선생의 명을 받자와
급히 가오니, 복망 모친은 안녕히 계시옵소서.」

부인 왈,

「본댁 승상이 너를 보려고 하신 지 오래니, 승상을 상
봉 후에 가는 것이 좋을까 하노라.」

익성이 대왈,

「뵈옵고 가는 것이 옳사오되, 시각이 바쁘오니 후일에
봉행하오리다.」

인하여 하직하고 떠나가니, 부인이 슬픔을 머금고 수이 돌아옴을 당부하더라.

익성이 모친을 위로하고 길을 떠나 바로 황성으로 향하니라.

부인이 편지를 품고 초당에 들어가 소저를 보고 왈,

「자식 익성이 후원에 왔삽기로 모자 상봉하였나이다.」

소저 내심에 반기오되 용색을 천연히 하여 왈,

「그간에 어디를 갔다 하더이까.」

부인 왈,

「남악산에 들어가 천상 낙타노인을 만나 의탁하였노라 하더이다.」

소저 왈,

「지금 후원에 있나이까.」

부인 왈,

「내 저에게 말하기를, 「승상이 너를 기다리시니 가서 뵈옵고 가라.」 하온즉, 제 말이 「선생의 명을 받자와 황성으로 가오매 시각이 급하옵기로 回程(회정)할 길에 승상께 뵈오려 하며, 소저의 은덕이 하해 같은지라, 치하코자 하여 편지를 주고 가더라 하옵소서」 하며 일봉 서간을 전하기로 받아 왔나이다.」

소저 듣기를 다하매 울적한 심사를 정치 못하여 편지를 받아 놓고 왈,

「어느 때나 회정한다 하더이까.」

부인 왈,

「제 말이 돌아올 기약을 정치 못하노라 하더이다.」

소저 슬픔을 금치 못하여 묵묵부답하매, 부인이 밖으로 나가니, 소저 그제야 편지를 개탁하니 하였으되,

「장익성은 삼가 글월을 왕소저 좌하에 올리옵나니, 이별 후 오년에 승상 양위를 모시고 평안하신지 몰라 답답하오며, 소생은 도로에 신세가 평안하오니 다행이오며, 또 소생으로 하여금 천금지신을 굽혀 모친을 극진히 대접하신다 하오니, 그 은혜 실로 난망이로소이다. 그 사이 그리웁던 말씀이야 어찌 다 형언하오리까. 화조월석에 항상 일렴이 슬픈 심사를 걷잡지 못하리로소이다. 지금 국가에서 표진영의 난을 당하와 만분 위태하다 하옵기로 소저로 더불어 정회를 펴지 못하옵고 떠나니, 천행으로 흉적을 쓸어 버린 후 즉시 올 것이니 그 사이 玉貌貴體(옥모귀체)를 보중하와 소생을 기다리옵소서. 정담은 무궁하오나 一筆難記(일필난기)라, 시각이 급하옵기로 그만 그치옵나이다.」

하였거늘, 소저가 견필에 두 눈에서 눈물이 비 오듯 하여 옷깃을 적시며 탄왈,

「어찌하여 이 몸이 생겼는고.」

절절이 슬퍼하여 천행으로 흉적을 물리치고 돌아오기를 축수하더라.

차설, 이때 익성이 주야 배도하여 楊州(양주) 강변에 다다라 사공을 불러 배를 재촉하여 타고 건너갈새, 어떤 동자가 선두에 서서 배를 저으며 노래하여 왈,

「배 대어라, 배 대어라, 영웅 충신 실었도다. 돛 달아라, 돛 달아라, 황후 태자 근심한다. 배 저어라, 배 저어라, 국가사직 위태하다. 배 저어라, 황성이 아득하다. 돛 달아라, 돛 달아라, 가실 길이 천리로다. 배 부쳐라, 배 부쳐라, 군자지심 급하도다. 닻 주어라, 닻 주어라, 보국충신 갸륵하다. 배 매어라, 배 매어라, 반적 진

영 양양하다. 배 매어라, 배 매어라. 흉적흉적.」
하는지라, 익성이 고이히 여겨 언덕에 내려 묻고자 할 제 문득 간 데 없거늘, 그제야 선동인 줄 알고 물을 향하여 무수히 사례하고 말을 재촉하여 바로 황성으로 향하니라.

각설, 이때 승상 표진영의 친형제 사면 팔방으로 쳐들어오되 감히 나아가 막을 자 없는지라. 황후 태자를 데리시고 앙천 탄식 왈,

「뉘라서 도적을 물리치고 사직을 안보하리오.」
하시며 길이 애통하시니, 성안이 흉흉하고 조정이 분분하여 어떻게 할 줄 모르매, 만조 백관이 조회를 전폐하고 새로이 의논 왈,

「천운이 불행하여 흉적이 이렇듯 짓쳐들어오니, 백관과 장안 백성을 승상 표진영에게 비컨대 범의 입에 한 덩이 날고기라. 어찌 적은 것으로 큰 것을 당하며 약한 것으로써 강한 것을 당하리오. 항차 승상이 승전하고 제위에 오른 후에는 내응치 아니하였다 하고 죄를 줄 것이니, 자고로 권도 있는지라. 우리도 권도로 하여 대도독 소월암 등과 황후 태자를 잡아 승상께 바치면 그 공이 크리라.」
하고, 즉시 僞詔를 꾸며 頒布하여 소월암 유추경과 강의재를 잡아 결박하고 황후 태자를 잡아 내어 구리옥에 엄수하고 승상 표진영을 기다리더라.

이때 황후 태자와 더불어 앙천 통곡하시며 천명만 기다리고 만성 인민도 천시만 기다리더라.

이때 장익성이 주야 배도하여 황성을 바라보매, 마음이 더욱 번민하여 天台山에 올라 천문과 지리를 살펴보니, 곤륜 제일봉이 山之祖宗이요 삼지룡이 흘러내려 天

下九洲(하구주)가 되었는데, 맥전은 동류하여 동해로 내려가고, 천봉은 나립하여 북두를 꿰었는데, 洛陽(낙양)은 天下勝地(천하승지)라. 태양은 玄武(현무)요 형산은 朱雀(주작)이며, 천태산은 靑龍(청룡)이요 금강산은 白虎(백호) 되어 만리성이 장원 되고 황해수가 협류한데, 吳楚(오초)는 동남이요 蓮地(연지)는 서북이라. 대강 살펴보니 山高水深(산고수심)하고 천지 광활하여 이루 기록치 못할러라. 내려오고자 할 즈음에 어떤 목동이 산하에서 나무를 베며 時節歌(시절가)를 불러 왈,

「천운이 불순하니 지리 보아 무용일세. 송실이 미약하매 간신이 만조로다. 만민이 불행하여 국상이 나시도다. 동궁이 미장하니 소인이 득세로다. 만고 역적 진영은 벼슬이 일품이라, 무엇이 부족하여 擧兵攻闕(거병공궐)하단 말인가. 이십팔수 찍힌 선관 망케 된 송실 구하리라. 천명이 상존커늘 네 어이 장구하랴. 王莽(왕망) 董卓(동탁) 같은 백관들아 不事二君(불사이군) 못 하리라. 황후 태자 어찌하자고 식록배주하단 말인가. 九泉之下(구천지하) 黃冥堂(황명당)에 先帝(선제)를 무슨 면목으로 뵈오리오. 秦始皇(진시황)의 날랜 사슴 임자 없이 다닐 적에, 楚覇王(초패왕)의 기세와 范增(범증)의 신묘로도 못 잡아 劉邦(유방)을 주었거늘, 지식 없는 저 반적아 부귀가 족하건마는 돌아보아 송불퇴하니 오륜이 끊일소냐. 창천이 명명하고 일월이 소소하니, 楚山(초산)에 묻힌 범이 바람을 일우기로, 沛澤(패택)에 잠긴 용이 변화를 못 할소냐. 용납 못할 네 죄목을 세세히 광대한 천지간에 용납하기 어렵도다. 저기 섰는 저 군자는 무슨 일로 등산한고. 부모 처자 잃었거든 周遊四海(주유사해) 찾아 보소. 가실 길을 잊었거든 田夫(전부)에게 물어 보소. 공연히 등산 주저하네. 황후 동궁 구리옥에서 죽게 되었도다. 보국충신 다 버리고 유산객

이 되었는가. 일편충심하오면은 송실이 회복을 입도다. 장장군이 저러할 제 어떤 사람을 믿을손가. 난세 평정 누가 할꼬 낙타제자로다. 국가 흥망 위태함이 순식간에 달렸도다. 저기 섰는 저 영웅은 바삐 가서 구하소서. 슬프다 창생들아 五湖(오호)에 扁舟(편주) 타고 姜太公(강태공)을 효칙하며 嚴子陵(엄자릉)을 법받아 富春山(부춘산)에 밭을 갈고, 千里灘(천리탄)에 고기 낚아 사해에 노닐면서 시절을 기다려라.」

하거늘, 일변 신기히 여겨 그 사연을 묻고자 하더니, 급히 백학을 재촉하여 타고 공중에 올라가며 소리를 높이 하여 왈,

「나는 남악형산에 천상 낙타의 제자라. 선생의 명을 받아 西域(서역) 靑龍寺(청룡사)로 가는 길에 그대와 함께 양주강을 같이 건너고자 왔나니, 황후 태자의 사생이 목전에 있음을 잊지 말라.」

하거늘, 그제야 용홀 大覺(대각)하여 공중을 향하여 재배하고 말을 달려 성내로 들어가니, 만성 인민이 물 끓듯 하며 천지를 부르짖거늘, 마음이 창창하여 백성에게 문왈,

「황후 동궁은 어디 계시며 형세 어찌 이러한고.」

대왈,

「조정 백관이 충신 삼인을 결박하고 황후와 동궁을 구리옥에 가두어 지금 이러하매, 백성이 먼저 죽고자 하나이다.」

하거늘, 장생이 마음에 더욱 급급하여 갑주 입을 새 없이 즉시 구척 창검을 들고 소리를 높이 하여 조정에 달려 들어가니, 만조 백관이 마침 황후 태자를 옹위하여 죽이려 하거늘, 소리를 높이 질러 왈,

「여 등은 國祿之臣(국록지신)이라. 황후 태자를 어찌 해치려 하는

고.」

하며, 호통을 지르며 이놈 베고 저놈 베며, 경각 사이에 만조 간신을 일시에 무찌르고, 결박하였던 충신 삼인을 풀어 놓고, 태자전에 복지 주왈,

「소신은 금릉 땅에 있는 장영의 자식 익성이옵더니, 年少俠氣(연소협기)로 국가 만분 위태하매 불원천리하옵고 왔사오니 용체를 보중하옵소서.」

하고, 즉시 시녀로 하여금 황후를 모시게 하고, 소월암과 황추경과 강의재로 태자를 모셔 환궁하신 후 즉일에 태자를 모셔 즉위하시게 하고 玉璽(옥새)를 받들어 即位式(즉위식)을 행하니 춘추가 십삼세라. 연호를 경신 원년이라 하다. 익성이 복지 주왈,

「적세 위급하오니 바삐 방비하옵소서.」

하거늘, 모두 보니 신장이 구척이요, 얼굴은 관옥 같고 눈은 샛별 같고 풍채는 늠름하여 고고한 태산 같은지라. 천자가 일희일비하사 옥잔을 잡아 권하사 왈,

「국운이 불행하여 거의 사직을 망케 되었더니, 하늘이 영웅을 보내사 반적 백관을 무찌르고 죽게 된 나를 구하니, 그 하해 같은 덕은 실로 난망이라. 비록 표진영의 칠형제와 남만 삼장을 잡지 못하였으나 상쾌하도다. 장군은 충성을 다하여 도적을 다 쓸어 버리고 사직을 받들면 강산을 반분하리라.」

하시니, 익성이 배사 왈,

「불원천리하옵고 연소협기로 이때를 당하와 남자 세상에 났다가 국가 위태함을 보고 어찌 무심히 있사오리까. 바라옵나니 천은을 입사와 흉적을 쓸어 버린 후에 위로 사직을 받들고 가운데로 조정을 안심케 하오며, 아

래로 백성을 건질까 바라오니 황상은 깊이 살피소서.」
천자가 장익성으로 大都督 大元帥*를 봉하시고 백모화
월과 인신을 친히 주시며 왈,
「국가 흥망이 도시 장군에게 있으니 재주를 다하여 거
취를 장군 뜻대로 하라.」
하시니라. 원수 사은 숙배 후에 황공 감사하여 주왈,
「하방 미천하온 인물을 미천타 아니 하시고 중임을 맡
기시오니 분외에 지나옵거니와, 도적은 사면으로 일어
나옵고 소신은 일신뿐이온지라, 동적을 치고자 한즉 서
적이 입성할 것이요, 남적을 치고자 한즉 북적이 입성
하올 것이오니, 복원 황상은 궁궐을 버리옵시고 소신
을 따라 출전하시기를 바라옵나이다.」
천자가 대희하사 허락하시니, 원수 궐문 밖에 나아가
대장기를 세우고, 소월암으로 부원수를 봉하고 황추경으
로 호위장군을 삼아 각각 정병 십만을 거느려 황후와 천
자를 모시게 하고 강의재로 선봉을 삼아 오십만 철기를
거느려 행군할새, 수일 만에 황주에 다다르니, 표진영이
벌써 관을 파하고 관중에 웅거하였거늘, 관을 대하여 진
을 치고 원수 산상에 올라 적진 형세를 바라보니, 장수
삼천여 원이요, 군사 법도가 있어 군중이 엄숙하거늘, 내
렴에 경적치 못할 줄 알고 장대에 높이 앉아 부원수 호
위철을 불러 왈,
「그대 등은 십만정병을 거느려 황후와 천자를 모시되,
명일에 나는 적진에 나아가 싸울 때에 무슨 급한 일이
있어도 진문에 나지 말라.」
하고, 선봉장 강의재를 불러 왈,

―――――――――――――――――――――――
＊대원수 : 전군(全軍)을 통솔하는 대장.

「명일에 적장을 맞아 싸우되, 남을 부디 경적치 말고 당치 못할 듯하거든 퇴하여 돌아오라.」

하니, 강의재 청령하고 밤을 지내니라.

익일 적진에서 문을 크게 열고 방포일성에 표진종이 십만군을 거느리고 내달아 크게 불러 왈,

「너는 어떠한 도적이관데 성명 없이 감히 누구를 해코자 하여 길을 막고 진을 치느냐. 빨리 나와 내 칼을 받으라.」

하며 의기 양양하거늘, 원수 선봉을 재촉하니 강의재 응성 출마하여 진종을 맞아 서로 싸워 수십여 합에 이르러 진종이 창으로 의재의 말을 찔러 엎드러뜨리니, 강의재 대경하여 창을 끌고 본진으로 도망하여 올새, 이때 진종이 고성 왈,

「적장은 닫자 말라. 오늘 네 목을 늘여 칼을 받으라.」

하고 달려들거늘, 장원수 장대에서 양진 승패를 구경할새, 표진종이 거의 강의재를 베게 되었는지라. 장원수 대경하여 철궁에 왜전을 먹여 쏘니, 진종이 시위 소리를 응하여 진종의 가슴을 마주어 말에서 떨어져 죽는지라. 강의재 진중에 들어오니 원수 왈,

「조금 하였더면 천자의 근심을 더할 뻔하였도다. 차후는 싸울 뜻을 두지 말고 오천 철기를 거느려 진문을 지켜 거행하되, 내가 만일 패하여 도망하여도 군사를 요동치 말라.」

한대,

「그러하오면 원수 홀로 적진을 치려 하나이까.」

원수 대왈,

「그러하도다. 만일 내가 패할진대, 그대는 수십명이라

도 쓸데없고 또한 황후와 태자 진중에 계시니 수다 적
장이 진문을 짓치고 들어갈 염려가 되오니, 그대는 나
를 조금도 염려 말고 영대로 행하라.」
 의재 청령하고 오십만 철기를 총독하여 진문을 지킬새
표진덕이 제 아우 죽음을 보고 분기를 이기지 못하여 몸
을 날려 말에 올라 내달아 외쳐 왈,
 「내 아우 죽인 적장은 빨리 나와 내 칼을 받으라.」
하니, 원수 황금 쌍봉 투구에 용인갑을 입고, 청총마에
자금안장을 지어 타고, 우수에 삼태추광검을 높이 들고,
좌수에 칠성장창을 빗겨 들고 크게 외쳐 왈,
 「진덕은 들으라. 국운이 망극하여 너의 칠형제가 다 벼
 슬이 일품이라. 무엇이 부족하여 滅門之罪를 지었느뇨.
 천자가 나로 하여금 문죄하실새, 네 죄를 알고 항복하
 면 다행이거니와, 그렇지 아니하면 멸문지화를 면치 못
 하리라.」
 진덕이 대로하여 창으로 가리켜 왈,
 「적장은 잔말 말고 빨리 나와 내 칼을 받으라.」
 원수 고성 대질 왈,
 「오늘 내 전장에 처음이라. 금릉 장익성을 아느냐. 내
 칼을 능히 당할소냐. 빨리 나와 막으라.」
하고, 나는 듯이 달려들어 서로 맞아 싸울새, 수합이 못
되어 원수의 창이 빛나면서 진덕의 머리를 베어들고 좌
충우돌하여 대호 왈,
 「금릉 장익성을 당할 자 있거든 급히 나와 승부를 결단
 하라.」
 적진 중에서 또 한 장수 달려들며 눈을 부릅뜨고 이를
갈며 고성 대왈,

「네 무도한 송나라를 섬겨 천시를 모르고 내 아우를 해하니 殺之無惜이라, 장익성은 내 칼을 받으라.」

하고 달려들어 싸우니, 이는 곧 표진국이라. 원수 대소하여 맞아 싸워 불과 육합에 말을 찔러 엎드러뜨리고 꾸짖어 왈,

「고서에 하였으되, 부자 형제는 한칼로 베지 않는다.」

하고 본진으로 돌아오니라.

이때 표진영이 탄왈,

「적장 익성은 萬夫不當之勇을 가졌으니, 뉘 능히 베어 내 동생 삼인의 원수를 갚으리오.」

언미필에 골춘대 주왈,

「황상은 근심치 마옵소서. 어찌 한낱 익성을 근심하오리까. 소장이 비록 무재하나 적장을 사로잡아 삼장의 원수를 갚고 폐하의 근심을 덜리이다.」

진영이 대희하여 허락하니, 골춘대 순금 투구에 綠雲袍를 입고 좌우수에 장창 대검을 들고, 赤兎馬를 빗겨 타고 방포 일성에 응성 출마하여 크게 외쳐 왈,

「장익성은 들으라, 나는 남만왕의 세대장수 골춘대라. 네 능히 나를 당할 재주 있거든 바삐 나와 승부를 결단하라.」

원수 대왈,

「당돌하다, 너조차 진영을 위하여 대송을 능멸하니 그 죄는 살지무석이라.」

말을 마치매 양장이 서로 맞아 싸울새, 고함소리 천둥 같고 검광은 번개 같아 피차 분별치 못할러라. 십여 합을 다투더니 원수 거짓 말을 돌려 달아나니, 골춘대 승세하여 따르거늘, 익성이 가만히 流星推를 들어 골춘대를

치니 정히 가슴을 맞아 마하에 내려지거늘, 머리를 베어 들고 크게 외쳐 왈,

「진영은 무죄한 장졸만 죽이지 말고 바삐 나와 항복하라.」

한데, 구백능이 골춘대 죽음을 보고 분기를 참지 못하여 와금주의 원룡갑을 입고 천리대완마를 타고 원수를 맞아 십여 합에 이르되 雌雄(자웅)을 결단치 못하더니, 또 십여 합을 싸울새, 일락서산하고 월출동령하매 양진에서 쟁을 치니 양장이 각각 물러갈새, 피차 의기 양양하더라. 원수 본진에 돌아와 천자께 복지 주왈,

「적을 거의 잡게 되었삽더니 무슨 일로 쟁을 치셨나이까.」

천자가 가라사대,

「적장의 재주와 날램을 보니 천하에 무쌍이요, 또 하늘이 저물기로 행여 실수할까 하여 쟁을 쳤나니, 밤을 유하여 평명에 적장을 잡으라.」

하시고, 어주를 내어 권하시며 왈,

「장군의 공로를 치하하나니 사양치 말라.」

원수 황공하여 받자온 후에 처소로 돌아가니, 제장 군졸이 희희양양하여 원수의 용맹과 재주를 못내 칭찬하더라. 구백능이 돌아가 표진영에게 주왈,

「적장의 재주를 보니 소장에게 지나오매 잡기 어려울까 하나이다.」

평호진이 견주 왈,

「좋은 계교 있도다. 내일은 적장으로 더불어 싸우다가 거짓 패하여 본진으로 오면 적장 익성이 승세하여 그 뒤를 쫓아 진중에 들 것이니, 진에 들진대 이는 함정

에 든 범이요, 우물에 든 고기라, 어찌 잡지 못하리오.」

표진영이 왈,

「그 계교가 참 묘하도다.」

하고 약속을 정하니라. 익일 평명에 구백능이 문을 크게 열고 내달아 외쳐 왈,

「적장 익성은 빨리 와 작일 미진한 승부를 결단하라.」

하니, 원수 응성 출마하여 구백능을 맞아 싸워 십여 합에 이르러 구백능이 살기를 바라고 본진으로 달리거늘, 원수 말을 몰아 급히 따르며 철궁에 왜전을 먹여 쏘니, 구백능의 말이 맞아 꺼꾸러지니, 구백능이 대경하여 창을 이끌고 달아나거늘, 원수 또 한번을 당겨 쏘니 백호의 투구 맞아 깨어지는지라. 평호철이 급히 달려오는 살을 방패로 막으며 원수를 맞아 싸울새, 양인의 형세는 양호가 밥을 다투는 듯, 쌍룡이 여의주를 다투는 듯 원수의 기운은 점점 승승하고 호철의 정신은 점점 막혀 칠십여 합을 싸우되, 승부는 결단치 못하는지라. 평호철이 눈을 부릅뜨고, 원수도 눈을 부릅뜨고 창검 쓰는 소리는 이화가 떨어지는 것 같고, 말굽은 분분하여 피차를 모를러라. 또 십여 합을 싸우되 승부를 결치 못하더니, 평호철이 창을 들어 원수를 치니 원수 또한 창으로 막으매 호철의 창이 부서지거늘, 호철이 대경하여 또 칼로 원수를 치니, 원수 오는 칼을 칼로 막으매 호철의 칼이 부서지는지라. 호철이 대경하여 본진으로 도망하거늘, 원수 호통하며 살을 당겨 쏘니 호철이 오는 살을 받아 꺾어 버리고 본진에 들어가 진문을 굳게 닫고 나오지 아니하거늘, 원수 호철의 재주 못내 칭찬하고 본진에 돌아와 제장으로 더불

어 적장 파할 계교를 생각하더라.

　표진영이 호철을 인도하여 당상에 앉히고 문왈,

「어찌하다가 실수하고 왔느뇨.」

　호철이 대왈,

「적장의 재주와 용맹은 소장의 적수이오나, 익성의 갑주와 창검이 고이하고 고이하더이다. 천상천하에 갑주 한 벌과 창검 하나씩 있사오되, 천상에 있는 군장일품은 황금 쌍봉 투구와 용린보신갑과 삼태추광검과 칠성장창이 있사오되, 이는 월성 조화로 생겼는데, 이는 천상 낙타노인이 가졌삽고, 지하에 있는 군장 이름은 서봉 투구에 인수갑과 천소추수의 일년 광창이 있사온지라. 익성의 창검은 소장의 갑옷에 닿으면 갑주 쾌히 상하옵고, 소장의 창검은 익성의 갑주에 닿은즉 조금도 상치 아니하고 도리어 소장의 창검이 상하오니, 이는 반드시 천상 낙타노인이 익성에게 전한가 보오니, 적장이 만일 보배를 얻었을진대, 천만번 싸워도 천만번 패할 것이오니 실로 무섭고 두렵도소이다.」

　언필에 표진영이 대경 왈,

「그러하면 어찌하여야 좋을꼬.」

　호철이 대왈,

「이제 싸워도 부질없고 항복하여도 멸문지화를 면치 못할지라. 죽기는 일반이오니, 불행하와 죽사온즉 그만이어니와, 천행으로 죽지 아니하면 큰 이름을 내올 것이니, 사면 각진을 모아 익성을 잡사이다.」

하고, 사람을 동서남북으로 보내니라.

　선시에 표진학과 표진백과 표진옥이 각기 장졸을 거느려 乘勝長驅하여 장안에 달려들어 익성을 엄살하며 황후

와 태자를 찾되 간 데 없는지라. 백성에게 물은즉 고왈,
「황후 태자 친히 군을 몰아 남으로 향하셨다.」
하거늘, 삼형제 삼노병을 합하여 바로 남방으로 쫓아갈새, 검극은 서리 같고, 기치는 햇빛을 가리우고, 고각함성은 천지 진동하는데, 맹장 천여 원과 군사 백만일러라. 전부 군사 고하되, 승상 편지 왔다 하거늘, 뜯어 보니 하였으되,
「송진을 만나 장익성에게 패하였으니 급히 와서 구하라.」
하였거늘, 진학 등이 대경하여 주야 행군하여 수일 만에 函谷(함곡)에 다다르니, 송장이 막아 진을 친지라. 군사를 물려 진 치고 글월을 닦아 승상께 보내니라.
이때 표진영이 주야로 躁悶(조민)하다가 편지를 보고 대희하여 즉시 호철을 청하여 그 아우의 편지 사연을 말한즉, 호철이 듣고 오래 생각하다가 대왈,
「송진이 길을 막아 싸우니 임의로 왕래치 못할지라. 생각하여 보건대 답서를 여차여차하와 동편 좌우에 매복하였다가, 명일에 소장이 나아가 익성과 더불어 싸우다가 거짓 패하여 동편 산곡에 들어가면 익성이 필경 소장을 쫓아올 것이니, 산곡에 들어가거든 좌우 복병이 일시에 내달아 뒤를 끊고 앞을 막아 치면 귀신이라도 요동치 못할 것이니 그리 하옵소서.」
진영 왈,
「그러하면 장군은 어찌하려 하는고.」
호철이 대왈,
「소장은 염려 마옵시고 시행하옵소서.」
진영이 즉시 답서를 닦아 보내니, 진학 등이 승상의 답

서를 보고 이날 삼경에 제장 군졸을 거느리고 가니라.

　이튿날 원수 호철을 맞아 싸워 오십여 합에 이르러 호철이 동을 향하여 닫거늘, 원수 승세하여 산곡에 달려드니, 호철이 풍운 쫓아 공중으로 올라가다니 난데없는 천병만마가 좌우에 일어나며 앞을 막고 치니, 원수 호철의 간계에 속은 줄 알고 좌우를 둘러보니, 동북은 층암절벽이 반공에 솟아 있고, 서편은 대강이요, 남편은 천병만마 둘렀는데, 검극은 삼대같이 걸렸는지라. 원수 분기를 이기지 못하여 필마단기로 좌충우돌하며 적진을 엄살할새, 날이 서산에 기울어진지라, 표진학 임성태 등이 달려들며 왈,

「익성은 들어라. 네 바람개비라 하늘로 오르며, 두더쥐라 땅으로 들소냐. 바삐 칼을 받으라.」

하니, 원수 더욱 분기를 참지 못하여 호통 일성에 표진영을 베어 들고 남방을 치는 듯 북장을 베고, 동장을 치는 듯이 서장을 베어 들고 무인지경같이 행하니, 죽음이 산 같고 피 흘러 대해 되었는지라. 삼태추광검과 칠성장창이 한번 빛나면 장졸의 머리 추풍낙엽같이 떨어지는데, 황솔영 경결담 등을 다 베고 약간 남은 장졸은 넋을 잃고, 진옥 진백이 겨우 정신을 차려 진주월과 황수천 위솔통 등으로 더불어 죽기로써 도망하거늘, 원수 호통 일성에 급히 쫓으니, 진옥 진백이 황겁하여 황수천 위솔통으로 막으라 하고 달아나거늘, 원수 더욱 분노하여 수천솔통을 베고 급히 따르니, 진옥 진백이 제형의 진으로 도망하거늘, 원수 또한 호통하며 쫓아가니 진옥 진백이 더욱 황겁하여 진주월과 모돌쇠로 막으라 하고 달리는지라. 원수 또한 소리를 벽력같이 지르며 진주월과 모돌쇠

를 베고 진옥 진백을 거의 잡게 되었더라.

평호철이 내달아 원수를 맞아 싸울새 육십여 합에 불분승부라. 양진에서 쟁을 치니 양장이 각각 물러나매, 이때는 황혼이라. 원수 본진에 돌아와 장대에 오르니 황후와 제장 군졸이 원수의 용맹을 못내 일컫더라. 진백이 승상께 뵈옵고 왈,

「형장의 묘계로 익성을 산곡에 인도하여 깊이 들어온 후에, 좌우 복병이 일시에 내달아 수백 겹을 에워싸고 잡으려 하였더니, 익성이 어느 사이에 진학과 임성태를 베고, 동서남북으로 번개같이 다니며 칼이 한번 빛나면 장졸의 머리 춘풍에 봄눈 스러지는 것같이 순식간에 맹장 삼십여 원이 다 익성의 칼 아래 혼백이 되고, 겨우 목숨만 살아 도망하여 왔나이다.」

표진영이 그 말을 듣고 서안을 치며 앙천 탄왈,

「나로 하여금 죽은 자 수만 명이요, 또 동생 사형제를 다 죽였으니 하늘이 망케 하심이라, 어찌 망극치 아니 하리오.」

호철이 위로 왈,

「한번 실수는 兵家常事요, 爲天下者는 不顧家事하오니 과도히 슬퍼 마옵소서. 진나라 말세에 項羽 劉備로 더불어 자웅을 겨룰새, 항우는 百勝하옵고 유비는 百戰百敗하였으나, 유비는 統一天下하옵고 항우는 烏江下에 自刎*하였사오니, 옛 일을 생각하옵소서.」

진영이 마지 못하여 눈물을 거두고 다시 의논할새, 평호철이 주왈,

「명일에 虛身을 만들어 익성으로 더불어 自若히 싸우

───────────
＊자문: 자기가 자기의 목을 찌름. 자경(自剄).

다가, 거짓 패하여 달아나면 익성이 승세하여 쫓을 것이니, 익성을 유인하여 남으로 향하거든 그때를 타서 적진을 헤치고 들어가 송천자를 사로잡아 대왕께 바치오리이다.」

진영이 대희하여 평장군의 神奇妙算(신기묘산)은 귀신이라도 측량치 못하리로다. 약속을 정한 후 평호철이 장대에 올라 진중 제장을 물리치고 허신을 만들어 동으로 향하여 세우고, 魂魄符籍(혼백부적)으로 성명 삼자를 써 붙이고, 진상 평호철이는 밤을 지내고 진중에 있더라.

일출동령하매 허신 호철이 진문을 완연히 열고 나와 장창대검을 좌우수에 갈라 쥐고 비룡 같은 말을 재촉하는 형상이 참 호철인지 誰知烏知雌雄(수지오지자웅)이라. 제장 군졸이 놀라 진중에 있는 것이 참 호철인지, 전장에 나간 것이 참 호철인지 그 진가를 몰라 서로 돌아보며 고이히 여기더라.

허신 호철이 송진을 향하고 무수히 질욕하며 싸움을 돋우니, 원수 대로하여 청총 말을 빗겨타고 응성 출마하여 맞아 싸울새, 오는 창을 막으며 창으로 적장의 말을 찌르니, 그 말이 소리를 더욱 크게 지르며 죽지 아니하고 칼을 들어 적장을 치되 조금도 상치 아니하거늘, 괴히 여겨 평생 힘을 다하여 싸워 팔십여 합에 익성이 몸을 날려 호철을 베고자 하더니, 호철이 죽기로써 본진을 향하여 달아나거늘, 원수 생각하되,

「필연 무슨 흉계가 있다.」

하고 주저하더니, 호철이 달려들어 십여 합에 또 도망하니, 원수 대로하여 소리를 천둥같이 지르며 말을 몰아 쫓아갈새, 이미 호철은 진옥 진백과 구백능이 동편으로 제

장 군졸을 거느리고 바로 송진을 헤치고 달려들어 장졸을 무수히 베고, 천호철이 천자를 잡아 땅에 꿇리고 꾸짖어 왈,

「天佑神助를 모르고 일개 장익성을 얻고 당돌히 천명을 어긴다.」

하며 창으로 찌르려 하니, 천자가 혼불부신하사 대왈,

「살려 주사이다.」

하니, 호철이 창을 멈추고 왈,

「그러할진대 빨리 항복하라.」

하는지라, 천자 왈,

「졸지에 지필이 없으니 장군은 노를 잠간 그치시고 사졸을 부려 지필을 가져오면 항서를 쓰리이다.」

호철이 더욱 호령을 벽력같이 하여 왈,

「누구더러 지필을 가져오라 하느냐. 빨리 손을 깨물어 용포 자락에 써 올리라. 만일 지체하면 이 창으로 찌르리라.」

하니, 천자 정신이 없이 대답하시며, 용포 자락을 떼어 들고 손을 깨무니, 아프기는 열 손가락이 다 한가지라. 그 애통함과 측은한 경상은 사람으로 하여금 차마 보지 못하겠으며, 일월이 무광하고 산천이 참담하더라.

이때 원수 적장을 쫓아 수십리를 행하더니, 적장은 간 데 없고 공중에서 외쳐 왈,

「누가 장익성이 영웅이라 하던고. 허신을 모르고 호철을 잡고자 하여 여기 이르렀는다. 참호철은 지금 송진을 엄살하고 천자를 잡아다가 땅에 엎지르고 항서를 재촉하며 창검으로 핍박하니, 어찌된 줄 모르거니와 빨리 돌아가 구하여 때를 잃지 말라.」

하고 간 데 없거늘, 익성이 대경 대로하여 급히 말을 돌려 몰아 산과 강을 건너며 멀리 바라보니 송진 장졸은 없고 호철의 장졸뿐이라. 심중에 더욱 황겁하여 달려갈새, 호철이 천자를 땅에 꿇리고 항서를 재촉하며 창검을 가슴에 대고 호령하거늘, 마음이 더욱 분노하여 마상에 몸을 날려 왈,

「반적 호철은 대송천자를 해치지 말라.」

호통 일성에 달려들어 채를 번듯 호철을 치니, 한 줄 무지개 같으며 검광을 쫓아 내려치거늘, 머리를 칼 끝에 꿰어 들고 천자를 붙들어 구하여 위로 왈,

「대원수 장익성이 이르러 호철을 베었사오니, 옥체를 이루어 진정하옵소서.」

천자가 경황 중에 원수 온 줄 알고 겨우 정신을 차려 일어나 앉으시니, 원수 호철의 머리를 받들어 천자께 바치며 위로한 후에, 부원수 소월암을 불러 모시라 하고 다시 말을 재촉하여 타고 좌충우돌하며 적진을 짓쳐들어가니, 진옥 등이 호철의 죽음을 보고 魂飛魄散(혼비백산)하여 살기를 바라고 남으로 향하여 달아나거늘, 원수 말을 몰아 쫓아가며 철궁에 왜전을 먹여 쏘니, 시위 소리 나며 구백능이 마하에 떨어져 죽는지라. 진옥 진백이 죽기로써 달아나거늘 원수 또 활을 당겨 쏘니, 또한 마하에 내려지거늘 진백이 더욱 놀라 정신을 수습치 못하더니, 원수의 삼태추광검이 번뜩하며 진백의 머리 마하에 떨어지는지라.

원수가 삼장의 머리를 베어 들고 본진에 돌아와 탑전에 복지하니, 천자 호철에게 놀란 가슴이 오히려 떨리어 말씀을 하시며 치하하실 따름일러라.

원수 다시 바로 내달아 적진 관문을 깨치고 달려들어

약간 남은 장졸을 무찌르고 표진영을 찾으니, 이때 진영이 원수의 급히 옴을 보고 갑주를 입고 말을 재촉하여 타고 성을 넘어 임천으로 향하여 달아나니라.

그 달아남을 알지 못하고 아무리 橫行(횡행)하여 찾되, 문득 간 데 없거늘, 하릴없어 본진에 돌아와 대장기를 진전에 세우고 표진영 육형제의 머리와 남만 삼장의 머리를 깃대에 달고 승전고를 울리면서 만세를 부를새, 제장 군졸이 원수의 공을 치하하더라.

우양을 잡아 장하 삼군을 호궤하니 黃河水(황하수)가 다시 맑고 일월이 만방에 빛나더라. 원수 다시 주왈,

「천은을 입사와 흉적을 쓸어 버리고 창생을 도탄 중에 건지오니 큰 경사오며 만민의 복이로소이다. 그러하오나 진영을 잡지 못하였사오나, 인제는 제 일신뿐이라. 어떻게 하여도 이는 서절구투라 근심할 것 없사오니, 남만 삼장의 머리와 진영 육형제 머리를 천하에 회시하여 창생을 위로하옵소서.」

천자 윤허하사 즉시 제장 군졸의 머리와 조서를 천하에 내려 만민을 안돈케 하시다. 원수 다시 주왈,

「표진영이 반드시 남방으로 갔을 것이요, 또한 남만이 진영의 당이라. 소장이 바로 남만국에 들어가 표진영과 남만왕 평수담을 잡아 항복받고 돌아올까 하나이다.」

상이 대희하사 허락하시니, 원수 고두 사은하고 나와 장졸을 분발할새, 부원수와 호위대장으로 하여금 황후 천자를 모셔 환궁하시게 하고, 선봉장 의재로 삼천 병마를 총독하여 즉일 발행할새, 천자께 하직하고 군사를 총독하여 갈새, 황상이 친히 술잔을 잡아 권하시고 전송하사 무사 성공하고 속히 돌아옴을 바라노라 하시고 바

로 황성으로 향하시다.

　원수 선봉을 재촉하여 여러 날 만에 남만으로 들어가 유진하고 檄書(격서)를 전하되,

　「대송 대원수 장익성은 남만왕에게 부치노니, 그대 무슨 혐의 있어 외람히 표진영으로 더불어 천하를 분분케 하매, 대송 천자께옵서 나로 하여금 그 죄를 물으라 하실새, 내 방포 일성에 표진영 육형제와 남만 상장의 머리를 베고 진영을 쫓아왔나니, 그대 自作之罪(자작지죄)를 알아서 진영을 잡아 가지고 손을 묶어 항복하면 그만이어니와, 그렇지 아니하면 진영과 남만이 함몰하리라.」

하였더라.

　선시에 표진영이 주야 배도하여 남만에 들어가 전후 패한 사연을 설화하니, 만왕이 왈,

　「그대 그러하면 익성이 쫓아올 것이니 장차 어찌하려 하시나이까.」

　진영 왈,

　「힘을 빌어 다시 싸워 볼까 하나이다.」

　만왕이 대왈,

　「장군의 말씀을 듣자오니 놀랍고 참혹한지라, 그리하여 보사이다.」

하고, 제신을 모아 의논할새, 만왕 왈,

　「힘으로는 익성을 잡지 못할 것이니 뉘 능히 묘책을 내어 익성을 잡으리오.」

　제신 중에 호걸이 대왈,

　「소장이 비록 재주 없사오나 창검에 피를 묻히지 아니하고 익성을 잡을 것이오니 대왕은 근심치 마옵소서.」

만왕이 대희하여 표진영과 더불어 가로되,

「신하 중에 제일 영웅이라. 날램과 용맹이 趙子龍(조자룡)과 關雲長(관운장)에 지나고, 기묘한 묘계는 黃石公(황석공)과 諸葛亮(제갈량)이라도 측량치 못할 것이오니 일개 장익성을 두려하리오.」

하는지라. 친영이 황연 대각하여 호걸을 청하여 당상에 앉히고 경대하여 왈,

「장군은 힘을 다하여 적장 장익성을 잡아 대공을 이룬 후에, 천하를 삼분하여 솥발같이 정할 것이니, 재주를 아끼지 마옵소서.」

호걸이 복지 주왈,

「비록 재주 없사오나 우리 대왕과 의논하와 일지병을 주시면, 사졸을 수고로이 아니 하고 익성을 휘하에 잡아 바치리이다.」

진영이 대희하여 만왕으로 더불어 이날부터 군사를 총독하여 군중 소임을 정할새, 호걸로 대원수를 봉하고 장수 사백여 원과 정병 십만을 조발하여 주니, 호걸이 대장기를 세우고 제장을 분발할새, 좌익장은 돌공태요, 우익장은 순대요, 호위대장은 남동신이요, 차기대장은 미통설이요, 선봉대장은 서오달이라. 그 남은 장수는 각각 소임을 정하고 날마다 조련하며 송군을 기다리더니, 일일은 송군이 격서를 전하거늘, 만왕과 승상이 보고 호걸을 청하니 호걸이 대소 왈,

「眞所謂螳螂拒轍(진소위당랑거철)이라.」

하고 즉시 대병을 몰아 송진으로 향할새, 승상 진영이 중앙 되어 칠일 만에 海陽(해양) 땅에 이르러 진을 치되, 六十四卦(육십사괘)와 二十八宿(이십팔수)를 응하여 生死門(생사문)을 짓고, 六甲(육갑)과 風雲造化(풍운조화)*

---

*풍운조화: 바람이나 구름의 예측하기 어려운 변화.

를 베풀어 임의로 부리게 하고 제장을 모아 의논 왈,

「내 명일에 적과 더불어 싸우다가 익성을 유인하여 진중에 들게 할 터이니, 그대 등은 북을 울리고 방위를 응하여 기치를 고쳐라.」

하더라.

차시 장원수 격서를 만국에 보내고 해양 북산하에 유진하고 장졸을 쉬이더니, 만국 격서를 올리거늘 뜯어 보니 호걸의 격서라. 원수 대로하여 새로이 삼십삼천과 육십사괘를 응하여 일자 金蛇陣(금사진)을 치고 밤을 쉬어 평명에 원수 선봉을 불러 왈,

「그대는 진에 들지 말고 진을 굳게 지켜 조금도 요동치 말라.」

하며 황금쌍봉투구에 용인보신갑을 입고 삼태추광검과 칠성장창을 좌우에 갈라 잡고 청총마를 재촉하여 빗겨 타고 방포 일성에 진문 밖에 내달으니, 호걸이 또한 방포 일성에 내닫거늘, 원수 크게 꾸짖어 왈,

「남만 호걸은 들으라. 남아가 세상에 나매 어진 인군을 섬겨 착한 사람은 나오고 악한 사람은 퇴하여 공명을 죽백에 드리고 어진 이름을 후세에 빛냄이 옳거늘, 역적 진영을 도와 도리어 대송을 능멸히 여기니 어찌 천도가 무심하랴.」

호걸이 대왈,

「비록 그러하나 천운이 송을 망케 하심이니 나를 원망치 말라.」

하고, 달려들어 십여 합을 싸우더니, 호걸이 거짓 패하여 제 진으로 달아나거늘, 원수 분기를 이기지 못하여 호걸을 쫓아가더니, 천지 아득하며 뇌성 벽력이 진동한 가

운데, 호걸이 풍운에 싸여 공중으로 오르며 북을 울리며 기를 둘러 장졸을 호령하니, 동에는 청룡기요 서에는 백호기요 남에는 주작기요 북에는 현무기라. 일시에 응한 육십사괘와 이십팔수가 변하여 일자 長蛇陣(장사진)이 되어 머리와 꼬리를 물고 내외 陰陽陣(음양진)을 베풀어 조화를 부리는지라. 원수 호걸에게 속은 줄 알고 풍운을 무릅쓰고 아무리 문을 찾아 나오고자 하나, 사면 팔방이 다 층암절벽이 칼날같이 걸렸는지라. 원수 대경 대로하여 물러나오고자 하되, 칼날 같은 절벽이 하늘에 닿았고, 겸하여 날개가 없으니 날아가지 못할지라. 풍백을 호령하여 아무리 헤치고자 하되 풍운이 조금도 걷히지 아니하고, 난데없는 장졸이 무수히 침노하거늘, 원수 팔괘를 베풀어 몸을 감추고 동정을 보니, 적진 장졸은 하나도 없고 과연 선후에 허신뿐이라. 마음에 고이하고 황황하여 앙천 탄식하며 이렇게 싸인 지 구일 만에 천지 운무 자욱한 중 홀연 옥저소리가 나더니, 청의동자 백학을 타고 내려와 원수를 보고 왈,

「이별 후에 무양하시니까.」

원수 놀라며 왈,

「선룡동을 뉘신지 모르나이다.」

동자가 대왈,

「선생의 명을 받아 왔나이다. 장군은 연일 적진에 싸여 주린 중에 혼백을 잃었도다. 어찌 동정식하던 同接(동접)을 모르나이까.」

원수 대희하여 왈,

「선생님 기체후 안녕하시며 무슨 일로 이곳에 오시니이까.」

동자 대왈,

「선생께옵서 천기를 살펴보시고 나로 하여금 장군을 구하라 하시기로 왔나이다.」

하며, 天桃(천도) 육개를 주며 먹으라 하거늘, 원수 받아 먹으니 배부르고 기운이 씩씩하며 정신이 신선하더라. 동자 왈,

「장군은 내 뒤를 쫓으소서.」

하고, 十二神將(십이신장)과 九千(구천)형영을 불러 허신장졸을 물리치고 풍운을 쓸어 버리고 진 밖에 나오거늘, 호걸이 대경하여 또 북을 울리며 기를 둘러 장졸을 호령하여 일자 장사진을 변하여 삼십삼천과 육십사괘를 응하여 원수를 둘러싸며 위금자진이 되고, 십이방을 바꾸어 동은 서가 되고 서는 동이 되고 남은 북이 되고 북은 남이 되었는지라. 원수 선동을 돌아보아 왈,

「선형의 힘을 입사와 겨우 진 밖에 났더니, 도로 이렇듯 進退維谷(진퇴유곡)이 되었사오니, 사면을 둘러보되 동서남북을 분별치 못하오며 층암절벽이 병풍같이 하늘에 닿은 듯하오며, 사면에 충충한 바람마다 창검을 들고 적병이 사면으로 옹위하여 들어오니, 이 일을 장차 어찌하오리까.」

선동 왈,

「호걸의 재주는 귀신이라도 측량치 못하매, 실로 기특하고 묘하도다. 그러나 재군의 명이 하늘에 있나니 어찌 호걸에게 죽으리오.」

하고, 소매에서 유향붓을 내어 날 비자를 써 말머리에 붙이고, 용 용자를 써 말배에 붙이고, 또 구름 운자를 써 말 사족에 붙이고, 하늘 천자로 백기를 만들어 원수를 주며,

풍운조화를 베풀어 옥저를 불며 학을 타고 공중으로 올라가더니, 문득 선동은 간 데 없고 원수 본진 앞에 내려왔거늘, 공중을 향하여 무수 사례하고 유향기를 뜯어 안감에 감추고, 선봉을 불러 진문을 열고 장대에 오르니 강의재 고왈,

「원수 적장을 쫓아 적진에 들어가더니, 적진이 진동하며 천지 진동하여 뇌성소리 진동하더니, 어찌하시고 오시나이까.」

원수 대왈,

「천우신조하여 살아왔거니와 적장의 재주는 실로 기이하고 진묘하니 근심이로다.」

하고, 일변 말을 먹이며 밥을 지어 먹이고 이날 쉬더니, 이때 호걸이 원수를 진중에 넣고 장대에 올라 구경하더니 원수 청룡을 타고 하늘로 올라가거늘, 호걸이 대경하여 세장 군졸을 모으고 의논 왈,

「적장 익성이 천신이 아니면 선관이로다. 귀신이라도 벗어나지 못할 진법을 적장이 진문을 찾아 나오기로 고이히 여겨 十二方位(십이방위)를 바꾸어 日月金蛇陣(일월금사진)을 쳐 잡을까 하였더니, 익성이 청룡을 타고 공중으로 올라가니 이는 반드시 천신이로다. 진법으로는 잡지 못할 것이니 다른 묘계로써 잡으리라.」

하고, 좌익장 돌공태와 거기장군 마통을 불러 왈,

「그대 등은 각각 오천기로 하여금 화약과 시초를 수운하여 사포뜰에 나아가 경색수를 건너 물 좌우에 고산동이 있으되, 산은 높고 골은 깊은지라. 그곳에 나아가 화약 시초를 사면에 두었다가 익성이 들어오거든 일시에 불을 지르라.」

하고, 우익장 소태와 호위대장 남을 불러 왈,

「그대 등은 각각 육천 정기로 하여금 매 일명에 주머니 열썩만 만들어 가지고 사포뜰 아래 두고, 경객수 위로 가서 주머니에 모래를 각각 담아 물을 흐르지 못하게 막고, 물 양편에 매복하였다가 적장이 나를 쫓아 사포뜰을 지나 경객수를 건너 중간에 들거든 좌우 복병이 일시에 달려들어 막은 주머니를 헤쳐 놓으라. 익성이 아무리 협태산하고 이초북해하는 용맹을 가졌은들 태산같이 급한 물을 어찌하리오. 가령 그 물을 피하여 건넌다 하더라도 또 고사침곡에 들면 천신이라도 급한 불에 소화를 면치 못하리니, 제장 등은 영을 부디 어기지 말라.」

하고, 약속을 정한 후에 제장이 각각 그곳으로 가니라.

선시에 원수 그날을 쉬어 이튿날 진문을 크게 열고 나와 적장을 불러 왈,

「적장 호걸은 미결한 승부를 결단하라.」

하고 싸움을 돋우되 호걸이 진문을 굳게 닫고 나오지 않거늘, 원수 군사로 하여금 질욕하니 호걸이 분노하여 정창 출마하여 나오거늘, 원수 맞아 싸워 십여 합에 원수 호통을 우뢰같이 지르며 창으로 치고자 하더니, 호걸이 창을 피하여 공중에 솟으며 말머리를 돌려 달아나는지라.

원수 또한 호통을 치며 급히 따르니, 호걸이 미처 제진에 들지 못하는 체하고 사포로 향하여 달아나거늘, 원수 마음에 아니듬을 상쾌히 여겨 의심치 않고 쫓아갈새, 철궁에 왜전을 먹여 쏘니 호걸이 오는 살을 방패로 막으며 달아나거늘, 원수 대로하여 말을 재촉하며 살 두 개를 먹여 쏘니 창으로 막으며 달리거늘, 원수 또한 살 네

개를 먹여 쏘니 호걸이 몸을 날려 두 개는 창검으로 받고 또 두 개는 받아 땅으로 던지거늘, 원수 또 살 다섯을 먹여 쏘니 호걸이 말다리 밑으로 붙거늘, 원수 칼을 들어 쫓아가니 호걸이 사포뜰을 건너는지라.

원수는 경색수 우편에 이르고 호걸은 경색수를 건너 좌편으로 달리거늘, 원수 말을 급히 몰며 활을 당겨 쏘니, 호걸이 몸을 공중으로 솟아 호걸은 맞지 않고 말이 맞아 꺼꾸러지거늘, 원수 더욱 승세하여 호통을 지르며 경색수를 건널새, 반을 건너매 난데없는 물이 태산같이 내려오니, 창황중에 안갑을 열고 五行符籍을 내어 날 비자는 말머리에 붙이고, 구름 운자는 말사족에 붙이고 하늘 천자를 쓴 기를 들고 말에 올라타니, 말이 청룡이 되어 태산같이 높은 물을 헤치고 순식간에 좌편 언덕으로 가는지라.

원수 부적을 바삐 뜯어 안갑에 넣고 호걸을 거의 잡게 되었더니, 호걸이 평원광야를 버리고 고산동 나무 사이로 들어가거늘, 원수가 의심치 아니하고 산 어귀에 달려드니, 호걸은 간 데 없고 난데없는 불이 우편으로부터 들어오며 화광이 충천한지라.

원수 대경하여 말을 재촉하여 동곡으로 향하여 가니 동곡에도 불이 일어나며 화광이 사면으로 붙어오니, 사람은커녕 귀신과 나는 제비라도 충천한 화광을 피치 못하겠고, 겸하여 땅이 울리고 산이 움직여 無可奈라. 원수 앙천 탄왈,

「명천은 살피사 망케 된 송나라를 회복케 하옵고, 익성 모자 상면케 하옵소서.」

하고 칼로 자결코자 하더니, 선동이 공중에서 내려와 원수를 대하여 왈,

「장군은 이별한 후 무양하시나이까. 장군이 종시 남을 업수이 여기고 경적하는지라. 처음 해양 싸움에 귀신같은 호걸의 꾀에 빠져 적진 중에서 죽을 뻔하고, 또 이러한 변을 당하오니, 이것은 사소한 경력이라 하고 그러나 불이 급하니 방비하여 보사이다.」

하고, 소매로써 구름 운자 물 수자 그린 종이 넉 장을 내어 동에는 청룡을 그려 붙이고, 남에는 적룡을 그려 붙이고, 서에는 백룡을 그려 붙이고, 북에는 흑룡을 그려 붙이고, 그 사이마다 오행 구름 운자 비 우자를 써서 붙이니, 경각에 한 때 구름과 비 들어오며 뇌성 벽력이 천지 진동하며 비가 삼대같이 폭주하여 지척을 분별치 못하더니, 이윽고 사면에 그려 붙인 부적이 변하여 용이 되어 구름과 비 사이에 각각 동서남북으로 향하여 불이 다 죽고 천지 명랑하니라. 원수 선동께 치하하여 왈,

「사지에 두 번 빠진 잔명을 선동의 재주 아니면 이런 조화를 베풀어 구하리오. 선생께서 애휼하옵심과 선생의 구제하온 은혜는 태산이 가벼웁고 하해가 얕은지라, 어찌 선동의 은혜와 선생의 애휼하옵심을 형언하오리까.」

선동이 왈,

「어찌 나의 은혜라 하오리오. 도시 玉皇上帝(옥황상제)와 駱駝先生(낙타선생)의 은혜로소이다. 자고로 망할 땅에 빠진 후에 흥하고 죽을 땅에 빠진 후에 사나니, 호걸이 그대를 유인하여 이곳에 넣고 서편 소로로 가서 몸을 감추고 산

을 넘어 불을 지르고, 경색수를 건너려고 밥을 지어 장졸을 먹이고 배를 재촉하니, 빨리 쫓아가 적장을 잡으라. 만일 적장이 물을 건넜으면 다시 잡기는 고사하고 도리어 화를 면치 못할 것이니, 이때 적장을 잃지 말라.」

하고, 백학을 재촉하여 타고 북으로 향하거늘, 원수 공중을 향하여 무수히 사례하고 말을 재촉하여 산문 밖에 내달아 경색수를 바라보니, 호걸이 사공을 부르며 배를 재촉하거늘, 원수 말을 급히 몰아가며 우뢰 같은 소리를 벽력같이 지르며 달려드니, 호걸이 그 소리에 놀라 미처 頭尾(두미)를 차리지 못하여 원수의 삼태추광검이 번개같이 빛나며 호걸의 머리 검광으로 쫓아 내려지니, 창 끝에 꿰어들고 좌충우돌하며 동공태와 남돌진 등을 다 베고, 남은 장졸을 한칼에 다 무찌르고, 배를 재촉하여 타고 경색수를 건너 사포뜰을 지나 해양에 이르러 적진을 헤치고 호통 일성에 선봉 서오달을 베고 동에 번뜩 남장을 치고 남에 번뜩 북장을 치니, 장졸의 머리 추풍낙엽같이 떨어지더라.

표진영이 불의지변을 당하매 어찌할 줄을 몰라 주저하더니, 원수 또한 호통을 지르며 눈을 부릅뜨고 달려들어 삼태추광검으로 진영을 치니, 검광이 번뜩하며 진영의 허리 맞아 끊어지거늘 원수 칼을 들어 머리를 베어 들고 본진으로 돌아오니, 제장 군졸이 만세를 부르며 원수의 덕을 못내 일컫더라.

원수 대장기를 진전에 세우고 진영의 머리를 깃대에 달아 놓고 승전고를 울리며 제장 군졸을 호궤한 후에 다시 격서를 닦아 남만왕에게 보내고 수일 만에 남만국을 향하니라.

선시에 남만왕 평수담이 승상 표진영과 호걸을 보내고 제신으로 승전하고 오기를 기다리더니, 뜻밖에 송군이 와서 격서를 전하였거늘, 만왕이 대경하여 뜯어 보니 하였으되,

「만왕 평수담은 자세히 보라. 내 처음에 십분 생각하여 네게 기별하기를 알아들을 만큼 하였으되, 종시 방자한 마음을 품어 송을 능멸히 여기고 나를 업수이 여겨, 아이 호걸을 보내어 괴롭게 하니 그 죄가 진영과 일반이라. 방포 일성에 호걸을 베고 진영의 허리를 끊었으니, 또 장졸을 보내어 승부를 결단하든지 손을 묶어 항복하든지 빨리 조처하라. 만일 지체하면 만왕의 씨를 없이 하리라.」

하였거늘, 만왕이 대경 실색하여 급히 제신을 거느리고 원수를 맞을새, 예단과 항서를 올렸으되,

「남만왕 평수담은 돈수백배하옵고 대송 대원수께 올리옵나니, 천하 역적 표진영의 간특한 마음을 모르고 동심하온 죄는 만사무석하옵거니와, 진영이 아니면 어찌 감히 이런 뜻을 두오리까. 복원 원수는 활인지덕을 베푸사 잔명을 불쌍히 여기시고, 부득이하여 진영에게 청병 보낸 죄를 용서하옵소서. 천만 애걸하옵나이다.

하였거늘, 원수 더욱 분노하여 군사를 호령하여 만왕을 결박하여 계하에 꿇리고 논죄하며 고성 대매 왈,

「평수담은 들으라. 너의 죄는 천하에 용납치 못할 죄니, 대송 천자의 신하로서 군신 지위를 모른 죄가 하나요, 황제 승하하시되 상례를 모른 죄가 둘이요, 표진영의 난을 만나 대송을 구원치 아니하였으니 죄가

셋이요, 진영의 말을 듣고 청병을 보내었으니 죄가 네 가지요, 평호철 구백릉을 보내어 송을 당케 하려 하였으니 죄가 다섯 가지요, 내가 패문을 보내어 진영을 잡아 보내라 하여도 청종치 아니하였으니 죄가 여섯 가지요, 또 진영을 위하여 호걸을 보내어 괴롭게 하였으니 죄가 일곱 가지라. 네 어찌 죄를 지었느냐.」

만왕이 머리를 땅에 부딪쳐 피를 흘리며 살 길을 간절히 애걸하니, 원수 군사를 호령하여 능장 삼십도를 중히 친 후, 결박한 것을 풀어 장대에 올려 앉히고 꾸짖어 왈,

「처음에 항복 아니 하고 이제 와서 勢窮力盡*하매 항복하니, 마땅히 三族之法을 행하여 경계코자 하였으되, 십분 생각하여 용서하니라. 황제의 넓으신 은택과 인선하신 성덕을 잊지 말며, 일후 또 그러한 뜻을 두지 말고 조공 등사를 각별 조심하여 건실히 봉공하라.」

하니라. 만왕이 황공 감사하여 왈,

「원수께옵서 만번 죽을 죄를 용서하옵시고 이렇듯 분부하옵시니 황공 무지하오며, 어찌 추호인들 태만하오리까.」

원수 술을 부어 만왕에게 권하여 왈,

「그대를 위하여 심히 부끄럽도다.」

만왕이 다시 절하고 원수의 은덕을 못내 칭찬하더라. 원수 만왕을 데리고 만국에 들어가 백성을 위로하고 다시 장졸을 총독하여 본국으로 돌아갈새, 만왕이 예단을 많이 끌고 지경 밖에 나와 전송하거늘, 원수 만왕을 이별하고 바로 기주로 향하여 표진영의 창자를 처참하고 창

─────────
*세궁역진 : 기세가 다 꺾이고 힘이 빠짐.

고를 열어 백성을 호궤하고, 황성으로 가는 길에 곤주로 향하니라.

차설, 왕승상이 주야로 익성 오기를 기다리며 白鬚風(백수풍)身(신)에 영화를 못 보고 죽을까 하여 매일 슬퍼 원통한 사정을 생각하니,

「한 때 인생 가련하다. 물위의 거품이고 풀 끝의 이슬이라. 非命橫死(비명횡사) 전혀 말고 슬프다, 간간이 슬픈지고. 세월조차 수이 간다, 東園桃李(동원도리) 片時春(편시춘)은 나를 두고 이름이라. 석경 놓고 앉아 보매 늙어감이 어이 없다. 검던 머리 백발 되어 간다네. 오던 길을 잊었는가, 가고 다시 아니 온다. 만고영웅 秦始皇(진시황)도 동남동녀 회복하고, 만승천자 漢武帝(한무제) 承露盤(승로반)이 퇴락하다. 장생불사하려다가 기구 없어 죽단 말가. 樂只君子(낙지군자) 성현들도 어찌할 수 없건마는, 이내 일신 모르거든 남을 보고 깨칠소냐. 살았으매 이러니저러니하지, 이내 한 몸 죽어지면 백년 살자 하던 처자 한숨 쉬고 흐르나니 눈물이라. 이 몸이 죽을까 분한 끝에 저 살 근심뿐이로다. 부모 동생 가속이며 이웃 권당 모여 앉아 붙들고 눈물 흘려 仙風道骨(선풍도골)* 중한 몸을 육진장포로 질끈 묶어 입관행사 하온 후에 전후 좌우 둘러보니, 호곡소리뿐이로다. 형귀둔석 성분하고 신반실당 제사하니, 서수애천 한잔 술 먹는 자취 보았느냐. 生前事(생전사)가 一世榮辱(일세영욕)이라 하였는데 딸의 영화 언제 보며, 장익성은 어디 가고 백발 부모 잊었는가. 이리 생각 저리 생각 백발창안 아니 찾는가. 가련하다 용운이여 한심한 이내 몸이라. 人間七十(인간칠십) 古來稀(고래희)를 생각하니, 세상 만사 꿈 속이요. 인생 부득항

---

* 선풍도골 : 신선(神仙)의 풍채와 도인의 골격.

소년은 평생 우리 눈물로 무정 세월 보내는도다.」

선시에 원수 행군하여 곤주에 이르러 동구 밖에 유진하고, 원수 필마단기로 왕승상부에 들어가 승상을 뵈옵고 재배 좌정하니, 승상 왈,

「그대는 어디 있으며 무슨 일로 늙은이를 찾아왔느뇨.」

원수 대왈,

「금릉 땅에서 사옵더니, 기주에서 황성으로 가는 길에 승상께 문안도 하옵고 잔명을 거두어 칠년을 哀恤*하신 은덕을 치하하고자 하여 왔나이다.」

승상이 고이히 여겨 우문 왈,

「내가 남에게 덕 입힌 바가 없거늘 칠년 은덕이라는 말씀을 생각지 못하리로다.」

원수 다시 여쭈되,

「노모가 댁에 있사온 지 칠년이로소이다.」

승상이 더욱 의심하여 문왈,

「모친은 뉘라 하며 그대 성명은 뉘라 하느뇨.」

원수 일어나 절하고 대왈,

「모친은 정씨이옵고 소자는 장익성이로소이다.」

승상이 대경하여 즉시 시비를 명하여 정부인께 이 말을 통하니라. 정부인이 소저와 말씀을 하시다가 이 기별을 듣고 일희일비하여 시비를 따라나오니, 원수 뜰에 내려 모친을 맞아 재배한대, 부인이 눈물을 흘리며 원수의 손을 잡고 반겨 왈,

「그 사이에 어디를 갔더냐.」

원수 여쭈되,

「모친을 이별하옵고 황성에 올라가서 여차여차하여 천

---

*애휼 : 불쌍히 여겨 은혜를 베풂.

은을 입사와 나라를 평정하고, 회로에 승상댁에 칠년 애휼하신 은덕을 치하하고, 모친을 모셔가려 하나이다.」

부인이 이 말을 듣고 더욱 즐거워하더라. 승상이 또한 대희하여 원수를 청하여 당상에 앉히고 술을 내어 권하며 왈,

「노부가 그대를 기다린 지 오래도다. 그대를 보지 못하고 죽을까 하였더니, 그대 흉적을 쓸어 버리고 대공을 이루고 돌아오는 길에 모친을 뵈옵고 노부를 찾아 만나니 즐겁기 측량없도다.」

원수 대왈,

「승상께옵서 도로에 서설하는 잔명을 거두어 애휼하옵신 지 칠년에 모자 상면케 하신 덕은 백골난망이로소이다.」

승상이 슬픔을 머금고 왈,

「노부부가 말년에 한낱 여식을 두었더니, 인공재질과 설용덕색이 족히 군자의 짝이 될 만한고로, 노부 내외 저와 같은 배필을 구하더니, 여식의 말이 모월모일에 몽사가 여차여차하기로 후원에 간즉, 모란화 밑에 한 동자가 누웠기로 하늘이 군자를 지시하심이라 하여 여차여차하였다 하기로 그대를 기다린 지 여러 해라. 그대는 기이지 말고 노부의 울적한 심사를 위로하라.」

원수가 다시 절하고 금낭에서 진주 투심한 옥지환 한 짝을 내어드리니, 반겨 받아 가지고 초당으로 가니라.

이때, 소저 이별시를 지어 병풍에 걸고, 상사 일념에 맺힌 마음과 독수공방 칠년에 슬픈 눈물로 세월을 보내더니, 꿈 밖에 장랑 옴을 듣고 꿈인 듯 생시인 듯 여취

여광하여 어찌할 줄을 모르던 차에 정부인이 들어오거늘, 소저 문왈,

「옥윤이 오셨다 하오니 어디를 갔다 하더이까.」

부인이 대강 전후 지내던 사실을 이르고 지금 대군을 거느려 황성으로 올라가는 길에 승상께 치하하고자 하여 왔다는 말을 하니, 소저가 들으매 반가움을 이기지 못하여 부인께 치하할 차에, 승상이 내당에 들어와 진주 투심을 주며 왈,

「이것이 청옥 염주와 바꾼 것이냐.」

소저 반겨 보니 흉격이 열리고 정신이 황홀하여 머리를 숙여 염용 대왈,

「부친의 교훈하심이 소소하도소이다.」

승상이 또한 희색을 떨치고 외당에 나와 즐기며 즉시 擇日成禮할새, 신부의 아름다운 花容月態와 신랑의 活潑 俊秀한 풍채는 짐짓 百年天定이라. 예필 후 황혼이 되매, 양인이 洞房華燭에 나와 좌정한 후에 여러 해 그리던 회포와 깊은 정의 심중함을 새로이 담화하니, 천지에 춘색이 화기를 띤 듯 강산에 세우가 개여 산천이 명랑한 듯, 칠월칠석 烏鵲橋에 견우직녀 상봉한 듯, 팔월 금령에 연배 타고 吳姬越女 상봉하여 꽃 잡고 희롱하는 듯, 칠년 그리던 회포를 금야 상봉 설화하니, 기쁜 마음을 어찌 다 설화하리오.

이튿날 신랑신부가 승상 양위와 정부인께 문안한대, 승상 양위와 정부인이 기쁨을 칭양치 못하여 하더라.

즉시 대연을 배설하고 원수 선봉에게 전령하여,

「삼군 장졸을 거느리고 승상댁으로 대령하라. 만일 거역하면 군법시행하리라.」

하니, 이때 선봉장 강의재 전령을 보고 행군하여 승상대 문전에 유진하니, 원수가 제장 군졸을 위로하여 우양을 많이 잡아 호군하고, 승상께 고왈,

「황성이 여기서 수천리라. 이번에 승상 양위와 모친과 소저를 모시고 가고자 하나이다.」

승상이 허락하니, 원수 일변 첩서를 주달하고 내당에 들어와 위부인께 뵈온대, 부인이 대희하여 즉시 범절을 친히 영솔하여 오니, 원수 흔연히 대답하고 치행 기구를 차릴새, 모부인과 소저와 위부인은 덩을 타고 수백 명 시녀가 녹의 홍상으로 쌍쌍이 좌우에 옹위한 가운데 갖은 풍악을 울리며 나아가니, 巫山(무산) 십이봉 선녀가 구름을 타고 瑤池宴(요지연)에 내린 듯, 西王母(서왕모) 반도를 만들어 향산 전에 올라가는 듯, 승상과 원수는 金鞍駿馬(금안준마)를 타고 삼천 철기를 옹위하여 나아가니, 赤松子(적송자) 백학을 타고 삼신을 향하는 듯, 옥당 선관이 청초를 몰아 인간에 내린 듯, 고금 풍류는 가산을 울리며, 旗幟槍劍(기치창검)은 일월을 희롱하며, 쌍쌍한 선녀와 거기치중이 백리에 연하니, 구경하는 사람이 뉘 아니 탄복하리오.

여러 날 만에 금릉에 이르러 유진하고 원수 제물을 갖추어 가지고 소저로 더불어 부친 묘소에 나아가 제문 지어 잔을 드릴새,

「유세차 모년 모월 모일에 아자 익성은 敢昭告于父親神(감소고우부친신) 靈之位(령지위)하옵나니 천지 통재라. 구세에 부친 상사를 만나 불과 수년에 기한을 견디지 못하여 모자가 걸식차로 주류사해하올 제, 십년 만에 곤주에 모친을 왕승상대하에 의탁하옵고, 소자는 거리로 다니옵더니, 부친의 도우심을 입사와 천우신조하와 낙타노인을 만나 칠년 공

부를 졸업한 후에 진세로 나와 표진영의 난과 남만 청병을 소멸하고 곤주에 이르니, 왕승상이 거두어 사위를 삼은즉 그 영화 극진하나 부친을 뵈옵지 못하니 불초하온 자식의 마음이 어찌 슬프고 망극치 아니하오리까. 약간 주과로 드리오니 흠향하옵소서.」

읽기를 다하매 초목 금수 다 슬퍼하는 듯하더라. 정부인이 기운이 막혀 기절하거늘, 원수 위로하여 다시 잔을 들고 내려와 채단을 내어 금릉 땅의 노소 인민을 흩어 주고 황성으로 향하니라.

선시에 천자가 원수를 남만국에 보내시고 여러 해 만에 황성으로 득달하사, 종묘에 나아가 진배하시고 환궁하사 주야로 원수의 장문 오기를 기다리시더니, 남만국과 싸워 승첩한 장계를 올리거늘, 천자가 친히 개탁하시니 원수의 장문이라. 하였으되,

「대원수 장익성은 성은 돈수백배하오며 해양에 이르러 호걸을 만나 적진에 싸워, 구일 만에 선동의 구함을 입삽고 경색수에서 욕본 말씀이며, 고산동에 들어가 죽을 뻔한 말씀이며, 또 경색수에서 호걸을 베고 적진을 짓쳐 무찌르고, 표진영을 베고 만왕 평수담이 나와 항복하기로, 죄목을 수죄하고 만국에 들어가 백성을 효유 진무하옵고, 기주로 회군하와 진영의 자손을 다 죽이고 곤주 왕승상 집에 들어가 모친을 만나고, 또 왕승상의 사위 되어 이번에 솔권하여 올라오는 사연을 주달하옵나이다.」

하고, 만왕의 항서와 표진영의 머리를 봉하여 올렸거늘, 견필에 대희하사 진영의 머리와 조서를 천하에 내리사 백성을 안무하시고 만조 제신으로 더불어 원수의 공을 칭

찬하시며, 승상 왕순돈으로 魏國公(위국공)을 봉하시고 위부인으로 魏國后(위국후)를 봉하시며, 장영을 추증하여 齊王(제왕)을 봉하시고, 정부인으로 齊王妃(제왕비)를 봉하시고, 왕소저로 정렬부인을 봉하사 절행을 표장하시고, 직첩을 내리사 위국공을 즉시 명초하시더라.

원수가 회군하여 운수성에 다다르니 예관이 직첩을 드리거늘, 원수가 북향사배하고 받자와 승상부부와 모친과 소저께 드리고, 예관을 대접하여 보내고 즉시 떠나 여러 날 만에 황성을 바라보니, 천자 만조 제신을 거느리고 성외 십리정에 나와 기다리시거늘, 원수 나아가 복지하온대, 천자 반기사 옥잔을 친히 잡아 권하사 왈,

「만리 원정에 대공을 세우고, 또 모자 상면하여 왕녀를 취하여 무사히 돌아와 짐을 보니 기쁜 마음 어찌 다 성언하리오. 그 사이에 그린 회포를 한 잔 술로 표하나니 사양치 말라.」

하시고 권하시니, 원수 쌍수로 잔을 황공히 받자와 마신 후에 성덕을 축수하더라.

차시 천자 환궁하시며 조서하사 왈,

「장군은 집안 거처를 분별하고 즉시 입시하라.」

하시니, 원수 칙교를 받자와 승상부부와 모친과 소저를 모시고 별궁에 들어가 처소를 정할새, 양노각 백간은 위국공을 모시고 내음각 칠십간은 위국후를 모시고, 정양각 팔십각은 모친 공렬부인을 모시고, 양초당 구십간은 정렬소저 처소를 정하고, 취통당 일백오십간은 원수의 처소를 정하고 바로 탑전에 들어가 사은숙배하온대, 천자가 새로이 반기시며 대연을 배설하고 만조 제신과 나가 싸우던 장졸을 모으시고 즐기시며 호궤하사 왈,

「이번 진영의 난을 당하매, 국가 사직이 거의 망케 되었더니, 장원수의 충심을 입어 종사를 안보하고 백성을 도탄 중에 건졌으니, 그 공을 의논하기 어려운지라. 짐이 제위를 전코자 하되 받지 않을지라, 생각컨대 천하를 반분하여 주고자 하노니 경 등의 소견이 어떠하뇨.」

원수 대경하여 주왈,

「신의 대원수 직첩을 거두시고 고향에 돌아가 백성이 되게 하옵소서.」

천자가 가라사대,

「대원수는 어찌 짐의 마음을 불안케 하느뇨.」

원수 또 고두 사왈,

「칙교 이같이 하시니 신을 위하심이 아니오라, 신으로 하여금 逆類(역류)에 비하시니, 복원 폐하는 후세에 신의 逆命(역명)을 면케 하옵소서.」

제신이 함께 주왈,

「원수의 일단 충성이 하늘에 사무치오니 어찌 칙교를 봉행하오리까. 하늘에 두 날이 없사옵고 하늘 아래 두 임금이 없사오니, 황상은 칙교를 거두시고 원수의 충심을 온전케 하옵소서.」

황상이 마지 못하사 칙교를 환수하시고 출전장을 차례로 벼슬을 돋우실새, 제일 공신에 대원수로 금자광록태후를 겸하여 좌승상을 봉하시고, 제이 공신에 소월암으로 대원수를 봉하시고, 제삼에 황추경으로 부원수를 봉하시고, 제사에 강의재로 太侯(태후)를 봉하시고, 그 남은 장졸은 차례로 벼슬을 돋우시고, 출전 삼군을 다 불러 가라사대,

「네 힘을 입어 반적을 소멸하고 종사를 안보하니 즐겁기 측량없도다.」

하시고 금은을 많이 상급하시니, 삼군이 희희하여 돌아가며 천자 은혜와 승상의 공덕을 축수하며 勝戰歌(승전가)를 불러 왈,

「천지간에 남자 되어 輔國之材(보국지재) 품었세라. 三五 三九(삼오 삼구) 소년시에 싸움 싸우기 무슨 일인고. 부모 처자 하직하고 위국충심뿐이로다. 태평세상 생존하여 병란을 모르더니 천지 운수 불행하여 천고성이 신통하다. 반적일세 표진영이 찬력일세. 예서 난리 제서 난리, 사면 팔방 들어섰다. 너의 묘계 흉악하고 너의 기세 놀랍도다. 황제성이 소동하니 風聲鶴唳(풍성학려) 이 아닌가. 호위 대도독 부원수가 십대문을 지킬 제, 어장기취 두고 죽자 언약뿐이로다. 영웅이 충신이네, 우리 장원수가 영웅이요 충신이네. 조정 반적 함몰하고 황후 동궁 받들어서, 자원 출전하여 표진영을 잡으실 제, 소주 삼경 찬소리에 창을 빗겨 잠을 들어 창망 고국 꿈을 꾸니, 백발 양친 하는 말이, 죽었는가 살았는가 우리 아들 보고지고. 너를 낳아 사랑하고 너를 길러 의지터니, 네가 이제 출전하여 살아올 줄 어이 알리오. 오늘 밤에 꿈을 꾸니 홍안 소저 하는 말이, 비단금은 어디 두고 주막잠이 어인 일고. 백년 기약 어찌하고 일조 이별한단 말인가. 인간 이별 만사중에 독수공방이 더욱 섧다. 이내 꿈을 깨달으니 함곡위진 중에 일편 단신일레. 장원수가 장하시고 수다 적장 잡으실 제, 필마단창 횡행하여 추광검이 번개 되니, 소소 낙목 적장일세. 넘넘추수 한칼 아래 십만 도적 함몰하니, 赤壁大戰(적벽대전)에 이런 요란 있었는

가. 대적은 베이시고 노약적은 놓으시니 하해지덕 장하시고, 칼을 쥐고 춤을 추니 이 춤은 七德舞(칠덕무)요, 활을 놓고 소리하니 勝戰歌(승전가)라. 가던 날을 생각하니 오늘 오기 천행일세. 우리 살기 뉘 힘인가 대원수의 용맹이라. 우리 공이 무엇인가 성주님의 덕화로다. 성주님과 승상께 만년수를 비나이다. 부모 처자 상면하고 동락태평하오리라.」
하고 각각 돌아가니라.

승상이 삼군을 보내고 탑전에 들어가 천자를 모시고, 백관으로 더불어 太平宴席(태평연석)에 즐기는 소리에 궁중이 진동하더라.

잔치를 파하고 본부에 돌아와 즐기며, 날이 밝으면 위로 천자를 받들고 조석 문후를 가찰하시고, 가운데로 만조를 혼합케 하여 일단 충심 본받게 하고, 아래로 음양 사시 순조하여 백성을 다스리고, 그 남은 여가에는 십시가절을 찾아 풍경을 구경하니 風流貴子(풍류귀자)요, 一代榮光(일대영광)일러라.

슬프다. 위국공부부 홀연 득병하여 세상을 버리시고, 승상과 정렬부인이 망극하여 애통하시며, 예로 극진히 선산에 안장한 후, 불과 오년에 공렬부인이 또 별세하시니, 승상부부와 상하 노복이 발상하고 예로 극진히 하여 삼년을 지낸 후에, 천자가 승상을 명초하사 職牒(직첩)을 도로 내리시고 새로이 위로하시니, 승상이 복지사은하고 물러나와 밤이면 정렬부인과 즐기고, 낮이면 천자를 모셔 국사를 의논하시더라.

세월이 여류하여 정렬부인 봉한 지 이십팔년에 아들 십이자를 두었으되, 장자 운경은 십오세에 등과하여 기주

자사 되고, 차자 운선은 곤주자사 되어 위국공의 外孫奉
祀로 婁代香火를 받들게 하고, 삼자 운영은 십오세에 등
과하여 소주자사 되고, 사자 운옥은 운주목사요, 오자 운
천은 서양태수요, 육자 운창은 여람태수요, 칠자 운녹은
십삼세에 등과하여 한림학사요, 그 남은 오형제는 미성
하였으되, 십이자가 父風母習하여 기골이 준수하고 풍채
늠름하여 如虎如龍하매, 풍진세계에 영웅 호걸이 집합한
것 같더라.

　차시 승상이 임금을 정도로 보좌하며 현인 군자를 조
정에 천거하여 내외 직무에 마땅하게 맡기매, 國富兵強
하였는지라. 이러므로 천자는 정직하시고 조정이 화목하
며, 처처에 雨順風調하여 年年豐登하여 백성이 含哺鼓腹
하여 擊壤歌를 부르며, 山無盜賊하여 不閉門하며, 道不
拾遺하고 民不爭訟하며 영오가 공허하여 사방에 무일사
하매 堯之日月이요, 舜之乾坤일러라.

　차시 승상의 연광이 칠십성상이라. 백발이 흩날리니 人
生不得恒少年을 생각하고 여년을 하양코자 하여 후원 산
정을 쇄정하게 일신 수리하여 화려한 보진을 설비하며,
동서양 각종 요리를 넉넉히 준비하였더라.

　승상이 정렬부인으로 더불어 내외 종척과 여러 아들과
여러 자부를 데리고 각종 풍악을 갖추어 白頭吟을 읊으
며 여러 날 연락할새, 이때는 마침 추팔월 망간이라. 천
색은 淸雅하고 월색은 滿庭이라. 중천에 뜬 기러기 소리
옹옹한 가운데, 난데없는 옥저소리 은은히 들리는지라,
고이히 여겨 살펴본즉 하늘에서 선관 선녀 내려와 승상
과 왕부인을 향하여 길이 읍하며 왈,

「전별 후 누년에 무양하시나이까.」

한대, 승상이 답례하여 왈,

「전일 뵈온 바가 없거늘, 별후라 하심을 생각지 못하겠나이다.」

선관 선녀 미소 답왈,

「그대와 부인은 천상 선관 선녀로서 옥황상제께 득죄하여 塵世緣(진세연)을 맺어 양계에 내치시었더니, 옥황상제께옵서 죄를 사하사 나로 하여금 그대 부부를 도로 데려오라 하시기로 우리 둘이 왔사오니, 진세 재미를 생각지 말고 바삐 가사이다.」

하거늘, 승상과 부인이 선관 선녀의 말을 들으매, 별 도리 없음을 깨닫고 여러 아들과 여러 자부를 대하여 왈,

「우리 이제 세상에 떠난 후라도 여 등은 忠孝節義(충효절의) 넉 자로 일평생을 수신하여 지내기만 믿는다.」

하는 유언을 마칠 즈음에, 천지 진동하며 채운이 일어나며 옥저소리 다시 나는 듯하더니, 승상과 부인이 일시에 간 데 없거늘, 여러 아들과 여러 자부와 남녀 노비들이 일변 애통하며 일변 희한히 여기더라.

차설, 의정부 조기로 좌승상 장익성이 거야에 승천하여 세상을 떠난 사연을 주달하는지라. 차시 천자가 승상의 소식을 들으시고 대경실색하사 왈,

「哀哉(애재)라 장공이여, 痛哉(통재)라 장공이여, 惜哉(석재)라 장공이여, 하일 하시에 다시 만나 볼까 장공이여.」

하시며, 만조 제신을 거느리시고 벽공을 향하사, 그 공덕을 일컬으시며 비창히 조례를 마치시더라.

차시 천자 궁으로 환어하신 후에 예부에 조서하사 가라사대,

「좌승상 장익성은 나라의 一等元勳(일등원훈)이요 時任大臣(시임대신)이라.

예전에 친왕과 대신 조례와 장례를 상고하여드리라.」
하시니라.

예초기로 예전을 상고하온즉,

「대신은 오일조례요 오삭만장이며, 친왕은 칠일조례요 칠삭장례이온즉, 어느 예전을 의하여야 하올는지 상주하옵나이다.」
하였거늘,

「좌승상 장익성의 장례는 특별히 親王^{친왕례}例에 의하여 頒布^{반포}하노니 경향신민은 지시를 거행하라.」
하시더라.

차시 천자가 예부에 다시 조서하사 좌승상 장익성을 추증하여 楚王^{초왕}을 봉하시고 정렬부인을 추증하사 초왕비를 봉하사 치제를 내리시며, 동원에 있는 관곽 이부와 內帑庫^{내탕고}*에 있는 채단목포와 금은비곡을 병하여 오십 수레를 재가로 수송하라 하시다.

차시 예관이 하사하신 각종 물품을 領率^{영솔}하여 장부에 내도한즉, 여러 자손이 북향하여 천은을 축사하고 예관을 관대 전별한 후에, 부친을 더욱 생각하며 새로이 슬퍼하더라.

차설, 세월이 유수 같아 칠삭이 되매 금수강산을 택정하여 의대장으로 양례를 지내고, 십이 형제 시묘하여 朝夕祭奠^{조석제전}을 정성으로 지낼새, 차시 천자가 초왕의 공덕을 새로이 생각하시고 조정에 조서하사,

「예부로 지휘하여 麒麟閣^{기린각}을 건축하고 楚王^{초왕}의 影幀^{영정}을 模寫^{모사}하여 그 공훈을 표하라.」
하시다.

―――――
*내탕고 : 임금의 사사 재물을 넣어 두는 곳간.

차시 천자가 초왕이 세상을 떠난 후로 결연한 마음을
이기지 못하사 音影(음영)을 사모함으로써 그 여러 아들을 朝
夕相對(석상대)코자 하사 초토 중에 있는 장운경은 좌승상으로,
운성은 우승상으로, 운영은 간의태후로, 운옥은 광록태
후로, 운철은 호위대장으로, 운창은 거기대장을 명하시
고, 그 남은 육형제는 외임으로 자사를 명하사 祈福行公(기복행공)
하라 하시며, 금은진주와 각종 보화를 각각 한 수레씩 반
사하시니, 장공 십이 형제 香卓(향탁)*을 배설하고 北向四拜(북향사배)하여
천은을 축사한 후에, 부친을 생각하여 새로 더욱 슬퍼하
더라.

차시 장공 십이 형제 鄕第(향제)를 떠나 황성으로 올라 탑전
에 謝恩肅拜(사은숙배)하매, 천자가 大喜大讚(대희대찬) 왈,

「초왕은 비록 승무 상천하였으나 오늘날 경 등을 상봉
하니, 경의 부친 음영을 대한 듯하도다. 경 등은 부친
의 충성을 효칙하여 짐의 어두운 마음을 보좌하라.」

하시니 서로 대배 후, 승상 이하 십이인이 더욱 황감하
여 叩頭謝恩(고두사은)할 뿐일러라.

차시 장공 십이 형제 퇴조하여 집으로 돌아와 밤이면
聖經賢傳(성경현전)을 힘쓰니, 명망이 조야에 진동하고 부귀가 천하
에 으뜸일러라.

대저 장영의 행적이 소시로부터 덕으로써 집을 세우고
인의로 문을 삼고 예로써 몸을 操守(조수)하고 은혜로써 사업
을 실행할새, 言忠信行篤敬(언충신행독경)으로써 인리를 화목케 교섭하
며, 가난한 중에도 곤궁한 사람을 도와 주며, 나는 굶고
그러한 사람을 구제하였으니, 그 음덕이 자손에게 내려
구칠대 독자로 장익성에게 이르러 공덕이 사해에 덮이고

* 향탁 : 향로(香爐)를 올려 놓는 탁자.

이름이 천하에 진동하며, 겸하여 십이 형제 자손이 번성하여 百子千孫(백자천손)으로, 금옥이 만당하여 王爵(왕작)과 簪纓封君(잠영봉군)이며, 이부상서 대제학이 綿綿不絶(면면부절)하여 동서양에 만대영화가로 졈명하는 장공 익성의 집이라 하더라.

〈활판본〉

金剛聚遊記

〔해 설〕 金剛聚遊記

——작품 심저에 민족정신이 깃든 소설

〈옥소전(玉簫傳)〉과 〈옥소기연(玉簫奇緣)〉을 다시 모방한 작품인 듯싶다.

소부인(蘇夫人)이 산사(山寺)에 들어가 낳은 아들을 산사에 사는 부자에게 양자로 주는 것도 모방이라 하겠으나 적장(賊將)의 사위가 되지 않는 부분이 다르다.

정덕현(鄭德鉉)의 아들 소청(素淸)이 과거보러 가다가 금강산에 들러 조부를 만나보는 것, 팔도 도찰사가 되어 소부인의 진정으로 적장을 잡는 것 등은 〈옥소기연〉과 같지만 순무 도중 적(賊)들이 남해 현령의 행차를 습격한 이야기를 엿듣는다는 플로트는 전혀 다르다.

수적(水賊)를 만났다가 아라사 땅에 표착한 정덕현이 중국으로 들어가 과거를 보아 한림학사가 되는 과정, 정소청(鄭素淸)이 중국사신으로 들어가 황제의 명으로 정학사(鄭學士)와 문장을 시험하다가 부친을 알게 된다는 것, 그리고 정학사가 장인 되는 소공(蘇公)에게 편지하며 상봉하는 것은 모방이 아니다.

어떻든 이 작품은 〈옥소기연〉을 모방했음은 분명하나 많은 플로트를 창작하고 〈옥소기연〉을 환골탈태(換骨奪胎)하여 자신의 작품을 만들었다는 데서 그 가치를 찾아야 하겠다.

금강취유기
金剛聚遊記

　화설, 고려 공민왕 때에 慈藍山(자람산) 雪鶴村(설학촌)에서 사는 일위 名宦(명환)이 있으니, 성은 鄭(정)이요 이름은 達弘(달홍)이요 자는 士華(사화)니, 일찍 龍門(용문)에 올라 벼슬이 文賢閣(문현각) 太學士(태학사)에 거하여 물망이 조야에 진동하매 강명 정직하여 인민이 推仰(추앙)하며 칭찬하지 아닐 이 없더라.
　공의 天性(천성)이 強直(강직)하므로 소인의 참소를 입어 강원도 감사로 내려갔다가 다시 경사에 돌아오지 못하고 금강산 하에 한 別業(별업)을 이뤘으니, 그곳의 경치가 절승하여 千鶴峯(천학봉)이 극히 기이하고 수목이 무성하며 기화 요초가 사시를 응하여 차례로 피었고, 그 중에 峯巒(봉만)이 矗天(촉천)하여 하늘에 닿는 듯하되, 그 아래로 長安寺(장안사)와 地藏庵(지장암)은 玉壁(옥벽) 위에 걸려 있고, 楡岾寺(유점사)와 奉賢庵(봉현암)은 구름 속에 싸였는데, 바라와 경쇠소리며 목탁소리는 바람을 따라 은은히 들리는

데, 蓮根(연근) 캐는 아이들은 이리저리 왕래하며, 나무 베는 목동들은 산가 촌적으로 擊壤歌(격양가)를 화답하고, 강수는 잔잔하며 굽이굽이 흘러 만경 창파를 상접하였으니, 아마도 금강산 거룩한 풍경이 이른바 別有天地非人間(별유천지비인간)이라. 그 안에 한 정자를 짓되 이름은 聚遊亭(취유정)이라 하고, 사시로 경물을 완상하며 일세의 閑民(한민)이 되어 세월을 보내니, 석일 巢父(소부) 許由(허유)와 방불하더라.

공이 부인 李氏(이씨)로 더불어 동주하여 두 아들을 낳았으니, 장자의 이름은 德鉉(덕현)이고 차자의 이름은 弼鉉(필현)이라. 덕현의 나이 십륙세에 풍채가 수려하고 문장이 유여하여 聞一知十(문일지십)하매, 학사가 사랑하여 장안사에 보내어 학업을 힘써 가르칠새, 공자가 추팔월을 당하여 월색이 如畫(여주)하매 흥을 이기지 못하여 책을 덮고 일어나 庭中(정중)에서 배회하더니, 멀리서 옥저소리가 들리거늘, 마음이 처량하여 가로되,

「반드시 신선이 하강하여 사람의 귀를 놀램이라. 만일 신선이 아니면 심야 산중에 어찌 이런 사람이 있으리오.」

하고, 層岩絶壁(층암절벽)을 향하여 칡덩굴을 휘어잡고 옥저소리 나는 곳을 찾아나가니, 높은 암상에 일위 노인이 端坐(단좌)하여 옥저를 희롱하는지라, 생이 나아가 자세히 보니 그 노인이 青顏鶴髮(청안학발)에 풍채가 비범하여 범상한 인간이 아닌 줄 알러라.

좌우에 青衣童子(청의동자)가 侍立(시립)하였거늘 생이 앞에 나아가 재배하고 이윽히 뫼셨더니, 노인이 옥저를 그치고 왈,

「그대 정학사의 영랑이 아닌다.」

생이 공경 대왈,

「과연 그러하여이다. 소자가 이 산중에 들어와 글을 배
 웁더니, 우연히 옥저소리를 듣고 찾아왔나이다.」
하니, 그 노인이 생의 손을 잡아 앉으라 하며 소왈,
「그대 능히 이 옥저를 한번 불어 시험할소냐.」
 생이 공경 대왈,
「인간 무식한 아이 어찌 감히 仙間音律을 알리이꼬.
 진실로 尊名을 봉승치 못하리로소이다.」
노인이 또 웃어 왈,
「그대 이 景況을 비록 배우지 못하였으나 한번 불어 보
 면 자연 통하리라.」
 생이 감히 사양하지 못하여 옥저를 받아 한번 불어 보
니, 노인이 크게 칭찬 왈,
「이 아이를 가히 가르치리로다.」
하고, 인하여 그 옥저를 달라 하여 한번 불어 보다가 도
로 생을 주며 왈,
「그대 한 곡조를 불라.」
하니, 생이 받아 가지고 다시 한 곡조를 부니, 요요부절
하여 九霄에 사무치니 홀연 채운이 공중으로 일어나며 청
학 백학이 쌍쌍이 날아들어 춤을 추는지라, 노인 왈,
「그대 한번 배워 지극히 玄妙한 곡조를 能通하였으니
 기이하도다.」
하고, 인하여 그 옥저를 주며 왈,
「일후 반드시 쓸 곳이 있으리라.」
하거늘, 생이 받아 가지고 재배 문왈,
「선생은 어디 계시며 소자의 근본을 어찌 아시나이꼬.」
 노인이 웃고 부답하며 七言五句를 주고 言訖 학을 타

고 표연히 공중에 올라가니, 생이 옥저를 받아 들고 선인의 가는 곳을 바라보니 다만 오색 구름만 두르고 이향이 촉비하며 간 곳을 알지 못할러라.

 생이 이윽히 섰다가 정신을 수습하여 다시 그 주던 글을 보니 하였으되,

  「桃花流水(도화유수)가 天臺(천대)에 渺然(묘연)하니,
  옥저의 글은 단정히 바다 모퉁이에 비치었도다.
  달이 봉래에 떨어져 후생에 어리었으니,
  냉연히 돌아옴이 없도다.
  지리산에 봄꿩이 날개를 기울여 동남간으로 날아가도다.
  자로 만난 곳을 알고져 할진대,
  붉은 계수가 누른 솔잎이 한가하도다.
  금강 취월이 남루에 비치었으니,
  사람이 보매 洞庭湖(동정호)에 달이 비치도다.
  안개가 九疑山(구의산)에 둘렀으니,
  고향에 돌아오는 학이 백운간에 이르도다.
  중천에 백일이 밝았으니,
  翠蘭樓(취란루) 높은 곳에 둥근 달이 밝았도다.
  갈 길이 망연터니 청학이 인도하여 신선의 곳에 가니 이 또한 연분인가 하노라.」

하였더라.

 생이 공중을 향하여 절하고 장안사로 돌아와 그 노인을 잊을까 하여 옥저에 老仙官(노선관)을 만남을 표하니라.

 수일이 지난 후 정공이 창두를 보내어 아들을 부르니,

생이 즉시 서책을 수습하여 가지고 돌아와 부친께 뵈온
대, 공이 일봉서를 주며 왈,

「너의 外祖公 江華에 謫居하여 계시더니, 수토에 상하
여 질환이 중하여 너의 모친을 보고져 하시니, 모름지
기 너의 모자가 바삐 나아가 外祖의 병환을 위로하고
快復하시기를 기다려 돌아오라.」

생이 수명하고 즉일에 모친을 모시고 강화에 이른즉,
외조부의 병환이 이미 쾌복하였는지라. 이에 자질과 친
척들이 다 문병하러 왔다가 患候가 快差하심을 보고 모
두 기뻐 잔치를 배설하여 경하할새, 강수에 배를 띄워 즐
기며 선상에 포진을 갖추어 풍악을 질주하니, 청가 묘무
는 구소에 사무치고 金樽美酒는 옥반에 가득하며, 녹의
홍상 기녀들은 淸歌一曲을 희롱하더니, 공이 전어 왈,

「내 몸이 나라의 죄인이라. 여 등이 기악을 갖추어 희
유함이 노부의 죄를 더함이니, 바삐 잔치를 파하고 돌
아오라.」

제인이 공의 명을 違越치 못하여 일시에 흩어진대, 생
이 홀로 강산 풍경을 탐하여 수중에 단좌하여 옥소를 내
어 희롱하며 즐기더니 홀연 해상으로서 일진 광풍이 대작
하며 파도가 흉흉하고 수광이 접천이라.

생이 불의지변을 당하여 束手無策이러니, 수유에 생의
탄 배가 바람에 불리어 살같이 수천리를 가는지라, 한 곳
을 당도하매 봉만이 하늘에 닿는 듯하고 千峯이 嵯峨하
여 북극을 괴였는 듯한 중에 도화 만발하고 양류가 드리
워 물색이 화려하고 낙화는 물 위에 분분히 떨어지고, 석
양은 정히 서쪽으로 기울고자 하는지라.

생이 겨우 정신을 수습하여 사면을 둘러보니, 물결이

하늘에 닿는 듯하고 오색구름이 어리었으니 또한 海中仙(해중선)境(경)이라.

　생이 정신이 황홀하여 배를 매고 뭍에 내려 彷徨躕躇(방황주저)하더니, 한 곳을 바라보니 절벽 사이에 조그만 암자가 은은히 보이거늘, 마음에 기뻐 걸음을 급히 하여 올라가며 경치를 구경하더니, 문득 패옥소리 쟁연하며 애연한 울음소리 들리거늘, 생이 급히 눈을 들어 바라보니 꽃 사이로 일위 미인이 표연히 나오는지라. 생이 놀라 피하고져 하더니, 그 여자가 綠衣紅裳(녹의홍상)으로 나오니, 아리따운 태도는 십오야 밝은 달이 벽공에 솟아난 듯, 한 쌍 양안은 明鏡(명경)이 원산에 걸렸으며, 팔자 아미는 봉접이 꽃 사이에 넘노는 듯, 도화 양협과 옥치 단순이며 花容月態(화용월태) 소담함이 짐짓 절대가인이라. 필경 월궁 항아가 아니면 西王母(서왕모)가 하강함인가 하여 眞假(진가)를 분별치 못하고 스스로 생각하매, 「이곳이 경개 절승하여 신선의 곳이로다.」 하며 정히 주저하더니, 그 여자가 시녀를 데리고 나와 생을 보고 놀라 걸음을 멈추고 시녀를 명하여 전어 왈,

　「첩은 潁州刺史 蘇君(영주자사 소군)의 여자라. 부친을 쫓아 남녘을 좋아하여 남해에서 배를 寂夜(적야)에 타고 월색을 구경하며 연꽃을 희롱하다가, 몸이 곤하여 선창에 의지하여 앉았더니, 홀연 一陣狂風(일진광풍)이 대작하며 배를 몰아 살같이 가매, 지향없고 水勢(수세)가 洶湧(흉용)하니 노주 삼인이 다만 하늘을 부르짖어 죽기만 기다리더니, 天佑神助(천우신조)하여 배가 언덕에 닿거늘, 살기를 도모하여 육지에 오르매, 정신을 수습하여 살펴보나 어떤 곳인지 알지 못하고, 몸을 은신하여 돌아갈 길을 생각하매 망극하여 노주 삼인이 罔措(망조)하더니, 의외에 귀객을 뵈오니 남녀의 체면을 불

구하고 당돌하게 묻잡노니, 길 잃은 사람을 불쌍히 여기사 갈 곳을 가르쳐 주심을 바라나이다.」

하거늘, 생이 눈을 들어 그 시녀를 보니 비록 한 천인이나 또한 아름다운 태도가 絶代美人(절대미인)이라. 정생이 답왈,

「생은 고려국 사람이라. 생도 또한 풍랑에 표류하여 명을 보전하고 이곳에 이르렀으매 이곳 지명을 모르오니 고향에 갈 기약이 망연한지라. 그러나 인명이 재천하니 설마 어찌하리오. 여 등은 소저께 고하되, 소생과 소저가 피차 사람으로 풍랑에 표박하여 이곳에 모이매 심산벽처에서 상봉함이 우연한 일이 아니요, 반드시 하늘이 지시함이시라. 피차에 天緣(천연)이 중함이니 차시를 당하여 남자의 행실을 고렴하면 우리 양인을 구하여 줄 사람이 없으니 서로 상면함을 바라나이다.」

하고 고하라 하니, 시녀가 그대로 소저께 고한대, 소저가 다시 답왈,

「첩은 규중 여자로 심산 궁곡에 사고 무친한데, 우연히 귀객을 만나 수작을 통하였으니, 벌써 여자의 행실을 잃었는지라. 어찌 사소한 수치를 돌아보리이꼬.」

하고, 그 상공을 청하여 오라 한대, 시녀가 나아가 소저의 청함을 고하니, 생이 대회하여 즉시 시녀를 따라 이르러 소저와 예를 한 후 좌를 청하매, 소저의 화용 월태와 정생의 늠름 쇄락한 풍채가 피차 일반이라. 一毫參差(일호참차)함이 없으니 꽃이 무색하여 빛을 감추더라.

생이 공경 문왈,

「시녀의 전언을 듣사온즉 상국 명문 거족의 천금 귀소저로 우연히 풍랑을 만나 十生九死(십생구사)*하여 지우금 몸을

---

*십생구사 : 위태한 지경을 겨우 벗어남. 구사일생(九死一生).

보전하여 계시고, 생도 또한 표풍하여 이곳에 이르니, 우연지사가 아닌가 하나이다.」

소저가 斂容(염용) 對曰(대왈),

「첩의 운수 불길하여 이 액을 당하와 죽기만 기다리옵더니 우연히 귀객을 만나 이같이 물으시니 은혜 난망이로소이다. 감히 묻잡나니 尊姓大名(존성대명)을 듣고자 하나이다.」

생 왈,

「이 또한 천수요, 우리 양인의 연분이라, 생은 본래 고려국 태학사 정공의 자요, 이름은 덕현이라. 외조 병환이 중하기시로 병환을 구호하러 강화 땅에 갔다가 거야에 월색을 사랑하여 배를 타고 옥소를 희롱타가 홀연 대풍을 만나 이곳에 이르렀으니, 이는 낭자로 더불어 천정연분이 있어 하늘이 지시하신 바이라, 백년을 동주함이 어떠하시니이꼬. 원컨대 소저는 깊이 생각하여 秦晉(진진)의 好緣(호연)을 맺음이 어찌 즐겁지 아니하리이꼬.」

소저가 아미를 숙이고 체읍 양구에 왈,

「금일지사는 천만 뜻밖이라, 규중 여자의 당치 못할 말씀을 들었사오니 骨驚身駭(골경신해)하여 몸 둘 곳을 알지 못하오나, 그러하나 그물에 걸린 고기라. 사세 마지 못하여 차례와 수치를 무릅쓰고 말씀을 고하나니, 첩의 말씀을 용납하시면 몸을 허하여 종신토록 받들려니와 불연즉 이곳에서 죽어 失行(실행)치 아닌 귀신이 되기를 원하나이다.」

생 왈,

「소저의 말씀을 듣고자 하나이다.」

그 소저 왈,

「첩의 사세를 생각하오면 풍랑 중에 부모를 잃고 망극 애통하옴이 일시를 견딜 길 없고 고향으로 갈 마음이 살 같사오나 잔약한 여자가 득달할 길이 없고, 또 군자의 간곡한 말씀을 듣자오니 사세 고연하오나, 남취여가는 부모가 주장하시는 바라, 사사로이 인연을 맺음이 비례요 불효 되오나, 事以至此(사이지차)에 無可奈何(무가내하)라, 낭군을 쫓아 고려국에 들어가 육례를 갖추고 동방 화촉의 예를 다하여 백년 동락하려니와, 소원대로 쫓지 아니하실진대 죽을지언정 尊意(존의)를 응종치 못하겠나이다.」

생이 흠신 사왈,

「내 비록 무식하나 어찌 경박 탕자를 본받아 無行之事(무행지사)를 행하리이꼬. 소저는 조금도 의심치 마옵소서.」

소저가 칭사하더라. 생과 소저가 고향에 돌아갈 마음이 살 같으나, 浩浩茫茫(호호망망)한 萬頃蒼波(만경창파)에 어디를 지향하여 돌아오리오. 심회를 정치 못하여 눈물 나림을 깨닫지 못하거늘, 소저가 화성 유어로 위로 왈,

「대장부가 어찌 아녀자의 態(태)를 하여 근심하시느뇨. 우리 양인이 이곳에 모일 제도 풍랑이 인도하여 무사히 모였으매 이는 백년 부부의 연분을 맺어 돌아가게 함이니, 또한 무슨 근심이 있으리오.」

하고, 생과 한가지로 배에 올라 風帆(풍범)을 높이 달고 배를 놓으니, 수파가 잔잔하고 순풍이 배를 인도하여 정처없이 가는 바를 알지 못할러라.

생이 선두에 앉아 옥저를 내어 불어 마음을 스스로 위로하더니, 배가 순풍을 쫓아 가는 새 없이 한 곳에 이르니, 이곳이 선유하던 곳이라. 생이 차경 차희하여 급히 소저와 시녀 이인을 데리고 강화를 찾아가니라.

각설, 선시에 선유하던 일행이 돌아와 이공을 뵈온대, 공 왈,

「여 등이 조정 법도를 모르고 노부의 죄를 더하느뇨. 어찌 풍악 가무로 열락하리오. 만일 조정이 알면 罪上(죄상) 添罪(첨죄)할지라, 어찌 헤아리지 못하느뇨.」

하고 우문 왈,

「덕현을 어이 보지 못하겠느뇨.」

중인이 대왈,

「선상에서 아직 더 놀더이다.」

공이 명하여 나가 보고 불러 오라 하니, 나가서 강변에 이르르는 홀연 대풍이 일어나며 생의 탄 배 바람에 불리어 지향없이 살 가듯 내려가 순식간에 어디로 간 바를 알지 못할지라. 노속이 발을 굴러 왈,

「공자가 수중 고혼이 되리로다.」

하고, 하릴없어 급히 돌아와 고한대, 공이 대경 실색하여 어찌할 줄 모르고, 부인이 차언을 듣고 방성 대곡 왈,

「차홉다*. 덕현이여! 이팔청춘에 수중어복에 당할 줄 어찌 뜻하였으리오.」

하고 기절하니, 일가가 졸지에 초상 난 집 같아 남녀 노복 없이 황황하여 정신을 차리지 못하다가, 사람을 사방에 놓아 찾되, 대해에 萍草(평초) 같은 종적을 어디 가 찾으리오. 순일을 사처로 심방하더니, 차시 정생의 탄 배 평탄히 오더니, 이부 하리들을 만나매 반갑고 기쁨을 이기지 못하여, 하리 먼저 달려와 공과 부인께 공자가 생환함을 고하니, 공과 부인이 차경 차희하여 오기를 기다리더라.

생이 소저를 선창에 두어 시녀로 보호하라 당부하고 이

――――――――――
＊차홉다 : 아, 슬프다.

부에 돌아와 공과 모부인께 뵈온대, 부인이 공자의 손을 잡고 오열 유체 왈,

「네 풍랑을 만나 부지거처하니 수중 원혼이 된가 하여 차생에 다시 산 낯으로 못 볼까 하였더니, 이제 생환하여 모자가 서로 만날 줄 어찌 뜻하였으리오. 이는 명천이 도우사 생환케 하심이라, 어찌 만행이 아니리오.」

하고 기쁨을 칭량치 못하더라.

생이 외당에 나와 외조께 뵈온대, 공이 정공자의 손을 잡고 왈,

「네 액회 중하여 풍파에 불리어 갔다 하매 죽기는 쉽고 살기는 어려운지라, 심회를 걷잡지 못하여 다만 생환함을 하늘께 축수하였더니, 이제 무사히 돌아오니 만행이려니와, 그간 너 모의 심사가 어떠하리오. 사람의 자식이 되어 그 위태함을 생각지 아니하고 화를 자취하여 부모의 간장을 태우는다. 고서에 하였으되, 부모가 있는 자는 배에 오르지 아니한다는 말을 듣지 못하였느냐. 연이나 차역 천수라. 차후는 범사를 조심하고 화를 자취하지 말라.」

생이 공수 대왈,

「차후는 명을 봉승하리이다.」

하고 내당에 들어가 모친을 모시고 고하되, 해중에서 표풍하여 탄 배 살 가듯 닫던 말과 무인 절도에 다다라 소씨 만나던 말씀을 고하고, 선중에서 한가지로 돌아와 소저는 선중에 머물러 둔 사연을 설파하니, 부인이 청파에 대경 차탄 왈,

「소씨 여자가 표풍하여 타국 무인 섬중에서 너를 만나 모임이 우연지사 아니라, 반드시 하늘이 지시하신 연

분이니 어찌 천의를 역하리오. 그러나 너의 부친이 계시니 내 어찌 自^{자}斷^{단}하리오. 집에 돌아가 너의 부친께 세세한 말씀을 고하고 혼사를 정하리라.」
하고 즉시 행장을 수습하여 가지고 이공께 나아가 하직하니, 공이 여아와 외손을 이별하니 심사 초창함을 마지 아니하더라.

부인이 부전에 배별하고 아들을 데리고 해변에 이르러 소저를 데리고 금강산 고택에 돌아와, 생이 부친께 재배하고 수삭 존후를 문자온대, 학사가 반기며 즐김을 마지 아니하더라.

부인이 학사를 대하여 아자가 대액을 만나 죽을 뻔하였던 전후 수작을 전하고, 또 소소저를 만나 차마 버리지 못하여 데려온 사연을 설파하니, 학사가 청필에 대경하여 생을 불러 대책 왈,

「네 어찌 이런 위태한 일을 하여 나로 하여금 차마 악착한 비회를 품게 할 뻔 하였느뇨. 신명이 돕고 조종이 목우하사 만경 풍파에 몸을 부지하여 돌아오고, 또 그곳에서 천만 뜻밖에 소씨를 만났다 하니 이는 반드시 또한 천정연분이니 어찌 우연한 배필이리오. 이는 하늘이 유의하사 바람으로 인하여 만리 타국 사람을 서로 만나게 하심이요, 또 회환할 때에 만경 창파 중 배를 지향 없이 놓아도 그 배 절로 무사히 돌아오게 하였으니, 이는 명천이 우리를 도우사 이 같은 현부를 주심이라. 어찌 일시를 지완하여 천명을 역하리오.」
하고 급히 소저를 모셔 후원 별당에 거처하게 하고 택일 성례하려 하더라.

소인이 소소저를 보매 화용 월태 짐짓 窈窕淑女^{요조숙녀}요 君^{군}

子好逑(자호구)라, 마음에 생각하되,

「반드시 월궁 항아 아니면 인간에 어찌 저런 절대가인이 있으리오.」

하고 기쁨을 이기지 못하더라.

길일이 다다르니 예를 갖추어 신부를 맞을새 친척 빈객이 구름 모이듯 하여 연석을 빛내더라.

이윽고 생의 신부를 맞아 정당에 이르러 합환 교배를 마치매, 모든 사람이 눈을 들어 신부를 보고 칭찬하지 않는 이가 없더라. 양당에 차례로 예를 마치고 좌에 나아가매, 학사가 신부의 요조 현숙함을 보고 그 손을 잡고 왈,

「오문이 흥기함을 알리로다. 조상이 도우사 이런 현부를 주심이요, 인력으로 미칠 바가 아니로다.」

하고 종일 盡歡(진환)하다가 일색이 沒西(몰서)하고 옥토가 동령에 오르매 제객이 각산하니, 소저 침소를 후원 연정 백화당에 정하고, 야심하매 생이 촉을 밝히고 백화당에 이르니 소저가 앉았다가 몸을 일어 맞아 좌정하매, 생이 옥안 화모에 희색이 만면하여 소저의 옥수를 잡고 왈,

「우리 양인이 피차 풍랑에 불리어 무인절도 심산궁곡에서 만나 백년 가우를 맺어 금일 화촉에 부부지락을 이루니, 우리 일은 천고에 희한지사요, 천정가연이라. 금일도 소회 있다 하고 거절하려 하느뇨.」

소저가 옥수를 빼고 옥안에 홍광이 비치며 피석 단좌하여 일언을 부답이어늘, 생이 답언을 재촉한대, 소저가 마지 못하여 단순을 열어 염용 대왈,

「첩의 비루한 사정을 군자가 이렇듯 물으시니 첩이 몸 둘 바를 알지 못하리로소이다.」

생이 소저의 성음을 들으매 기쁨을 이기지 못하여 야

심함을 일컫고 옥수를 이끌어 금금에 나아가니, 양정이 흡연하여 繾綣之情*이 원앙이 녹수에 놀고 비취 연지에 깃들임 같더라.

이윽고 동방이 기백하매 양인이 일어 관소하고 양당에 신정 문후하니, 공의 부부가 사랑함이 극하여 좌를 주고 애중함이 칭량 없더라.

이후로부터 孝奉舅姑*하고 承順君子*하니 일가 친척이 稱讚不已하더라.

차시 소저가 한가한 때면 연정에 고기 놂을 구경할새, 그 중에 하나가 금색이 어리었으니, 빛이 황홀하여 안목이 현황하거늘, 소저가 사랑하여 시비를 명하여 매양 밥을 주어 먹이니, 그 후로 소저의 종적만 보면 물 밖에 나와 꼬리를 치며 반겨하거늘, 소저가 기이히 여겨 매일 일차씩 밥을 주어 먹여 기르더라.

하루는 소저가 심히 곤뇌하여 서안을 의지하여 잠간 졸더니, 홀연 연못 속에서 일위 미인이 표연히 나오거늘, 소저가 경의하여 몸을 일으켜 맞으며 빈주를 나눠 좌한 후 눈을 들어 보니, 沈魚落雁之容과 佩月羞花之態가 인간 사람은 아니요, 요지 선녀 같은지라. 정히 묻고자 하더니, 그 여자가 먼저 단순을 열어 낭랑한 소리로 가로되,

「소녀는 이 못 가운데 있는 용녀이옵더니, 부인이 이곳에 거처하신 후로 조석으로 밥을 주어 기르시는 은혜를 갚을지나, 그러나 명일 오시에 남행 용자에게로 몸을 허신하여 갈지라, 내일 갈 때에 반드시 바람과 뇌

---

*견권지정 : 마음 속에 굳게 맺혀 잊을 수 없는 정.
*효봉구고 : 시부모를 잘 받들어 모시는 일.
*승순군자 : 웃어른의 명을 순순히 좋는 덕행 높은 사람.

정이 대작하오면 소저가 놀라실까 하여 먼저 와 차사를 고하옵고, 겸하여 은혜를 사례코자 왔사오니 소저의 곁을 떠나오매 창연한 심회를 이루 칭량치 못하리로소이다.」
하고 언파에 눈물을 머금고 절하여 왈,
「후일에 다시 만날 날이 있으리이다.」
하고 일어나 가거늘, 소저가 따라 연못에 이르러 도화 가지에 걸려 놀라 깨니 남가일몽이라.

몽사를 생각하고 이상히 여기더니 명일 오시에 이르러는 연못으로부터 풍세가 대작하여 飛沙走石하며 뇌성 벽력이 진동하고 오운이 어리더니, 한 용이 구름을 옹위하여 반공 중에 올라 남해로 향하거늘, 소저가 신기히 여겨 연월일시를 기록하여 두니라.

이때 조정에서 정학사로 예조판서를 제수하사 부르시니, 칭병하고 벼슬을 받지 아니하니, 조정이 하릴없어 정학사의 장자 덕현으로 남해 현령을 하여 즉일 부임하라 하시니, 생이 불열하여 사직코자 하거늘 학사 왈,
「여부를 조정에서 여러 번 부르시되 나지 아니하였고, 또 너를 벼슬을 주시되 행치 아니하면 이는 불충이라, 너는 모름지기 군명을 승순하라.」
하니, 생이 부명을 어기지 못하여 행장을 차려 남해로 행할새, 부인이 공을 청하여 왈,
「소현부는 상국 귀택의 천금 귀소저로 부모 형제를 버리고 만리 타국에 생이별을 억제키 어려우나, 저의 부부 화락하므로 세월을 보내거늘, 이제 만일 저들 부부가 남북에 분열하면 현부의 심회 더욱 적막하여 비감함을 억제치 못하리니, 저의 사정이 공칙한지라. 원컨

대 상공은 아들과 현부를 한가지로 부임하여 저의 심
회를 위로케 함이 좋을까 하나이다.」
 공이 또한 그렇게 여겨 아들을 불러 소현부와 한가지
로 남해에 부임하라 하니, 소저가 구고전에 나와 斂袵
告曰,
「소첩이 만일 집을 떠나면 가중 대소사를 존구 친히 근
심하시리니, 소첩이 스스로 몸을 편코자 하여 구고 시
봉을 폐하고 가리이꼬. 감히 명을 봉승치 못하리로소
이다.」
하니, 부인 왈,
「내 나이 오히려 젊었고 가중 비복이 많으니 현부는 가
사를 염려 말고 존구의 명을 승순하라.」
 소저가 감히 존구의 명을 거역치 못하여 수명하고 물
러서니, 생이 소씨로 더불어 부모의 슬하에 하직하고 다
시 필현의 손을 잡고 이별 왈,
「너는 양친을 지성으로 봉양하여 우형이 돌아오기를
기다리라.」
하고, 즉시 발행하여 남해부에 도임하니라.
 각설, 大元 乾武皇帝 시절에 일위 재상이 있으니, 성
은 蘇요 이름은 世이니 대대로 명문 거족이요 한적 소학
사의 후예라. 일찍 靑雲에 올라 벼슬이 戶部尙書에 달하
여 물망이 지극한지라. 부인 玄氏로 동주 수년에 부인이
홀연 잉태하여 십삭이 차매 몸이 곤하여 침석에 누웠더
니, 하늘로서 일위 선녀가 내려와 계화 일지를 주어 왈,
「이 꽃은 월궁 계화라. 길러서 배필을 잃지 말라.」
하고 오운을 타고 옥경으로 향하거늘, 부인이 정신을 차
려 보니 향기 일실에 가득하거늘, 부인이 꽃을 쥐고 있

더니, 홀연 일진 광풍이 일어나 꽃을 거두쳐 만경 창파에 던지거늘, 현씨 놀라 깨달으니 침상일몽이라. 부인이 이상히 여겨 몽사를 기록하더라.

수일 후 부인이 일개 옥녀를 생하니, 비록 남자가 아니나 아름다운 태도가 추천명월 같은지라, 부인이 몽사를 생각하고 이름을 계월이라 하니, 계월이 점점 자라 십륙 세 된지라. 성도가 현숙하여 사덕을 겸하였으니, 상서 부부가 掌中寶玉(장중보옥)같이 여겨 그 쌍을 얻어 슬하에 재미를 보고자 하였더니, 마침 천자가 소공으로 青州刺史(청주자사)를 제수하사 즉일 부임하라 하시니, 소공이 謝思肅拜(사은숙배) 후 행장을 차려 청주로 행할새, 소저가 모친을 따라가니라.

차시는 추칠월 망간이라. 소저가 시비 양인을 데리고 배에 올라 월색을 구경하며 연화를 희롱할새, 현부인이 소저가 오래도록 돌아오지 아니하고 풍세가 대작함을 보고 대경하여 시비를 데리고 급히 강변에 나와 보니, 소저가 탄 배는 형용도 없고 광풍이 대작하되, 수광이 접천하니 소저의 형용이 묘연한지라. 부인이 발을 구르며 가슴을 두드려 방성 통곡 왈,

「계월이 溺水(익수) 참사할 줄 몽매에나 생각하였으리오.」
하고, 한 마디 호곡에 기절하며 피를 토하고 꺼꾸러져 불성인사하거늘, 시비 황황 망조하여 부인을 구호하여 돌아와 상상에 누이고 급히 공께 연유를 고하니, 공이 차언을 듣고 대경 실색하여 내당에 들어가 부인을 보니 살았으나 망연한지라, 약을 연하여 쓰고 사지를 주무르니, 식경 후 정신을 수습하거늘, 사람을 사면 팔방으로 놓아 찾으나 수만리 고려국에 있는 계월의 존망을 어찌 알수 있으리오. 하릴 없어 어복에 장한 줄 알고 주야로 통곡

하며, 세상에 마음이 없어 벼슬을 하직하고 부인으로 더불어 고향 금릉 땅에 돌아와 세월을 보내나 여아를 생각하면 흉격이 막혀 울음으로 세월을 보내더라.

　각설 덕현이 남해에 부임한 후 일년이 못되어 治民治政(치민치정)을 극히 밝게 하매 남해 인민이 희열하여 인인이 칭찬치 아닐 이 없더라.

　차시는 중춘 망간이라. 정생이 난간에 의지하여 월색을 첨망하더니, 홀연 심회가 동하여 부모의 슬하에 시측할 마음이 살같으나 몸에 일방 중임을 맡았는지라, 임의로 시측지 못함에 심회를 정치 못하고 벼슬에 마음이 없어 고택에 갈 마음이 착급하더라.

　어시에 조정에서 정덕현이 남해를 선치하여 백성이 樂業(낙업)함을 들으시고 승품하여 내직으로 부르시니, 정태수가 남해를 떠날새 백성들이 길을 막고 울며 왈,

「우리 태수가 어디로 가시려 하시나이까.」

하거늘, 태수가 백성을 위로하고 경사로 행할새, 길이 자연 지체되어 저물게야 강두에 이르러 위의를 다 보내고 관속 십여명과 선인 등 수인만 데리고 배에 올라 행선하니 행색이 소조하더라.

　청풍이 삽삽하여 중류에 행할새 홀연 멀리 바라보니 수십척 배 돛을 달고 표연히 오거늘, 고기잡는 어선인가 하였더니 홀연 방포 일성에 벽력 같은 소리 산이 무너지는 듯 바다가 뒤집히는 듯하여 정신을 진정치 못하더니, 이십여명의 수적이 일시에 태수의 배에 올라와 선중인을 다 물에 던지고 행장을 탈취하여 보니, 다른 물건은 없고 다만 옥저 일개뿐이라. 원래 정태수가 청렴하므로 일금도 가지고 오는 것이 없더라.

차시에 태수의 일행이 불의지변을 당하여 속수무책이라. 태수와 부인이 서로 붙들고 왈,

「우리 도적에게 욕을 당하느니 차라리 물에 빠져 죽음이 옳다.」

하더니, 도적이 일시에 달려들어 탄 배를 엎지르니, 차희라. 태수부부가 이곳에 와 익수할 줄 뜻하였으리오. 만경 창파 한 조각 널에 몸이 실려 풍랑에 불리어 가더니, 홀연 물속으로조차 무엇이 있어 태수의 등을 밀어 물밖에 내치고 간 데 없거늘, 태수가 바야흐로 정신을 진정하여 살펴보니 바닷가라. 촌가를 찾아가 한 곳에 이르니 일좌 장원이 있거늘, 들어가 주인을 찾으니 한 사람이 나와 문왈,

「그대는 어디 사람이며 어찌하여 이곳에 왔느뇨.」

태수 왈,

「나는 고려국 사람이러니 수중에서 적당을 만나 물에 던짐에 죽을 줄 알았더니 죽지는 아니하고 잔명을 보전하여 이곳에 왔사오니, 이 땅의 지명은 무엇이며 존성 대명을 듣고져 하나이다.」

주인 왈,

「나의 성명은 조배라. 이곳에서 성장하였으니 지명은 노국 소가장이라 하거니와 그대의 모양을 보니 녹록한 장부 아닌가 싶으니, 머물러 있다가 길시를 만나 고려국에 돌아감이 어떠하뇨.」

　태수가 백배 사례하고 다행히 여겨 그 집에 머물러 주인의 자식을 훈학하며 세월을 보내더라.

　차시 소부인이 태수와 한가지로 몸이 물에 잠기어 죽을 줄 알았더니, 문득 수중으로조차 또한 무엇이 있어 부

인을 걷어차 물밖에 내치거늘, 정신을 진정하여 살펴보
니 몸이 물밖에 놓였는지라, 부인이 바야흐로 자기 신세
를 생각하니 四顧無親(사고무친)한데, 一身(일신)이 飄泊(표박)하여 붙일 곳이
없고, 또한 태수가 익수함을 생각하니 잠시도 살아 있을
마음이 없어 하늘을 부르짖어 방성 대곡 왈,

「내 죄악이 지중하여 흉악한 풍랑을 만나 부모를 실산
하고 또 타국에 들어와 가군을 의지하여 잔명을 부지
하였더니, 천만 뜻밖에 이곳에 와서 또 가군의 익수 참
사함을 당하니, 여차 흉악한 팔자와 窮薄無服之人(궁박무복지인)이 어
디 있으리오. 이같이 곤박한 일신이 살아 있음이 구구
한지라, 차라리 물에 몸을 던져 죽은 넋이라도 가군을
따라 황천에 돌아가 전후한을 명부에 정소하여 금생의
원을 풀리라.」

하고 몸을 수중에 던지니, 수중에서 무엇이 걷어차 물밖
에 내치거늘, 부인이 정신을 차려보니 몸이 해변에 나왔
거늘, 부인이 애통 왈,

「죽고자 하되, 죽기도 마음대로 못하니, 이는 죄악이
중함이라.」

하고, 또 몸을 뛰어 물에 들고져 하거늘, 홀연 일위 소
년 여자가 붙들고 왈,

「부인은 千金之軀(천금지구)를 초개같이 여기사 일시 액운을 견
디지 못하고 목숨을 버리고져 하시나이꼬. 부디 몸을
보중하사 복중 유아를 생각하여 정씨 종사를 이으려 하
면 십오년 후에 길시를 당하여 태평을 누리실 것이니
조금도 슬퍼마옵소서. 이 앞 멀지 않은 곳에 望雲(망운)이란
암자 있사오니 그곳에 가 의탁하여 좋은 시절을 기다
리옵소서.」

부인이 의아하여 눈을 들어 자세히 보니 이는 꿈속에서 보던 용녀라. 부인이 반기며 자세히 묻고져 하더니 홀연 간 데 없거늘, 부인이 생각하되, 「전날 꿈속에서 보던 용녀가 일후에 남해에서 만나리라 하더니 오늘을 이름이요, 두 번을 물에 던지되 죽지 아니함은 다 용녀의 구함이로다.」하고 다시 생각하되, 「내 잉태 수삭이라, 만일 생남할진대 정씨의 후사를 이을 것이오. 혹시 하늘이 도우사 가군의 원수를 갚을진대 어찌 기쁘지 아니하리오.」 생각이 이에 미침에 마음을 정하고 망운암을 찾고져 하여 수변으로조차 내려가더니, 홀연 슬픈 울음 소리로 부인을 부르는지라, 부인이 귀를 기울여 들으니 雲香의 음성이라, 부인이 또한 소리를 높여 통곡하며 운향을 부르며 왈,

「우리가 서로 가다가 이곳에서 만났으니, 죽어 황천에 가서 만남과 같도다.」

하고 서로 붙들고 통곡하니, 애연한 곡성은 慘不忍見이라. 기운이 서로 막혀 不省人事하였다가 식경 후 겨우 정신을 진정하여 부인이 운향더러 문왈,

「너 어찌하여 살아 이곳에 와 나를 찾느냐.」

운향이 읍고 왈,

「소비 물에 떨어지매 무엇이 등을 밀어 물밖에 내치거늘, 정신을 차려본즉 일위 선녀가 이르되, 「그대 바삐 저곳으로 가면 소부인을 만나리라.」 하옵기로 이리로 왔삽더니, 천만 의외로 부인을 만날 줄을 어찌 뜻하였으리오. 부인은 또 어찌하여 이곳에 계시니이꼬.」

부인이 지난 일을 이르며 눈물을 흘리며 왈,

「이는 백화당 연못에 있는 용녀의 도움이라.」

하고 노주가 망운암을 찾아갈새, 산천이 험준하고 수목이 참천하여 갈 바를 알지 못하고 부인이 기운이 쇄잔하여 촌보를 옮기지 못하매 운향을 불러 왈,

「내 기운이 다하여 능히 나가지 못할지라, 차라리 이 곳에서 죽느니만 같지 못하다.」

하고 仰天痛哭(앙천통곡)하니, 그 정상을 차마 보지 못할러라. 운향이 또한 울며 어찌할 줄 몰라 망조하더니, 산상으로서 한 노승이 내려와 양인을 대하여 문왈,

「부인은 슬퍼 마옵시고 망운암이 여기서 멀지 아니하니 날과 한가지로 가사이다.」

하고 부인을 붙들어 칡덤불을 붙들고 올라 부인을 만단 위로하며 공경하거늘, 부인이 그 尼姑(이고)의 은근한 정을 감사하여 마음을 적이 관억하여 운향을 데리고 그 절에 이르니, 사중 제승이 나와 부인을 맞아 당중에 들어가 좌를 정하매, 노승이 부인의 내력을 알고 제승더러 이르고 측은히 여기며 왈,

「이곳 인심이 극히 사나우오니 속인으로 있으면 반드시 욕을 보기 쉬우리니, 削髮爲僧(삭발위승)하고 이곳에서 공부하다가 길시를 기다려 돌아가소서.」

하니 부인이 그리 여겨 삭발하고 노승의 제자 되니, 운향이 또한 삭발하고 부인의 상제 되어 후당 유벽한 곳에 몸을 은거하고, 날마다 불전에 배례 암축 왈,

「가군의 소식을 듣고 부모를 만나 보며 생남하기를 지성으로 축원하나이다.」

하더니, 이러구러 십삭이 찬지라.

일일은 부인의 복통이 급하니, 운향이 부인을 붙들어 구호하더니, 인하여 일개 옥동을 생하니, 얼굴이 荊山白(형산백)

옥이요, 소리 웅장하여 쇠북을 울리는 듯하고, 기위 쇄락하여 강보의 육아 같지 아니한지라. 부인이 一喜一悲하여 눈물을 금치 못하니, 운향이 지성 간위하며 극진 보호하니, 제승이 보고 모두 놀라 왈,

「寺中 암중에서 여승이 생자하였다 하면 사중의 怪變이요, 망할 것이니, 바삐 내어 보내라.」

하거늘, 부인이 차언을 듣고 魂魄이 飛越하여 망극함을 어디다 비기리오. 제승이 그 경상을 가련히 여겨하나 사중 풍속에는 없는 일이라. 노승이 그 차경을 보고 식경이나 말을 못하다가 부인을 대하여 왈,

「부인의 사정은 비록 긍측하나 사세 부득이라, 내게 한 계교 있으니 내 말대로 하면 편하리라.」

부인 왈,

「노사는 묘책을 가르치소서.」

노승 왈,

「이 앞 촌가에 한 사람이 있으되, 재산은 많으나 다만 자식이 없어 항상 수양자를 구하여 달라 하던 것이니, 그곳에 수양을 보내면 피차 편안할 듯하니, 부인은 생각하여 보소서.」

부인이 차언을 듣고 반겨 왈,

「노사의 말씀이 가장 좋으니 부디 지시하소서.」

노승이 즉시 나아가더니 한 사람을 데려오거늘, 자세히 보니 그 사람은 장대복의 처라. 부인과 서로 언약을 정하고 아이를 데려다 기르매, 아이의 이름을 素淸이라 하니, 대복의 부부가 아이를 보고 대희하여 掌中寶玉같이 여겨 친생자같이 애중하니라.

그후로부터 소부인도 종종 왕래하여 적이 슬픔을 잊고

일월을 보내나 주야로 고향 생각이 아니 날 때 없더라.

하루는 대복이 그 처더러 왈,

「이 아이 장성하면 반드시 제 부모를 찾으리니, 필경 우리 자식이 되지 못할지라. 우리 모야에 그 부인 모르게 집을 멀리 옮겨 종적을 없이하여야 내 자식이 될 것이요. 뉘 우리 집 근본을 알리오.」

그 처 그리 여기고 집을 옮겨 부치거처라.

차시 소부인이 이 소식을 듣고 천지 아득하고 大驚失色하여 가슴이 막혀 기색할 듯하니, 운향이 망조하여 부인을 붙들고 주무르며 약물로 구호하여 겨우 정신을 진정하고 嗚咽悲泣 왈,

「내 무슨 죄악이 이같이 지중하여 허다 환란을 지내고 여액이 미진하여 자식 하나를 기를 수 없어 남을 주었다가 일조에 간 곳을 알지 못하니 내 죽어 모름이 옳을까 하노라.」

운향이 위로 왈,

「부인은 과도히 슬허 마시고 길시를 기다리옵소서. 아직 액운이 미진하옴이니 후에 길운을 당하오면 자연 만나 볼 것이니 슬허 마소서.」

하며 만류하여 위로하며 세월을 보내더라.

차설, 장대복이 집을 떠나 사랑도라 하는 섬중에 들어가 살며 극진 애중하여 글을 가르치매, 聞一知十하여 문장이 특이하니, 글은 蘇東坡를 압두하고 필법은 王右軍을 무시하더라. 年이 십오에 풍채 헌앙하고 기골이 준수하며 언어 蘇와 張을 무시하니, 시인이 楊平이라 하더라.

또 퉁소를 잘 부는지라, 다만 봉내라 하는 사람이 있어, 와서 소청의 퉁소 부는 소리를 듣고 대희하여 왈,

「장수재 극히 아름답고 통소 부는 법이 신기하니, 내 한 여식이 있으니 사위를 삼으리라.」

하고 대복을 보고 혼사를 청하고 옥소를 품에서 내어 소청을 주어 왈,

「이 옥소를 네 능히 불소냐.」

하거늘, 소청이 받아 보니 소리가 청량하며 嫋嫋節節(요뇨절절)하여 사람의 심회를 돕는지라, 봉내 칭찬함을 마지 아니하고 왈,

「이것으로 신물을 삼노라.」

하고 가거늘, 소청이 통소를 받아 가진 후 주야 손에 놓치 아니하며 사랑하더라.

차시에 국가에서 謁聖科(알성과)*를 개장하사 인재를 빼신다 하거늘, 소청이 이 기별을 듣고 대희하여 대복더러 왈,

「남자가 출세함에 立身揚名(입신양명)하여 而顯父母(이현부모)함이 인자의 사업이니 과장 제구를 차려 주소서.」

하니, 대복이 기뻐 차려 주거늘, 행장을 수습하여 길에 오를새 옥저를 품에 품고 경사로 행하니라.

차설, 정학사가 덕현을 남해 임지에 보내고 세월을 보내더니, 과만이 차매 상이 덕현의 愛民治善(애민치선)함을 들으시고 내직으로 부르시니, 정학사가 이 기별을 듣고 대희하여 덕현의 돌아오기를 기다리되, 일년이 진토록 소식이 없으니 학사 부부가 주야 기다리다가 사람을 남해로 보내어 소식을 탐지하니, 벌써 정리하여 올라간 지 일년이 지났고, 그 떠날 때에 남해에서 배를 타고 가신 후로 남해 하리들도 돌아오지 않았으니, 필경 수중에서 무슨 환란을 만나 함몰하였는지 모름이라 하거늘, 하릴없어 해

*알성과 : 이조 때 임금이 성균관에 행행(幸行)하여 보이던 과거.

변으로 두루 다니며 찾았으나 알 길이 없는지라, 돌아와 그대로 고하니, 학사 부부가 차언을 듣고 아자 부부의 死生存亡을 몰라 주야 번뇌하며 슬허하여 차생에 만나 봄을 하늘께 暗祝하며 세월을 보내니 어느 사이에 십오년이 되었더라.

　차시 소청이 강원도 지경을 당하매, 이때는 정히 春四月 望間이라, 물색이 화려함에 소청이 흥을 겨워 금강산을 구경코자 하여 완보로 한 곳에 이르니, 한 정자가 있으되, 가장 높고 아름답거늘, 눈을 들어 보니 현판에 金剛聚遊亭이라 하였거늘, 그곳 사람더러 물은대 답하되, 「정학사댁」이라 하거늘, 소청이 말에서 내려 들어가니 중원에 일위 장자가 앉았다가 맞아 예필 좌정 후, 거주 성명을 묻거늘, 생이 공경 대왈,

「소생은 사랑도에 살고 성명은 소청이로소이다.」

　공이 우문 왈,

「사랑도는 남해에서 얼마나 되느뇨.」

　생이 대왈,

「그 원근을 자세히 모르나이다.」

　공이 다만 탄식할 따름이더니, 이윽고 석반을 들이거늘 생이 진식하고 상을 물리매, 몸을 일어 정자에 올라 배회하더니, 생이 원래 경사로 올라오다가 생각한즉 과일은 멀었고 평생에 금강산이 팔도에 제일 명산이란 말을 익히 들었던고로 강원도로 옴이러라.

　차시는 夏四月 望間이라. 명월이 동령에 오르매 더욱 경치 거룩하여 사람의 수회를 돕는지라, 생이 스스로 마음이 처량하여 눈물 남을 깨닫지 못할지라, 이에 정자 난간을 의지하여 옥소를 부니, 소리 요랑하여 요뇨절절하

고 如怨如慕(여원여모)하니, 무슨 소회 있는 사람은 자연 슬플지라, 학이 九霄(구소)*에서 울고 봉이 箕山(기산)에서 춤을 추는 듯한지라.

이때, 정공이 옥소소리를 듣고 마음이 감동하여 몸을 일어 정자에 올라와 생의 옥소 부는 양을 보매 마치 아자의 옥소 부는 모양과 소리와 일호 다름이 없는지라, 스스로 탄식 왈,

「세상에 같은 일도 많도다. 저 소년 객인을 보매 얼굴도 아자와 흡사하고, 또 옥소를 부는 양을 보니 그 소리 또한 일호도 차착이 없으니 고이한 일도 많도다.」

하고, 자연 슬픈 눈물이 백수에 흐르는지라, 공이 슬픔을 강작하여 나아가 생의 옥소를 잡고 자세히 보니 글자를 새겼으되, 금강취월 넉자가 분명히 아자의 필적이라. 차경 차희하여 왈,

「이 옥소를 어디 가 얻었느뇨.」

생이 대왈,

「이는 생의 집 세전지물이라. 어디 가 얻었으리이꼬.」

공이 다만 의혹하여 내당에 들어가 부인더러 그 사연을 말한대, 차시 부인이 아들의 생사를 몰라 슬픈 심사를 진정치 못하더니, 홀연 외당으로서 옥소소리 들리거늘, 귀를 기울여 자세히 들으니, 전일 덕현이 불던 옥소소리와 방불한지라, 의혹함을 마지 아니하더니, 문득 공이 들어와,

「외당에 온 소년 선비가 옥소를 부니 그 소리가 아자의 불던 옥소소리와 같기로 나가 그 옥소를 보니 금강취월 넉자를 새겼으니, 이는 아자의 필적이 분명한

─────────
*구소 : 구천(九天). 가장 높은 하늘.

지라. 또 그 생의 용모 행동이 아자와 한 곳 다름이 없으니 심하에 의아하나니 부인은 나가 그 서생의 모양과 옥소를 보소서.」

부인이 불승경아하여 시비를 데리고 정자에 나아가 생을 보니, 옥골 선풍이 아자와 일호 다름이 없고, 또 옥소를 보니 의혹이 만단하여 나아가 생을 대하여 왈,

「첩이 비록 여자의 몸이나 나이 쇠로지경을 당한고로 수치를 모르고 외당 귀객을 상면하니, 귀객은 허물치 마소서. 첩의 심중에 깊은 소회 있어 귀객을 보고자 함이라. 상공의 외모를 보니 나의 아자와 방불하기로 체면을 불고하고 심회를 베푸나이다.」

하고 전후 사연을 다하고 옥소를 붙들고 통곡하니, 생이 또한 비창하여 물러 객실에 돌아와 잠을 이루지 못하여 생각하여 왈,

「내 마음이 스스로 비창하고 이 옥소 일절이 이상하여 또 내 집 귀물이 아니니 그 실상을 알지 못할지라, 일후에 그 근본을 자세히 알리라.」

하고, 명일 일어나 정공을 하직하고 경사에 올라오니 과일이 격하였는지라, 과장에 들어가 글제를 보고 용출하여 일필휘지하니, 자자 주옥이요 問不加點(문불가점)이라. 일천에 선정하고 두루 다니며 인재를 구경하며 출방하기를 기다리더니, 이윽고 전두관이 호명하되,

「사랑도 거하는 장소청이라.」

연하여 부르거늘, 생이 전두관을 따라 탑하에 복지한대, 상이 인견하시고 가라사대,

「경의 문체와 필법을 보니 그 충성을 가히 알지라.」

하시고 즉시 八道按察使(팔도안찰사)를 하이시고 백성의 고락을 살피

라 하시니, 안찰이 사은 숙배하고 물러나와 관역에서 쉬고 즉시 발행하려 하더라. 안찰사가 자연 심사가 비창하고 신기 곤뇌하여 잠간 졸더니, 비몽 사몽간에 일위 노인이 갈건야복으로 청려장 짚고 표연히 이르러 생더러 왈,

「네 이제 영귀하되, 동서로 유락하는 부모와 주야로 통곡하는 왕부모를 모르고 어디로 가려고 하는다. 동남으로 행하면 자연 왕부모를 찾아 소식을 듣고 네 부모의 원수를 갚으리라.」

하고, 또 청려장을 들어 옥소를 가리켜 왈,

「내 전일 네 부친을 준 것이니 부디 잘 간수하라.」

하고 홀연 간 데 없거늘, 놀라 깨달으니 침상일몽이라.

소청이 정공의 말을 듣고 마음에 바야흐로 의심하던 차에 몽사가 이러하니, 「내가 장가의 자식이 아니고 정씨 골육인 줄 분명 알리로다. 비록 그러하나 사람의 윤기를 어찌 한 꿈으로 판단하리오」 하고 즉일 발행하여 관동으로 행하니라.

차시 어사가 금의 청삼으로 은안 백마를 바삐 몰아 행하여 금강산하에 다다라 취유정에 들어가 정공께 뵈옵고 배례한 후 그간 존후를 묻자오니, 공의 부부가 반기며 용문에 오름을 환희하여 치하하고, 일가의 치하가 분분한 중 공이 슬픔을 머금고 어사의 손을 잡고 희허 장탄 왈,

「군이 천은을 입어 몸이 영귀하였으니 기쁘기 칭량없는지라. 그러나 군의 옥소를 보니 나의 심회 더욱 비할 데 없는지라, 군이 이제 삼남도어사를 하여 내려가니, 부디 남으로 가거든 자세히 탐문하여 아자의 종적을 알아 노부의 창울한 회포를 위로함을 비노라.」

어사가 공경 대왈,

「소자의 마음도 또한 의혹이 없지 않사오니, 삼가 존명을 잊지 아니할까 하나이다.」

하고 인하여 공의 부부께 재배 하직하고, 행하여 영남 지경에 이르러 민간 질고를 정탐할새, 행사가 신명하고 처치 명쾌하니, 열읍 백성이 칭송하고, 수령 중에 간교 탐학하는 자는 어사의 신명함을 두려 인신을 버리고 도망하는 자가 무수하더라.

일일은 어사가 태백산에 이르러 친솔 하리를 분부하여 각처로 탐지하라 하고, 자기는 협로로 행할새 차시 산월은 희미하고 수목이 밀밀한데, 석경 산로를 분별치 못할지라, 멀리 바라보니 화광이 은은하거늘, 그 불빛을 찾아가 석벽을 붙들고 나아가 보니, 소년 십여 인이 열좌하여 술을 먹으며 고담 준론을 하거늘, 어사가 가만히 수목 사이에 은신하여 동정을 살피니, 그 중에 한 사람이 중인 총중에 나서니 기골이 강맹하고 호기 등등하여 방약무인하니, 이 곧 봉내라. 여성 대언 왈,

「내 한 주먹을 번뜩하면 맹호라도 직사할 것이요. 소리를 한 번 지르면 천인이 자폐할 것이니, 너들은 다 鼠窃狗偸*라.」

하며 호기 등등하거늘, 일좌가 다 실색하더니, 그 중에 한 사람이 물어 왈,

「향자에 들으니 전남해현감 정덕현의 돌아가는 행장을 남해에서 겁탈하였다 하니, 원컨대 그 말을 한번 듣고자 하노라.」

봉내 손바닥을 치며 대소 왈,

「그때에 기운이 방장하여 바로 경상감사의 행차라도 탈

---

* 서절구투: 쥐나 개처럼 가만히 물건을 훔친다는 뜻.

취하겠거든, 하물며 일개 남해의 행장 탈취하기야 낭중 취물 같으니 족히 말할 바가 없으되, 주중지인 십여명을 수중에 던지고 행장을 취하니, 다른 재물은 없고 다만 옥소 일개뿐이라. 공연히 수십인을 살해하였으니 맹랑한 일을 하였노라.」

하니, 또 한 사람이 가로되,

「들으니 수의어사가 온다 하니 이런 말을 함부로 하다가는 영문에 들키면 어찌하리오.」

어사가 듣고 모골이 송연하여 이에 몸을 돌려 가만히 나와 상낙촌에 돌아오니, 역졸들이 불을 밝히고 대기하였거늘, 어사가 즉시 비관을 써 잡으라 하고 남해 순천 고성 해변 인근을 각각 分路^{분로}하여 가니라.

화설, 이때 어사가 좌우도에 순찰 야행하여 年久^{연구}한 송사와 원억한 일을 다 명결 선처하니, 남해 인민이 탄복치 아닐 이 없더라.

차시 남해현감이 수의어사의 비관을 받아 놓고 좌우를 물리치고 개탁하니 기서에 왈,

「남해현감은 군졸을 조련하고 군기를 준비하여 이리이리하면 복이 스스로 도적 잡을 묘책이 있으니 부디 실수치 말라.」

하였거늘, 현감이 황망히 千摠^{천총}을 불러 분부 왈,

「수의어사 비관 내에 선방포수 일백명과 무사 일백명을 청학루하로 대령하라 하였으니, 여 등은 빨리 거행하라. 만일 명을 어기면 참하리라.」

천총 등 모든 장교 청령하고 군졸을 거느려 청학루에 대령하니, 차시에 사천 고성 두 고을의 군사가 모였더라. 어사가 망운산 앞에 이르니 남해현감과 모든 수령이 모

두 나와 영접하거늘, 어사가 말에서 내려 현감과 한가지로 하처에 들어가 좌를 정한 후 남해현감더러 여차여차 하라 하고 일봉서를 닦아 남해 사랑포로 보내니라.

　차시에 남해현감이 자기 군관에게 분부 왈,

「어사 노야가 명일 잔치를 배설하고 무예를 보고자 하시니 성내에 지휘하여 한 사람도 모르게 말라.」

　천총이 청령하고 물러나와 각진에 청령하니라. 차시 봉내가 성내 소식을 들으니 소청이 등과하고 본도 어사로 내려온다 하거늘, 불승희열하여 범에게 날개 돋침과 같은지라, 의기 양양하여 바삐 제 방에 들어가 아내와 여아를 보고 크게 웃으며, 소리를 낭랑히 하여 왈,

「세상 일을 불가측이라. 내 본디 下方布民으로 다만 술고래와 밥자루 같으며 주먹 쓰기를 위업하고 세상을 보내며 공명부귀를 하늘같이 바라더니, 이제는 내 집이 미구에 사부의 집이 될지라, 건너 촌 김승지와 아랫 마을 이참판이 이제도 호령하며 내 앞에서 큰말할까.」

하고 손뼉 치며 대소하니, 그 처가 문왈,

「무슨 일로 이렇듯 즐거워하느뇨. 실상을 이르라.」

하니, 봉내 왈,

「내 여아가 어려서부터 출중하고 민첩하며 인물이 절세하고 요조 현숙하니 필경 귀히 되고 문호 현란할 줄은 알았거니와, 삼도 도어사 아내 될 줄이야 어찌 뜻하였으리오.」

기처가 급 문왈,

「장수재 금번에 과거 보러 갔다 하더니 급제한 후 즉시 어사를 하였느뇨.」

봉내 왈,

「과연 그러하도다.」

하고, 여아의 머리를 쓰다듬으며 그 등을 함부로 두드리며 대소 왈,

「너를 낳아 어사 사위 둘 줄 어이 알며, 너로 말미암아 내 집 문호를 빛내니, 어찌 십자를 귀타 하리오.」

하고, 만심 환희하여 외당에 나와 모든 붕우를 청하여 술 마시며 양양 열락하니, 그 모양이 장관이더라.

차설, 이때 봉내의 여아가 제 아비의 말을 듣고 금시에 진중함과 호기 대발하여 몸이 곤한 체하고 방약무인하며, 명경을 버려 놓고 경대 열어 연지분을 두껍게 올리고 머리 앞과 아미를 다스리니, 제 마음에는 잘난 듯하여 양양 자득하니, 제 본시 되지 못한 용모를 극진히 치례하여 모양을 내나, 본시 없는 것이 금새 나리오. 의장을 열고 의복을 내어 입고 눈을 감은 듯이 내려덮고 좌수로 치마를 잡고 우수로 활개 저으며 걸음 지어 걷고 기침을 냉랭히 하며, 정당에 들어가 상좌에 정금 단좌하여 좌우 제인을 초개같이 보며 스스로 말하여 왈,

「내 평생 원하기를 사부가 귀공자 아니면 서방 맞지 아니하려 심중에 맹세하였더니, 이제 나의 소원을 이루었으니 더할 것이 없거니와, 이제는 우리 집과 내 몸이 전과 달랐으니, 전일 날더러 저의 배로 대접하던 사람은 다시 그리 못할 것이니, 만일 나를 경만히 대접하는 자가 있으면 다 어사께 죄를 당하리라.」

하며, 세상에 저뿐인 듯 공연히 헛성을 내고 앉은 형용이 불가형언일러라.

봉내가 외당에서 술이 깨어 생각하되,

「내 우연히 장대복과 혼인을 언약하였더니, 금번 알성

에 장원이 되고 삼도어사로 내려올 줄 어찌 알았으리오. 아마도 춘몽이로다.」
하고 정신 없이 앉았더니, 한 아전이 계하에서 공손히 절하고 한 장 글을 드리거늘, 봉내가 대희하여 손으로 무릎을 치며 옳다 하고 받아 보니 기서에 왈,
「춘일이 화창한데 존체 만안하시며 생은 외람되이 천은을 입사와 어사 중임으로 이곳에 내려와 잔치를 배설하고 여민동락코자 하오니 외람히 앉아서 청하나이다.」
하였더라.
봉내가 간파에 대희하여 내일 감을 회보하고 즉시 내당에 들어가 여아를 보며 왈,
「어사가 내일 남해로 잔치한다 하고 청하였기로 내일 가려 하노라.」
하고, 여아의 손을 잡고 기뻐함을 마지 아니하거늘, 월형이 모른 체하고 상자를 내어 백황라 적삼과 홍갑사 치마와 은지환과 금봉차를 내어 놓고, 의복과 패물을 갖추고 천연히 앉아 방약무인하는 모양이 참불인견일러라.
차설, 소부인이 망운암에서 주야로 그 가군과 아자를 생각하여 눈물로 세월을 보내더니, 광음이 신속하여 십오년이 되었는지라. 하루는 사람의 전하는 말을 들으니, 어사가 내려와 백성의 선악과 원억한 일을 일월같이 밝혀 명치함에 억울한 사람의 한을 풀어 준다 하거늘, 소부인이 듣고 손가락을 깨물어 피를 내어 원정을 지어 향운을 데리고 산에서 내려와 바로 남해 청학루에 이르러 원정을 드리더니, 이때 어사가 奇計(기계)를 준비하여 봉내 잡을 일을 생각하더니, 문득 한 여승이 누하에 엎드려 통곡하며

원정을 바치며 왈,

「명정지하에 원통한 일을 설치하여 주심을 바라나이다.」
하거늘, 어사가 그 여승의 모양을 보니 스스로 심회 비창하여 눈물 나림을 깨닫지 못하고 원정을 받아 보니 하였으되,

「백운산 망운암의 소월재는 세세한 원을 수의어사에게 상달하나이다. 소승은 전 남해현감 정덕현의 아내옵더니, 모년 모월 일에 체등이 되어 경사로 행할새, 수변에 이르러 일세 저물거늘 배를 타고 중류하더니, 홀연 적도가 달려들어 선중 사람을 남녀 노소 할 것 없이 다 수중에 던지니, 소승의 부처 노주가 다 익수하였더니, 소승은 무엇이 수중에서 받치고 밀어 물밖에 내치거늘 구차히 살았사오나, 의탁할 곳이 없어 망운암에 의탁하여 유복자를 낳으매, 망운촌 장대복의 처에게 의탁하였더니 오래지 않아 대복의 부처가 아자를 데리고 모야 도주하매, 그 종적을 모르고 주야 호읍으로 우금 세월을 보냈더니, 근일 듣자오니 어사 상공이 명정 선치하신다는 말을 듣삽고 소승의 억울한 일을 대강 고달하오니 복걸 참상 후에 엄히 명찰하옵소서. 도적을 잡아 원수를 갚아 주시고, 장대복의 거처를 수색하여 아자를 찾아 주심을 천만 복축하나이다.」
하였더라.

어사가 글을 읽고 대경 실색하여 스스로 생각하되,

「내 몸이 정씨 골육이요. 이 원정을 드리는 승이 모친임을 짐작하나, 만일 일이 누설되면 봉내가 오지 아니할지라.」

슬픈 마음을 억제하고 태연히 하리더러 분부하되,

「마땅히 빨리 처결하리니 아직 물러가소서.」
하라 하고 아전을 분부하여 읍중에 집을 정하여 여승을 머물게 하라 하고, 즉시 본관에게 비밀히 약속하여 소루함이 없게 하라 하니, 현감이 장교를 불러 가만히 분부 왈,

「여 등은 군사 일백명과 기계를 갖추어 누하에 매복하였다가 어사 노야의 술잔 던져 호령함을 보아 일시에 내달아 봉내를 잡으라.」

하니, 차야에 어사가 한 잠도 이루지 못하고 날이 밝은 후에 아역을 거느려 청학루에 이르니, 본읍 현감과 근읍 수령이 벌써 모였다가 일시에 일어나 어사를 영접하여 상좌에 좌하고, 풍악을 질주하며 모든 창기는 가무를 희롱하더니, 이윽고 봉내가 제 동생 칠인을 데리고 오거늘, 어사가 영접하여 오래 못 봄을 이르고 술을 내와 통음할새, 어사가 봉내와 같이 온 사람을 가리켜 왈,

「차등인은 누구뇨.」

봉내 왈,

「사제 등 칠인이 상공을 뵈옵고자 하여 왔나이다.」

어사가 즉시 칠인을 청하여 좌를 주고 술을 내와 접대할새, 차례로 나와 술이 반감에 어사가 또 한 잔을 부어 들고 대하를 바라보니 모든 군사가 장속을 정제하고 호령을 기다리거늘, 어사가 들었던 잔을 대하에 던지니 일백 도부수가 일시에 내달아 봉내 등 팔인을 잡아내려 철책으로 결박하여 대하에 꿇리니, 봉내가 不意之變(불의지변)을 당하매 束手無策(속수무책)이라. 비록 항우의 용맹이 있을지라도 어찌할 수 없는지라, 소리 질러 왈,

「어사는 무슨 연고로 나를 이렇듯 곤욕을 보이느뇨.」

어사가 화려한 옥모 영풍으로 노기등등하여 여성 대매 왈,

「너의 극악 대죄를 내 이미 아나니, 전일에 남해현감의 탄 배에 돌입하여 일행 수십인을 무슨 연고로 수중에 던져 참사하게 하였느뇨. 세세히 복초하고 괴로움을 면하라. 만일 일호라도 은휘하고 복초치 않으면 장하에서 죽기를 면치 못하리라.」

봉내가 천만 뜻밖의 차언을 들음에 혼비백산하여 어찌할 줄 몰라 마음을 단단히 하고 여성 대호 왈,

「어사가 금일 잔치에 오라 하여 무근지설을 내어 무죄한 사람을 해코자 하느뇨.」

어사가 대로 왈,

「차적이 종시 복초치 아니하니 장물을 보이리라.」

하고, 옥소를 내어 앞에 놓으며 엄문 왈,

「네 이 옥소를 어디서 얻었으며, 또한 너의 동료와 한가지로 산곡중에 들어가 술 먹으며 악사를 행하던 흉언을 착한 일 한 것같이 자랑하며 기운 부리던 것을 내 이미 들었나니, 바로 복초하라.」

봉내가 조금도 겁냄이 없이 가로되,

「저 옥소는 고기 잡다가 물 속에서 얻은 것이요, 다른 일은 다 모르노라.」

어사가 좌우를 호령 왈,

「저 도적놈을 치지 아니하면 복초치 아니리니 큰 매로 치되, 죽을까 염려치 말고 매우 쳐라.」

나졸이 청령하고 힘을 다하여 치니, 십여 장에 이르러는 홍혈이 돌출하되 종시 복초치 아니하거늘, 어사가 익로하여 나졸을 호령하여 치기를 재촉하니 나졸들이 황겁

하여 힘을 다하여 치니, 사십여 장에 이름에 봉내가 아무리 강맹한들 아픔을 견디지 못하여 크게 소리하여 왈,

「복초할 것이니 치기를 그치소서.」

하고 낱낱이 복초하니, 그 초사에 왈,

「모년 월일에 정태수의 행장을 탈취고자 하여 동류를 데리고 선중에 돌입하여 사람 십여 인을 수중에 던지고 재물을 취한즉, 옥소 한 개뿐이요 아무것도 없기로 옥소만 가져다가 집에 두어 어사께 드렸나이다.」

하거늘, 어사가 차언을 듣고 노기가 가슴을 막는지라, 서안을 치며 왈,

「차적의 악사는 천사유경이요 萬死無惜(만사무석)이로다.」

하고, 도부수를 호령하여 봉내를 梟首(효수)하려 하더라.

차시 소부인이 주인한 집에 있더니, 주인이 밖에 나가 소문을 듣고 들어와 이르되,

「금일 어사노야가 잔치를 배설하고 봉내를 유인하여 잡아내려 문초하니, 도적의 초사에 전일 정태수의 일행을 겁탈하매 아무것도 없고 다만 옥소 한 개만 얻었다 하니, 어사노야가 대로하여 그놈을 죽이려 하신다.」

하거늘, 소부인이 청파에 심신이 황홀하여 운향을 데리고 청학루에 이르러 바라보니, 어사가 위의를 엄정히 하고 장차 도적을 내어 베려 하거늘, 바삐 어사의 앞에 나아가 울며 왈,

「도적은 곧 첩의 가군을 죽인 놈이라. 상공의 하해지택으로 도적을 잡아 가군의 원수를 갚아 주시니, 그 은혜를 무엇으로 갚으리이꼬.」

설파에 淚水如雨(누수여우)하여 옷깃을 적시거늘, 어사가 황망히 누하에 내려 소부인을 붙들어 대성 통곡 왈,

「소자는 장대복의 아들이 아니라 정씨 골육이요, 부인은 곧 소자의 모친이라. 금일에야 모자가 상봉하였나이다.」

하고 서로 붙들고 통곡하니, 좌우에 있는 수령 이하 눈물 아니 흘릴 이 없더라.

차시 본읍 현감이 소부인을 내아로 청하여 의복을 고쳐 입으시게 하니, 어사가 모부인을 읍중으로 모시고 다시 청상에 좌하매 노기 대발하여 무사를 호령하여 봉내를 내어 베고 가슴을 가르고 心肝을 내어 오라 하여 부친 영위를 배설하고 모부인과 한가지로 제사할새, 봉내의 심간을 내어 놓고 제문 지어 수중 고혼을 위로하니, 그 제문이 슬프고 처량하여 듣는 자가 슬허 아니할 이 없더라.

홀연 누하에 수십인이 일시에 달려들어 봉내의 시신을 삼분 오열하여 가지고 계하에 복지하여 원수 갚아 주심을 만만 사례하니, 이는 남해 관속의 자식이러라.

어사가 면면이 위로하며 피차 부친의 원수 갚음을 말하여 보내고, 무사를 명하여 그 팔인의 시신을 치우라 하고 봉내의 가속을 다 잡아오라 하였더라. 나졸이 돌아와 고 왈,

「봉내의 계집은 죄를 두려 물에 빠져 죽고, 그 여아는 목매어 죽고, 그 집은 벌써 동리 백성들이 불을 질러 다 사르고, 기타 남녀 노소 없이 다 도망하여 부지거처로소이다.」

하거늘, 어사가 하릴없어 내아에 들어가 모친께 전후 일을 고하여 왈,

「불초자가 우몽하여 불효막대로소이다.」

하며 유수 옷깃을 적시거늘, 부인이 새로이 심사가 비창

하여 슬픔을 억제치 못하고 어사를 붙들고 새로이 통곡함을 마지 아니하다가, 정신을 진정하여 아자의 출천지 혼와 이렇듯 소년 영귀함을 보니, 일변 기쁘고 일변 가군이 원사하여 보지 못함을 생각하매 슬픈 눈물이 앞을 가리나 하릴없어 아자를 위로하더라.

어사가 이에 사자를 경사에 보내어 봉내의 죄목을 세세히 베풀고 선참 후계한 일과, 자기 몸이 장가의 소생이 아니옵고 전 남해현감 정덕현의 유복자로 편모를 실산하였다가 찾아 만난 전후 사연을 세세히 주달하고, 또 일봉 서찰을 닦아 금강산 정학사에게 보내고, 하리를 분부하여 대복을 부르니라.

선시에 대복의 부처가 소청을 경사에 보내고 용문에 오르기를 축수하더니, 소문을 들으니 장원으로 삼도어사를 하여 내려온다 하고, 또 들으니 그 모친을 만나고 봉내를 잡아 죽여 보수하였단 말을 들으니, 대경하여 저희도 죄를 입을까 두리더니, 홀연 어사의 하리 이르러, 어사의 분부로 부르심을 전하고 가기를 재촉하거늘, 대복의 부처 하리를 따라와 문하에 대령하고, 하리가 데리고 옴을 어사에게 품하니, 어사가 불러들여 정하에 앉히고,

「전일에 나를 데리고 모야 도주하여 우리 모자의 천륜을 끊어 모친께 한을 끼친 죄를 면치 못할 것이로되, 나를 십오년 양육한 공이 또한 적지 아니한지라, 以功(이공)贖罪(속죄)하노라.」

하고, 대복의 처는 부인께 뵈오라 하니, 대복의 부처가 滿心歡喜(만심환희)하여 무수 사죄하며 무수 칭사하고, 대복의 처는 내아에 들어가 부인께 뵈온대, 부인이 대복의 처를 보고 일변 반기며 서로 탄식 왈,

「왕사는 일러 무익하나, 네 무슨 뜻으로 공자를 데리고 모야 도주하여 부지거처하매, 나의 구곡 간장이 거의 다 썩어질 뻔 하였도다. 그러나 공자를 십오년 양육한 은혜 또한 적지 아니하니 무엇으로 갚으리오.」
하고, 즉시 어사를 불러 망운암 모든 승려들의 후대한 은혜를 말하고 수만 금백을 내어 모든 이고 등에 나눠주니, 암중의 제승이 불승황감하여 후의를 칭사하더라.

또 장대복도 금백을 많이 주어 은혜를 표하고 경사로 올라가라 하더라.

차설, 천자가 장소청을 삼도 도어사로 보내고 치민 선불선을 몰라 궁금하여 하시더니, 하루는 어사의 장계를 올리거늘, 상이 바삐 떼어 보시니, 사의 신기하여 고금에 희귀한지라. 용안에 희기가 가득하시며 왈,

「소청의 표문을 보니 그 재주가 신출귀몰함이 陳平(진평)의 유라, 어찌 조그마한 어사 소임에 오래 두리오.」
하시고 내직으로 부르시더라.

어사가 조서를 받자와 즉시 모친을 모시고 행장을 차려 경사로 행하니라.

차설 금강산 정학사가 어사를 이별한 후 더욱 비창하여 눈물로 세월을 보내매, 차자 필현이 주야로 위로하나 세상 흥미를 모르고 지내더니, 일일은 문전이 요란하며 하리가 들어와 계하에서 절하고 서간을 드리거늘, 공이 바삐 개탁하니, 어사는 곧 덕현의 아들이요, 자부 소씨를 실산하였다가 만나 한가지로 올라오는 사연이라, 보기를 다 못하고 정신이 황란하고 喜出望外(희출망외)라. 진가를 알 길 없어 삼사차 본즉 정녕인지라, 서간을 가지고 내당에 들어가 부인에게 보이며 왈,

「이 서간을 보소서. 향일에 옥소를 가지고 왔던 자가
곧 덕현의 아들인 줄 몽매에나 생각하였으리오.」
　부인이 남필에 여취 여광하여 진가를 오히려 분간치 못
하고 자부와 어사 오기를 주야로 기다리더니, 오래지 않
아 어사의 일행이 이르니 일가가 진동하고 학사부부가 소
씨와 어사의 손을 잡고 오열 비읍 왈,
「너희를 다시 산 낯으로 보니 희행을 어디다 비기리오
마는, 아자 덕현을 차생에는 보지 못하리니 어찌 슬프
고 참절한 마음을 견디어 지내리오. 그러나 사람의 화
복 길흉이 다 天定數어니와, 우리 환란은 고금에 없으
리로다.」
하고 유수 여우하거늘, 소씨와 어사가 더욱 슬허 실성 통
곡하니, 가내 소요하여 초상 난 집 같더라.
　어사가 울음을 그치고 모친을 위로하여 수일 후 어사
가 왕부께 명일 경사로 올라가려 하나이다 하니, 학사가
허락하니, 어사가 즉시 경사에 올라가 궐하에 복명하온
대, 상이 대희하사 가라사대,
「경이 도적을 잡아 짐의 근심을 덜고, 겸하여 경의 원
수를 갚고 실산한 편모를 만났다 하니, 국가에 충신이
요, 지극한 효자라.」
하시고, 즉시 소청을 배하사 吏曹參議 大司成을 제수하
시니, 어사가 사은 숙배하고 물러나와 본부에 기별하여
빨리 상경하심을 고하니, 학사가 가솔을 거느리고 경사
고택에 올라와 가사를 안돈하니라. 조정 재상이 정참의
의 취실치 아님을 알고 매파를 보내어 구혼하되, 공이 합
당한 곳이 없어 응대치 아니하더니, 左議政 金明賢이 본
래 三韓甲族으로 恭儉仁厚하며 벼슬이 좌의정에 이른지

라. 슬하에 이남 일녀를 두었으니, 장자의 이름은 漢玉(한옥)이요 차자의 이름은 漢顯(한현)이요. 말년에 일녀를 두었으니 이름은 太姙(태임)이니, 태임을 낳을 때에 향운이 산실에 가득하며 그치지 아니하더니, 공중으로서 일위 선녀가 내려와 부인을 대하여 왈,

「잠간 누우소서.」

하거늘, 부인이 혼미하여 침석에 누우매 경각에 순산하니, 선녀가 아이를 받아 누이고 甘露(감로)*를 내어 신아를 씻기고 가로되,

「이 아이는 본디 월궁 항아러니, 瑤池(요지) 蟠桃會(반도회)에 南斗星(남두성)과 희롱한 죄로 인간에 나와 부인께 지시하시니, 부디 곱게 길러 배필을 어기지 마옵소서.」

하고 표연히 나가거늘, 부인이 정신을 차려 살펴보니, 선녀는 간 데 없고 일위 옥녀 놓였거늘, 부인이 즉시 시비를 분부하여 외당에 나가 공께 고하라 한대, 공이 들어와 아이를 보니, 비록 강보 유아나 얼굴은 옥골 설부라. 공이 대희하여 기뻐하며 사랑함이 양차에서 더하더라.

부인이 지난 바를 갖추 고하니 공이 신통히 여겨 범아 아님을 짐작하더라. 점점 자라 십오세 되매, 미려한 태도가 옥으로 무은 듯하고, 여행의 행실이 숙녀를 본받아 덕행은 태사를 효칙할지라, 공이 서랑을 구함이 극진하여 그 배필을 구하나 마음에 합한 데 없어 주야 근심하더니, 정참의의 위인이 출중함을 듣고 매파를 보내어 구혼하니, 김상국이 군자인 줄을 알 뿐더러 또 김소저의 현명을 익히 들은 바인고로 혼연히 허락하니, 공이 크게 기뻐 내당에 들어가 부인을 대하여 왈,

─────────
*감로 : 옛날 천하가 태평하면 하늘이 내리는 달콤한 이슬.

「내 여아의 배우를 근심하였더니 지금에야 현서를 얻었으니 어찌 기쁘지 아니하리오.」

부인이 왈,

「문왕이 나심에 태사 있나니, 어찌 여아의 배필이 없으리오. 그러나 어떠한 아이를 보시고 기뻐하시느뇨.」

공 왈,

「이는 정달홍의 손이요, 정남해의 아들이니, 금번 알성과에 장원을 하고 삼도 도어사로 재략이 良平(양평)에 지나는지라, 상이 특별히 이조참의 대사성을 제수하시니, 물망이 조야에 진동할 뿐 아니라 위인이 당시 영웅이니, 국가의 동양이 될 것이요. 그 위인이 특출하여 우주를 흔들 기상이매, 가히 여아의 배필이 됨즉하기로 정가에 통혼하였더니, 정공이 허락하매 소망을 이룬지라, 이러므로 기뻐하노라.」

하고, 즉시 소저를 불러 혼인 정한 사연을 이르니, 소저가 아미를 숙이고 얼굴에 홍광이 가득하니, 공과 부인이 더욱 기뻐하더라.

정공이 소청을 불러 김승상의 여아와 정혼한 말을 이르고 택일하여 김부에 보내매 길일이 사월 망간이니, 겨우 일삭을 격하였더라.

소부인이 아들의 정혼 후로 더욱 가군을 생각하고 주야로 슬허하며 세상에 귀한 것을 모르고 지내니, 소청이 날마다 모친을 위로하며 지성으로 봉양하니, 부인이 아자의 손을 잡고 길이 탄왈,

「여모가 평생 유한이 심중에 맺혀 구차히 투생하니 어찌 슬프지 아니하리오. 내가 기시에 투강 입수하여 여부의 뒤를 쫓아 세상 고락을 모르고자 하여 두 번 물에

몸을 던졌으나, 완명이 부지하여 너의 영귀함을 나 혼자 보니, 石心鐵腸이나 마음이 어찌 온전하리오.」
하고, 비회를 금치 못하여 유수 옷깃을 적시니, 소청이 모친의 슬허함을 보매, 장부의 심장이나 비창함이 심하되, 모친을 위로코자 하여 화성 유어로 지내더니, 금일 지언을 들으매 슬픔을 이기지 못하여 실성 애호에 피를 무수히 토하고 기절하여 불성인사어늘, 소부인이 대경하여 급히 학사에게 통하니, 학사가 들어와 소청을 보니 혈맥이 진하여 생기가 아주 없는지라, 일가가 황황하여 백약으로 구호하되, 효험이 없더라.

이때 소청이 혼절 중 한 동자가 와 가로되,
「그대 나를 쫓아오면 너의 부친을 뵈오리라.」
하거늘, 소청이 대희하여 동자를 따라 한 곳에 이르니, 채각이 운소에 솟았는데, 난봉 공작이 왕래하고 奇花異草가 만발하여 안목에 황홀하고, 계수는 옥계에 흐르는데 미록은 벽계로 왕래하니, 짐짓 별유천지러라. 동자 왈,
「그대는 잠간 머물러라.」
하고 들어가더니, 이윽고 들어오라 하거늘, 소청이 따라 들어가니 청상에 일위 노인이 단좌하였으니, 창안 학발에 신지 청수하고 골격이 비범한데, 몸에 벽나의를 입고 머리에 상등 만사건을 쓰고 손에 태극도를 들고 탑상에 단좌하였거늘, 소청이 보매 천지 조화와 일월 정기를 사해에 덮어 임의로 하는 줄 알러라.

소청이 재배하고 계하에 섰는데, 노인이 혼연 왈,
「남두성을 이별한 지 십칠년에 인간 재미 어떠하뇨.」
하고 올라오라 하여 좌를 주고 왈,

「그대 부친의 생사를 알지 못하고 恨入骨髓하여 千金
之軀를 초개같이 버리고자 하매, 내 그대를 청하여 위
로코자 함이라. 그대 일신이 정문에 千里駒요, 국가에
동양이라. 그 중함을 생각지 아니하고 일시 천륜을 위
하여 세상을 모르고자 하니, 인자지도에 적지 않은 불
효라. 하늘이 그대를 내심에 天崩之痛으로 장부의 심장
을 썩게 하리오. 미구에 그대의 부친 액회 진하였으니
부자 상면할 날이 멀지 아니하였으니, 조금도 심장을
상해오지 말라.」

소청이 차언을 듣고 불승경하하여 부복 주왈,

「성교를 듣사오니 부친이 생존하시니까. 고금 이래로
한번 죽으매 회생치 못하거늘, 익수 참사하신 부친을
차생에 어찌 뵈오리까. 이는 소생을 속이사 마음을 위
로코자 하심인가 하나이다. 소생의 소회를 고하오리다.
사람이 세상에 처함에 백행에 효가 으뜸이라. 소생은
무슨 죄를 지어 부친의 안목을 모르오니, 만대에 불효
를 면치 못하오리니 차라리 죽어 모름이 옳을까 하나
이다.」

노인 왈,

「무슨 그대를 속이리오. 그대 부친을 보게 하리라.」

하고, 동자를 명하여 정남해를 청하라 하거늘, 동자가 수
명하고 가더니, 이윽고 한 선비가 동자를 따라 들어와 고
두 사배하거늘, 소청이 살펴보니 백의 선비가 기골이 청
수하고 상모가 단아하니 일세에 명사러라. 노인 왈,

「이별 후 고락이 어떠하며 나를 알소냐.」

그 선비가 拱手 대왈,

「알지 못하나이다.」

노인 왈,

「그대 풍상에 안청이 상하였도다. 전일 금강산 수월야에 옥소 주던 사람을 몰라보는다.」

그 선비가 차언을 듣고 춘몽이 처음 깨는 듯하여 고두사배 왈,

「소생의 죄악이 심중하여 구사일생하온 중 목숨을 겨우 보전하여 차생에 다시 못 뵈올까 하였삽더니, 금일 천행으로 선생을 뵈오니 만행이로소이다. 그러나 하일 하시에 부모와 가속을 보리이까.」

노인 왈,

「그대 십칠년 액회는 하늘이 정하신 수이라, 설마 어찌하리오. 미구에 부모를 상봉하고 처자를 만나 무궁한 복록을 누리리라.」

선비가 차언을 듣고 반신 반의하며 왈,

「선생의 말씀 같을진대 今夕雖死라도 無恨이로소이다.」

노인 왈,

「그대 전일에 준 옥소를 보고자 하는다.」

하고 소청을 명하여 옥소를 내라 하거늘, 소청이 속으로서 옥소를 내니, 노인이 받아 그 선비를 주어 왈,

「이 옥소를 알소냐.」

선비가 받아 보고 왈,

「선생이 주신 옥소를 몰라보리이까.」

한대, 노인이 그 옥소를 둘에 매어 양인을 하나씩 주어 왈,

「일후 옥소가 완합하는 날에 부자 상봉하리라.」

소청이 받아 가지며 차언을 들으매 그 선비가 자기 부친인 줄 알고 반가운 마음을 참지 못하여 일어나며 부친

소매를 붙들고 통곡하다가 깨달으니, 학사와 부인이 자기를 붙들고 통곡하다가 회생함을 보고 만심 환희하여 소청더러 왈,

「네 생도를 얻었으니 만행이라. 어찌 차마 왕부모와 어미의 지정을 생각지 아니하느냐.」

하고, 위로함을 마지 않으니, 소청이 눈물을 머금고 정신을 차려 옥소를 내어 보매 반이 없거늘, 신통히 여겨 몽사를 기록하더라.

각설, 정남해가 아라사 땅 도가촌 조부의 집에 의지하여 아이를 훈학하더니, 일일은 조부가 나갔다가 돌아와 덕현을 보고 왈,

「중원서 변방을 평정하고 천하 인재를 구하신다.」

하거늘, 덕현이 차언을 듣고 길이 탄왈,

「대장부가 처세함에 몸을 중원에 나서 출장 입상함이 장부의 일이거늘, 어찌 과거 볼 마음이 없으리오.」

조부가 왈,

「그대 과연 과거 볼 마음이 있을진대 과장 제구를 차려 주리라.」

하니, 덕현이 대희하여 경사로 행하여 여러 날 만에 금봉대에 다다라 일세 저물매, 주점을 찾아 쉬고자 하더니, 한 곳에 일좌 대각이 있거늘 행인더러 물으니 답왈,

「이는 형주자사 소공의 장상이라.」

하거늘, 덕현이 그 집에 이르러 일야 쉬어 감을 청한대, 공이 청하여 예필 좌정 후 문왈,

「그대의 성명 거주를 알고자 하노라.」

덕현 왈,

「소생은 고려국인이요, 성명은 정덕현이로소이다.」

공 왈,

「고려국 사람으로 어찌하여 중원에 왔으며, 지금 어디로 행하느뇨.」

덕현이 전후 사정을 고하니, 공이 측은히 여겨 극진 위로하고 왈,

「과거 일이 물리어 금추로 정하였으니, 아직 이 집에 머물렀다가 경사로 가라.」

하고, 정결한 방을 치우고 덕현을 머물게 하고 극진히 대접하며 글을 의논하매, 대답이 여류하여 사람의 심장을 시원하게 하는지라, 공이 대희하여 극진 후대하더라.

덕현이 일일은 일몽을 얻으니 동자가 인도하여 한 곳에 이르니, 전일 옥소를 주던 노인이 다시 옥소를 주거늘, 깨달으니 남가일몽이라. 경해하여 살펴보니 과연 옥소가 놓였는지라, 신통히 여겨 집어 보니, 과연 전날 자기 가졌던 옥소라. 어루만지며 반겨 왈,

「일행 가속이 물에 빠져 죽고 혈혈단신이 세상에 살아 있은 지 거의 십칠년 만에 우연히 옥소를 다시 보거니와, 소씨를 볼 기약이 망연하도다. 그러나 몽사 같을 양이면 소씨와 아들을 다시 만나 볼 듯하니 고이하고 이상하도다. 만일 소씨 보전하였으면 복중 아이를 낳아 무사 생존하여 만나 봄이 있으리라.」

하고, 심회 울울한지라. 이에 옥소를 살펴보니 금강추월 네 글자가 있으되, 글자를 쪼개어 마치 이음쪽같이 되었더라. 옥소를 몸에 간수하고 내부를 보고자 하더라.

이러구러 과거일이 당하매 정남해가 소공에게 하직하고 경사로 행할새, 여러 날 만에 경사에 올라와 과장에 들어가니 천하 선비가 모였고 글제를 거는지라, 정남해 글

제를 보고 순식간에 일필 휘지하여 일천에 선장하고 방을 기다리더니, 차시 천자가 인재를 보시려고 친히 글을 고르시더니, 정남해의 글을 보시고 용안에 희기 유동하사 제신을 보며 왈,

「천만 글장 중에 이 글이 제일이라. 문장 재해 당시에 제일이니 국가의 주성지신이라. 어찌 사직에 복이 아니리오.」

하시고 비봉을 떼어 보시니, 고려국 정덕현이라 하였거늘, 천자가 일변 놀라시고 덕현을 부르라 하시니, 전두관이 호명하매, 덕현이 전두관을 따라 계하에 추진한대, 상이 대희하사 즉시 한림학사를 제수하사 어화 청삼과 청동 쌍개를 주시니, 한림이 천은을 숙사하고 궐문을 나니, 도로 관광자가 칭찬치 아니할 이 없더라.

삼일 유과 후 입궐 사은하온대, 천자가 기특히 여기사 삼천칸 집을 주시고 노비 일천명과 전답과 금백을 많이 주시니, 정학사가 무수히 사양하온대, 상이 終不允(종불윤)하시니 학사가 할일없어 퇴조하여 집에 돌아오매, 일조에 고문 거족이 되어 공명부귀 일문에 진동하되, 다만 심곡에 맺힌 한을 어찌 풀리오.

화조 월석에 학발 쌍친과 동기 골육의 생각이 잊힐 때 없고, 공명부귀 자랑할 데 없어 朝雲暮雨(조운모우)에 눈물 아니 흘릴 때 없더라.

소청이 조부께 고왈,

「몽사를 기록하매 부친이 살아 계신지라, 소손이 벼슬을 바치고 사해에 두루 돌아 부친을 찾고자 하나이다.」

학사가 말려 왈,

「만일 여부 살았으면 찾아올 것이오. 또 액회 진하면

절로 만나리니, 다시 수년을 기다려 보라.」

소청이 재삼 간청하되, 종시 듣지 아니하매, 뜻을 이루지 못하고 물러나와 다시 부친 찾음을 애걸하더라.

각설, 상이 소청을 특별히 이조참판을 제수하시고, 정학사로 우의정을 배하시고 정덕현을 추모하사 보국좌참정을 봉하시니라.

차시에 대국에 사신을 보내실새, 상이 소청으로 副使(부사)를 제수하시니, 소청이 사은하고 집에 돌아와 모친께 연유를 고하니, 소부인이 대희 왈,

「너의 외조부가 형주자사로 계시더니 지금은 알 수 없으나 황성에 들어가 부디 찾아 뵈오라.」

하고 일봉 서찰을 주거늘, 부사가 받아 가지고 왕부모와 모친께 하직하고 발행하여 사오달 만에 당도하여 옥계하에 조회하옵고, 황상의 물으시는 말씀을 일일이 응대하여 일호 군색함과 구차함이 없으니, 천자가 기특히 여기사 어주를 주시고 칭찬 왈,

「고려국에 저런 인재가 있으니 가히 문명국이로다.」

하시고 명일 입조하라 하시니, 부사가 사은 퇴조하여 관려에 돌아와 쉬고 명일 입조하려 하더라.

차시 천자가 소청의 위인을 기특히 여기사 덕현을 패초하사 왈,

「고려국 사신을 본즉 일세의 명사라 경 곧 아니면 재주를 당할 자가 없으니, 금야에 가서 소청과 답화하여 상국에 인재 있음을 알게 하라.」

하신대, 학사가 사은하고 관려에 이르러 소청을 볼새, 부사가 나와 맞아 예필 좌정에, 학사가 눈을 들어 보니 연기 이십은 하고 기위 늠름하여 몽중에 보던 사람 같은지

라. 심중에 헤오되,

「차인이 몽중에 뵈던 나의 유자와 같도다.」

하고 정히 의혹하더니, 부사가 또한 눈을 들어 학사를 보니, 곧 전일 몽중에 뵈던 선비라. 일언을 못하고 식경이나 앉았더니, 학사가 먼저 말을 펴 왈,

「그대 성이 정가라 하니 시조가 누구이며 연기는 얼마나 되었느뇨.」

부사가 공경 대왈,

「소생의 조부는 우의정 정달홍이요. 모친이 생을 밴 지 삼사삭 만에 난을 만나 부친이 적당의 해함을 입어 익수하시고, 모친이 목숨을 보전하여 생을 낳으시니, 생의 나이 십칠세요, 이름은 소청이로소이다.」

학사가 차언을 듣고 슬픔을 참지 못하여 소청을 안고 실성 통곡 왈,

「모년 월일에 서로 만나 옥소를 갈라 가지던 자가 아니냐.」

하고, 소매에서 옥소를 내어 뵈거늘, 부사가 부지불각에 진가를 모르고 옥소를 내어 한데 대어 보니 경각에 완합하여 완연한지라. 일희 일비하여 부자가 잡고 통곡하니, 보는 자가 뉘 아니 슬허하리오.

양인이 울음을 그치고 서로 지난 일을 얘기하다가, 봉내 잡아 원수를 갚던 일을 설파하니, 학사가 듣고 왈,

「네 출세하여 문호를 빛내니 내 너를 보기 부끄럽도다.」

부사가 위로 왈,

「모친이 소자더러 외조 소공을 찾아 뵈오라 하시기로, 공사를 마치고 외조를 찾아 뵈옵고자 하나이다.」

학사가 양구에 왈,

「지금 금릉에 있는 소공이 여모의 부친이로다. 내 과행에 경사로 오다가 소공의 집에서 삼사삭을 유하였노라.」

하고 하리를 명하여 금릉 소공에게 기별하고 명조에 학사가 궐내에 들어가 복지 주왈,

「신은 본래 고려국 남해현령으로 상경하옵다가 적한을 만나 십생구사하와 상국에 들어가 폐하의 성과에 참방하였삽더니, 금번 고려국 부사로 들어온 자는 신의 자식이니이다.」

천자가 들으시고 신기히 여기사 왈,

「경의 주사를 들으니 희한한 일이라. 고려국에 경의 부자 같은 자가 없을 듯하도다.」

하시니 학사 주왈,

「신이 잃었던 부자가 상봉하오니, 고국에 부모 처자가 있사오니, 인자지도에 본국을 떠난 지 십칠년에 고국 생각이 살 같사오나 폐하의 은덕이 하해 같사와 일호도 갚삽지 못하옵고 환귀고국하오니, 신하지도가 아니오나 늙은 부모가 주야 자식의 사생을 몰라 근심하오니, 바라건대 폐하는 신의 사정을 굽어 살피사 벼슬을 거두시고 고국에 돌아가게 하시면 폐하의 은덕이 하해 같을까 하나이다.」

천자가 가라사대,

「경의 부자는 천하의 기재라. 하늘이 유의하사 짐에게 돌아왔거늘, 어찌 고려국에 보내리오. 다시 원치 말라.」

하시고 파조하시니, 학사가 다시 주하지 못하고 본부에 돌아와 고국 본댁에 돌아갈 계책을 의논하더라.

소공이 덕현을 경사로 보내고 참방하기를 기다리더니, 금방 장원을 하여 한림학사를 하였다 하거늘, 공이 대희하여 경사에 올라가 덕현을 보려 하더라.

문득 하리가 금번 장원인 정학사의 글을 올리거늘, 공이 대희하여 떼어 보니 서중사에 십칠년 전 수중에서 잃었던 여아의 서랑이 분명한지라, 공이 한번 봄에 정신이 비월하여 급히 내당에 들어가 서간을 부인에게 전하며 왈,

「향일 유숙하던 덕현이 곧 여아의 가랑이라, 세상에 어찌 이런 일이 있으리오.」

부인이 청파에 기쁨을 이기지 못하더라.

공이 즉일 발행하여 경사에 올라가 학사 부중에 이르니, 학사 부자가 연망히 下堂迎之^{하당영지}하여 예를 마친 후, 부사를 명하여 공께 뵈라 하니, 부사가 배례를 마치매, 공이 학사의 손을 잡고 왈,

「서중 사의를 보았으나 오히려 진가를 알지 못하나니 노부의 마음을 편하게 하라.」

학사가 즉시 아들이 가져온 서간을 드리니 공이 받아 보매 서중에 하였으되,

「불초녀 계화는 돈수 백배하옵고 일장 서간을 고하옵나니, 소녀의 죄악이 태산 같사와 일조에 액을 당하옵고 그날 월색을 탐하여 배를 타고 중유하였삽더니, 홀연 대풍이 배를 거두쳐 살같이 순식간에 어디로 간 줄 모르오되, 천지를 분별치 못하더니 한 곳에 이르러 배가 진정함에 겨우 목숨을 보전하오니, 양위 존당을 생각하온즉 천지가 아득한지라. 겨우 진정하여 좌우를 돌아본즉 운향 춘매뿐이라. 돌아갈 길이 막연하오매, 몸을 던져 수중에 익사코자 하오나 양위 존당께 불효를

생각하옵고 탄식하더니, 문득 한 소년이 와서 여차여차 이르고 고려국 사람이라 하고, 고국으로 데려다 준다 하여 만리 원정에 타인 남자를 따라감이 불가한 줄을 아오나, 사세가 할 수 없어 따라가니 중도에서 그 남자가 여차여차하오니 소녀의 일신이 저의 수중에 들어 생사를 마음대로 못하더니, 벌써 자식을 낳아 장성한고로 부모의 존망을 알고자 하여 일봉 서찰을 닦아 자식을 주어 보내옵나이다.」
하였더라.

공이 남필에 대경 대희하여 왈,

「내 그대의 글을 보고 오히려 미심치 않았더니, 여아의 필적을 보니 이제는 죽어도 여한이 없도다.」

인하여 부사의 손을 잡고 희허 탄왈,

「내 말년에 여모를 얻어 장중 보옥으로 알았더니, 노부의 명도가 기구하여 여모를 십오세에 잃고 우리 부부가 눈물로 세월을 보내더니, 금일이 何日^{하 일}이완데 너의 부자를 상면하고 여모의 필적을 보니, 다시는 여한이 없도다.」

부사가 듣기를 다하매 비회 교집하여 눈물을 흘리며 부복 대왈,

「소손이 전후 고락을 겪삽고 지금 부자가 상봉하옵고 외왕부 존안을 뵈오니 이만 기쁨이 없사오니 원컨대 왕부는 심회를 진정하소서.」

공이 그 수려정대한 골격이 비범함을 알고 학사를 대하여 왈,

「노부의 집에 수달을 머물되, 피차 근본을 모르고 지냈으니, 이는 곧 등하불명이라. 그러나 이름이 용문에

오르고 부자 상봉함을 치하하노라.」

학사가 공경 대왈,

「대인의 누삭 은휼하심을 힘입어 皇朝(황조)에 立身(입신)하오니 은혜 난망이로소이다.」

공이 만심 환희하여 십칠년간 잃었던 여아의 소식을 듣고, 다시 천금 여서를 상면하니 기쁜 흥이 높아 주배를 내와 종일 즐기더라.

명조에 공이 궐하에 들어가 조회를 청한대, 상이 인견하사 왈,

「경이 벼슬을 하직하고 고향에 돌아가 짐의 바램을 생각지 아니하더니, 일전에 들으니 경이 상경한다 하매 짐이 불러 보고져 하였노라.」

공이 고두 주왈,

「신이 폐하의 은덕을 저버리옵고 田里(전리)에 한가히 있어 세월을 보내옵더니, 금번 장원한 한림학사 정덕현은 신의 사위옵고, 고려국 사신 소청은 신의 외손이오매 고금에 희한한 일이라. 이런고로 폐하께 이 연유를 주달하와 외람히 조회를 청하였나이다.」

하고 전후 사연을 세세히 고하온대, 상이 주사를 들으시고 신기히 여기사 가라사대,

「정덕현이 수차 고국에 돌아감을 원하되, 좇지 아니하였으되 어찌하면 머물꼬.」

소공이 주왈,

「덕현의 부자 위인이 충효 겸전하온지라, 신에게 좋은 양책이 있사오니, 고려국 국왕에게 조서를 내리오사, 정가 일문을 중국으로 호송하라 하시면 어찌 거역하리이꼬.」

천자가 대회하사 사신을 정하여 고려국에 보내시니라.

소공이 퇴조하여 학사 부중에 이르러 연중 설화를 이르니, 학사 부자가 듣기를 다하매, 할일없어 일장 서신을 가는 편에 부치니라.

수일이 지난 후 학사와 부사가 소공을 모셔 금릉에 이르러 옹서지의와 외손 얻은 경사를 펴고 지극히 즐기다가, 소공이 가권을 거느리고 경사로 올라와 정부 근처에 가사를 이루고 여아와 상면함을 주야 고대하더라.

차시 황조 사신이 주야 행하여 고려국에 이르러 조서를 드리니, 왕이 조서를 보시고 즉시 정공을 부르사 황제의 조서를 보라 하시고 가라사대,

「황명이 지중하니 경은 가히 지완치 못하리라.」

하시고, 호조를 명하여 치행을 속속히 차려 주라 하시니, 공이 할 수 없이 물러나와 집에 돌아와 보니, 십칠년이나 잃었던 아자의 필적이 왔는지라. 대경하여 즉시 내당에 들어가 편지 사연을 이르며 비희 교집하여 내외 진정치 못하며 잔치를 배설하고 친척과 고구를 청하여 작별할새, 사람마다 뉘 아니 슬허하는 이 없더라.

날이 다다르매 궐내에 들어가 하직할새 정공이 눈물이 종횡하며 부복 주왈,

「신의 집이 대대로 국은을 입사와 지우금 重祿之臣(중록지신)이 되었사오나 위국 진충을 만분지일도 갚삽지 못하옵고, 이제 황명을 받자와 본국을 하직하게 되니, 불승 유체하와 아뢸 바를 알지 못하리로소이다.」

상이 위로하며 가라사대,

「경의 충성을 믿어 국가 동양지신이라 하였더니, 타국에 속공하게 되니 창연한 마음을 어찌 억제하며, 국

가 대사를 눌로 의논하리오.」
하시며 못내 슬허하시거늘, 이에 날이 늦음을 인하여 탑전에 재배 하직하고 바로 궐문을 나매, 만조 백관이 모두 전별할새, 공이 면면히 작별하고 길에 올라 중로에 이르러 선산에 들어가 제문지어 고유할새, 사의 간절 비창하니 듣는 자가 뉘 아니 슬허하리오.

연하여 행할새 사오삭 만에 황성 가까이 이르니, 학사 부자와 소공이 기구를 갖추어 문외에 나와 맞거늘, 정공이 학사의 손을 잡고 일성 통곡하매 소공이 또한 여아의 손을 잡고 비창함을 마지 아니하더라.

반향 후 정신을 진정하고 정공과 소공이 피차 예를 마친 후 일행을 재촉하여 성내에 들어갈새, 학사는 정공을 뫼시고 궐내에 들어가 봉명하고, 부사는 내행을 뫼시고 부중에 들어와 안돈하시게 하니, 정공이 조회에 참예할새, 천자가 황극전에 전좌하시고 정공 부자의 손을 잡고 가라사대,

「경의 삼대를 모두 보니 짐의 마음이 기쁜지라. 경은 무슨 복으로 저러한 귀자 귀손을 두어 짐의 보필지신이 되게 하니 국가에 대경사로다. 경이 고려국에 있을 때에 무슨 직품으로 있었느뇨.」
공이 부복 주왈,
「폐하의 은혜를 어찌 만분지일이나 갚사오리이꼬. 신의 전 벼슬이 우의정이로소이다.」
천자가 즉시 右閣老(우각로)를 제수하시니, 공이 대경 주왈,
「신이 미천한 몸으로 상국 벼슬을 어찌 감당하리이꼬, 만만 불가하니 성지를 거두사 신을 편케 하심을 바라나이다.」

천자가 불허하시니, 공이 할 수 없이 퇴조하여 부중에 돌아오니라.

차설, 소부인이 귀국하여 문전에 이르니, 소공의 부인이 십칠년 전에 죽은 줄 알았던 여아의 생존한 필적을 보고 진가를 알지 못하였더니, 과연 여아가 황성에 들어와 부중에 이름을 듣고 황망히 몸을 일어 여아의 손을 잡고 일희 일비하여, 여아의 전후사를 물으며 비창함을 마지 아니하니, 소부인이 모친을 위로하며 회포를 펴고 수일을 머물다가 본부에 돌아오니라.

차후는 일삭에 십오일은 본부에 있어 구고의 감지를 받들고 십오일은 소부에 머물러 양친을 위로하더라.

수삭이 지나매 소청의 혼사를 이루고자 하여 고려국에 사람을 보내어 금부에 통혼한대, 김공이 자단치 못하여 궐내에 들어가 왕께 주한대, 왕이 가라사대,

「이미 정혼하였으면 어찌 예를 폐하리오. 중국에 들어가 성례하고 돌아오라.」

하시니, 김공이 하직하고 위의를 성비하여 여러 날 만에 황성에 이르러 奠雁之禮*를 마친 후 신부를 상교하여 본부에 돌아와 구고에 폐백지례를 마친 후에 좌에 나가니, 만당 빈객이 신부의 교염 미질을 보고 만만 칭선하며 치하 분분하더라.

종일 진환하다가 일모 서령하니 제인이 각산함에 신부 숙소를 매월루에 정하고, 밤이 깊은 후 신부를 이끌어 금금에 나아가니 견권지정이 여산약해하더라.

명조에 신부가 존당께 문안하고 인하여 구고를 효봉하고 군자를 승순하니 소공 부부가 지극히 사랑하더라.

───────
＊전안지례 : 혼인 때에 절하는 예.

필현은 고려국에 있을 때에 병조판서 李賢國(이현국)의 여아를 취하여 금실이 흡연하더라.
　차설, 천자가 학사로 戶部尙書(호부상서)를 배하시고, 소청은 驃騎將軍(표기장군)을 배하시고, 필현을 위하여 설과하시고 필현을 장원급제로 제수하사 한림학사를 하사하시니, 정공의 삼대 천은이 융성하더라.
　각설, 호왕 철통우가 매양 중원을 얻고자 함이 오래되 심히 믿지 못하여 근심하더니, 신하 중에 마걸이란 자가 萬夫不當之勇(만부부당지용)이 있음을 알고 제신을 모아 의논 왈,
　「과인이 중원을 토멸하고 천하를 통일할 터이니, 지금 양병한 것이 족한즉 누가 선봉이 될꼬.」
하니, 반부 중 일원 대장이 출반 주왈,
　「臣雖無才(신수무재)하오나 一枝兵(일지병)을 주시면 중원을 토멸하고 당왕을 생포하여 대왕 전에 바치오리다.」
하니, 왕과 제신이 모두 보니 대장군 마걸이라.
　왕이 대희하여 마걸로 선봉을 삼고 선우경으로 부선봉을 삼고 호왕은 중군이 되어 일등 명장 일천여 원과 정병 팔십만을 거느려 행할새, 기치창금은 서리 같고 고각 함성은 천지를 진동하더라.
　여러 날 행하여 가되, 莫不殘滅(막불잔멸)이매 諸縣(제현)이 望風歸順(망풍귀순)하는지라. 호왕이 대희하여 후군을 재촉하여 청주 지경에 결진하고 격서를 전하매, 차시 자사가 불의지변을 당하매 군사를 조발하여 성을 굳게 지키고 즉시 천자께 장계를 올리니라.
　이때 당황이 문무 제신을 모으고 進賀(진하)를 받으시더니, 靑州刺史(청주자사) 한창이 告急(고급)하였거늘, 상이 남필에 대경하사 문무 제신을 돌아보아 가라사대,

「오랑캐 강성하여 지경을 범하되 막을 장수가 없으니 이는 짐이 무덕한 바라, 종묘 사직과 억조 창생을 어찌 보존하리오.」

하시매, 만좌 다 묵묵 부언이어늘, 상이 용안이 불열하시더니, 반부 중에 일위 소년장이 출반 주왈,

「신이 비록 무재하오나 일지병을 주시면 미친 오랑캐를 주멸하여 변방을 편안케 하고 성상의 근심을 덜리이다.」

모두 보니, 이는 표기장군 소청이라. 상이 대희하사 왈,

「경의 충성과 소년 대재를 짐이 짐작하는 바라.」

하시고 소청으로 대원수를 봉하시고, 杜正(두정)으로 부원수를 삼고, 薛景春(설경춘)으로 좌우익을 삼으시고 정병 백만과 일등 명장 천여 명과 상방검을 주사 왈,

「위령자는 先斬後啓(선참후계)하라.」

하시매, 원수가 사은 숙배하고 즉시 발행할새, 기치 표일하고 모진 기운이 비등하더라.

행하여 청주지경에 다다르매, 청주자사 한창이 나와 맞아 영접할새, 적진 중에서 구원병이 옴을 보고 진세를 정돈하고, 일원 소년장이 엄심갑 입고 황금투구 쓰고 좌수에 장창 잡고 우수에 월각도를 들고 오추마를 타고 내달아 대갈 왈,

「당황이 무도함으로 천명이 우리 대왕에게 돌아오매 지나는 곳마다 귀순하거늘, 너희는 천시를 모르고 항거하니, 목숨을 아끼거든 劍下驚魂(검하경혼)이 되지 말고 진작 항서를 올려 잔명을 보전하라.」

하매, 원수가 대로하여 설경춘을 명하여 나가 싸우라 하니, 경춘이 내달아 어울려 싸워 삼십합을 싸우더니, 설

경춘의 기운이 다하여 말을 채쳐 본진으로 돌아오니, 적장이 소리를 벽력같이 지르며 왈,

「나는 선봉장 마걸이라. 너 같은 口尚乳臭(구상유취)가 어찌 감히 나를 희롱하리오.」

하고, 월각도 드는 곳에 설경춘의 머리 마하에 떨어지는지라. 설난이 대로하여 내달아 오십여 합이 되매, 마걸의 칼 쓰는 법이 신출귀몰한지라. 설난이 몸을 피하고자 하더니 마걸의 월각도가 빛나는 곳에 설난의 머리 마하에 떨어지는지라. 원수가 대로하여 갑옷 입고 닫거늘, 부원수 두정이 간왈,

「소장이 비록 무재하오나 설난과 경춘의 원수를 갚고자 하나이다.」

하고, 보신갑에 쌍봉 투구를 쓰고 천황검을 빼어 들고 천리대완마를 타고 내달아 대호 왈,

「적장은 가지 말라. 네 목의 피로 칼을 씻으리라.」

하고, 달려들어 어우러져 팔십여 합을 싸우되, 불분승부로되, 두정의 보검 쓰는 법이 점점 승승한지라. 마걸이 황겁하여 몸을 돌리려 할 즈음 두정의 칼이 마걸의 덜미를 치는지라. 선우경이 바라보다가 내달아 협공하매, 마걸이 말을 채쳐 본진으로 돌아오니, 부원수 대로하여 대갈 일성에 선우경의 머리 마하에 떨어지는지라. 부원수가 우경을 죽이고 즉시 말을 채쳐 호진에 당도하니, 마걸이 달려들어 어우러져 팔십여 합을 싸우니, 당 진중에서 십여 장수가 내달아 보호하거늘, 또 호진 중에서 일시에 협공하여 수백합을 싸울새, 호왕이 백화갑 입고 비륜도를 들고 내달아 좌충우돌하니, 원수가 장대에서 양진 승패를 보다가 대경 대로하여 용봉투구에 쇄차갑 입

고 상방검을 들고 천총마 타고 내달아 좌충우돌하며 호왕과 십여 합을 싸우되, 당원수 상방검 쓰는 법이 점점 승승하여 호왕을 에워싸 들어오는지라 호왕이 황급하여 피코자 하거늘, 원수가 호왕을 찌르려 할 즈음에 마걸이 달려들어 호왕을 구하여 본진으로 닫거늘, 원수가 급히 살을 당겨 쏘니, 시위 소리 나며 마하에 떨어지는지라. 마걸을 양단에 내고 좌충우돌하매 적장의 머리 추풍낙엽 같더라.

호왕이 삼십리를 물려 하채하고, 패잔군졸을 모으고 의논 왈,

「당원수는 인중호걸이라, 우리 진중에는 당할 장수가 없으니 어찌하리오.」

한대, 謀事(모사) 도골이 대왈,

「적장이 우리 패함을 보고 업신여겨 해태하니, 垓字(해자)를 파고 군사를 매복하여 적장을 유인하여 일시에 내달아 치면 한 싸움에 성공하리이다.」

하니, 호왕이 대희하여 군사를 모아 싸움을 돋우거늘, 원수가 호왕의 계교를 알고 군사를 다섯 대에 분배하여 계교를 정한 후 교전하되, 십여 일을 或前或後(혹전혹후)하니 호왕이 분로하여 일시에 내닫거늘, 원수가 싸우되, 佯敗而走(양패이주) 산곡으로 유인하고 원수가 내달아 좌충우돌하니 동에는 소청이요 서에는 두정이요 남에는 황군이요 북에는 정춘이라. 방포일성에 일시에 내달아 대호 왈,

「호왕은 바삐 말에서 내려 항복하라.」

하니, 호왕이 혼비 백산하여 어찌할 수 없을 즈음에 춘호가 호왕이 탄 말의 다리를 치니, 호왕이 말에서 떨어지는지라. 원수가 원비를 늘여 호왕을 생포하여 본진에

돌아와 계하에 꿇리고 여성 매왈,

「성천자의 덕화가 사해에 덮였거늘, 么麼(요마)한 烏合之卒(오합지졸)을 거느려 강성한 체하고 외람히 중원을 범하는다.」

하니, 호왕이 복지 대왈,

「천시를 모르고 죽을 죄를 범하였사오니 잔명을 사하심을 바라나이다.」

하거늘, 즉시 이대로 천자께 상달하니, 천자가 대희하사 사관을 보내어 회군함을 재촉하시거늘, 원수가 호왕을 효유하여 보내고 상경하여 천자께 복지하매, 천자가 계하에 내려 원수의 손을 잡으시고 왈,

「경이 아니면 사직이 위태하리로다.」

하시고, 소청으로 楚公(초공)을 봉하시니, 초공이 천은을 숙사하고 본부에 돌아와 존당 부모를 시봉하여 즐기더니, 각로공이 홀연 득병하여 졸하니, 연이 팔십이세라. 태부인이 통곡하다가 공의 뒤를 이어 돌아가시니 연이 팔십이세라, 공의 부부와 초공의 애통함을 차마 보지 못할러라.

삼년 시묘를 지효로 애통하더니, 슬프다 흥진비래는 고금 상사라. 공이 득병하여 일어나지 못할 줄 알고 부인에게 왈,

「복의 병이 회춘키 어려우니 과상치 말고 아자의 지통을 관위하여 여년을 안향하소서.」

하고 인하여 졸하니, 시년이 육십륙세라. 초공의 부부가 애통함이 비할 데 없더라.

그 후 부인이 이어 돌아가시니 초공이 연하여 천붕지통을 당하매 呼天擗踊(호천벽용)하여 비통을 억제치 못하더니, 세월이 여류하여 삼년상을 마치매, 자연 심회를 억제하며 자손을 거느려 영복을 누리더니, 일일은 공이 부인으로

더불어 후원 별당에 대연을 배설하고 즐길새, 차시는 하사월 망간이라. 월색은 만정하고 청풍은 삽삽하더니, 홀연 공중에서 채운이 일어나며 옥저소리가 들리더니, 백발 노인이 공의 앞에 내려와 읍하며 왈,

「그대 인간 고락이 어떠하더뇨. 이미 인연이 진하였으니 나와 한가지로 천상에 올라 선간 행락을 누림이 좋도다.」

하고, 金車玉輪(금거옥륜)을 계하에 놓고 오름을 재촉하니, 공의 부부가 할 수 없어 자질을 이별하고 옥연에 오르니, 오운이 옥연을 돌려 가는 바를 알지 못하니, 이른바 백일승천함이라.

차시에 자질 등이 공을 모셔 잔치하다가 공의 승천함을 보고 망극함을 이기지 못하고 비복 등은 정신을 못 차리더니, 식경 후 정신을 진정하여 좌상을 살펴보니, 공의 부부가 간 데 없더라. 자질 등이 할 수 없이 발상하고 의금을 염습하여 선산에 안장하고, 그 후로 자손이 계계승승하여 대대로 侯爵(후작)이 떠날 때 없더라.

〈활판본〉

陰陽玉指環

〔해　설〕　陰陽玉指環

─── 옥지환으로 맺어진 벗지 못할
운명이라는 멍에

　이 작품은 남녀 주인공들이 다 같이 전쟁터에 나아가 무공을 세우고 숙연(宿緣)을 성취한다는 내용을 그린 작품이다.
　남주인공 이국량(李國樑)이 태어날 때 하늘에서 선녀가 내려와 유부인에게 「陽」자를 쓴 옥지환을 주는 꿈을 꾸고 아들을 낳게 되고 여주인공 화수영(花秀英)의 모친 우씨도 역시 하늘에서 선녀가 내려와 「陰」자를 쓴 옥지환을 주는 것을 받고 딸을 낳게 되어 그 음(陰)과 양(陽)의 옥지환이 빌미가 되어 남녀가 인연을 맺는다는 것이 이 소설의 특징이다.
　이국량이 처가에서 장인이 죽은 후, 계모에게 아내와 함께 학대를 받고 심지어는 수영으로 하여금 계모는 상처한 자신의 종질(從姪)에게 개가시키려고 꾸미는 음모 등은 계모의 학대소설을 모방한 듯하다. 어떻든 남녀 주인공들의 가출동기가 되고 스승을 만나 장차 영웅이 될 수 있는 병서(兵書)와 무술을 공부하는 동기가 되는 것은 새로운 구상이다. 이외의 플로트는 다른 영웅소설과 흡사하여 어떤 독창성을 찾아볼 수는 없으나 여주인공의 몸종도 무술을 익혀 전장에 나가 함께 무공을 세운다는 것이 이 작품의 특색이라 하겠다.

陰陽玉指環
음양옥지환

    화설, 明나라 世宗 嘉靖年間에 浙江 紹興府에 일위 名
宦이 있으니, 성은 李요 명은 穆이니, 開國功臣 趙國公
文忠의 후예라.
    대대 名門巨族으로 少年登科하여 벼슬이 吏部侍郞에 이
르매 부귀 영총이 일세에 赫赫하며, 공의 위인이 正直
忠厚하고 부인 劉氏는 誠意伯 基의 후손이니, 窈窕賢德
을 겸비한 숙녀로 부부가 화락하나 연기 사십에 슬하에
남녀간 일점 혈육이 없어 만사에 뜻이 없고 벼슬을 귀
히 여기지 아니하며, 名山大刹을 찾아 정성을 무수히 드
리며 혹 불쌍한 사람을 보면 재물을 주어 구제한 일이
많으되, 마침내 效驗이 없으매 부부가 매양 슬퍼하여 탄
왈,
    「우리 무슨 죄악으로 商瞿의 나이 지내었거늘 鄧攸*

---
*등유: 진(晉)나라 양양(襄陽) 사람. 자(字)는 백도(伯道).

의 무자한 신세를 면치 못하였으니, 어찌 슬프지 아니하리오.」

하며, 술을 내와 마시며 심사를 정치 못하더니, 홀연 한 여승이 손에 六環杖(육환장)을 들고 목에 百八念珠(백팔염주)를 걸고 내당으로 들어와 계하에 合掌拜禮(합장배례) 왈,

「빈승은 江南 金山寺 七寶庵(강남 금산사 칠보암)의 化主(화주)이옵더니, 이 절이 가난하여 불당이 퇴락하와 부처가 풍우를 피치 못하는 고로 公門貴宅(공문귀댁)에 시주하여 절을 重修(중수)코져 왔나이다.」

하거늘, 공과 부인이 눈을 들어 보매, 그 여승의 나이 반백이나 되었고 얼굴이 빙설 같고 動止安詳(동지안상)하여 범상한 尼姑(이고)와 다른지라, 공 왈,

「禪師(선사)*의 지성을 가히 알지로다. 부처를 위하여 천리를 跋涉(발섭)하여 왔으니 어찌 아름답지 아니하리오. 내 집이 본대 가난치 아니하니, 적이 선사를 위하여 정성을 표하리라.」

하고, 侍者(시자)를 명하여 황금 백 냥과 채단 백 필을 가져오라 하여 주니, 그 여승이 받고 사례 왈,

「貧僧(빈승)이 施主(시주)하시는 이 많이 보았으나 상공과 같으신 이는 처음 보았사오며, 각기 소원을 기록하와 불전에 祝願(축원)하옵나니, 상공께옵서도 무슨 소원을 기록하와 주옵시면 그대로 하오리이다.」

시랑이 탄왈,

「如干(여간) 재물을 시주하고 어찌 소원을 바라리오마는 나의 팔자가 사나와 後嗣(후사)를 전할 곳이 없으니, 병신 자식이라도 있으면 막대한 죄명을 면코자 하나 어찌 바라리오.」

---

*선사 : 선종(禪宗)의 법리(法理)에 통달(通達)한 법사.

여승 왈,

「대저 모를 바는 天道(천도)라. 상공의 이러하오신 인덕으로 어찌 無嗣(무사)하시리오. 빈승의 말씀이 迂闊(오활)*하오나 釋迦世尊(석가세존)께 축원하와 귀자를 點指(점지)하오리이다.」

시랑이 소왈,

「佛道(불도)가 비록 靈驗(영험)하시거니와 없는 자식을 어찌 점지 하리오.」

부인이 또한 웃고 왈,

「옛적 노나라 叔梁紇(숙양흘)은 그 부인 安氏(안씨)와 더불어 尼丘山(이구산)에 빌어 孔夫子(공부자)를 낳게 하시니 至誠(지성)이면 感應(감응)함이 있나니, 현사는 부처께 지성으로 축원하여 달라.」

하고, 머리에 꽂았던 金釵(금차)를 빼어 주고 또 일폭 白綾(백릉)을 내어 祝辭(축사)를 지어 주니, 여승이 받아 가지고 재배 하직 왈,

「빈승이 있는 곳이 머오니, 후일에 혹 다시 배알하올까 바라나니 만수 무강하옵소서.」

하고, 언필에 표연히 가더라.

차설, 세월이 여류하여 명년 춘삼월이 되니 화류는 난만하고 鶯聲(앵성)은 關關(관관)하여 사람의 春興(춘흥)을 돕는지라.

시랑이 부인으로 더불어 후원 정자에 올라 진일토록 景物(경물)을 玩賞(완상)하고 내당으로 돌아와 부인의 몸이 곤하여 침석에 의지하였더니, 홀연 일위 동자가 공중으로 내려와 재배하고 왈,

「소자는 文昌星君(문창성군)이옵더니, 玉帝(옥제)께 득죄하옵기로 왔사오니, 바라건대 어여삐 여기소서.」

한낱 指環(지환)을 드리며 왈,

---

*오활: 곧바르지 않고 에돌아서 멂. 곧 실제와는 관련이 멂.

「이 지환은 옥제께 있는 陰陽玉指環이오니, 그늘「陰」자 쓴 지환 한 짝은 月宮仙娥가 가지고 다른 집으로 가옵고, 볕「陽」자 쓴 한 짝은 이것이오니 深深藏之하였다가 후일 佳緣을 찾아 이루게 하소서.」

말을 마치고 문득 변하여 말만한 큰 별이 되어 부인의 품속으로 달려들거늘, 부인이 놀래어 크게 소리하고 깨치니 南柯一夢이라. 신기히 여겨 즉시 시랑을 청하여 몽사를 갖춰 말씀하시니, 시랑 왈,

「학생의 꿈이 또한 이와 같사오니 가장 기이하도다.」

하더니, 홀연 방중에 명광이 照耀하거늘, 살펴보니 한낱 지환이 부인의 곁에 놓였는데 瑞氣 燦爛하고, 그 위에 볕「陽」자가 분명히 쓰였는지라. 시랑과 부인이 대희 왈,

「우리 무자함을 하늘이 불쌍히 여기시고 菩薩이 慈悲하사 필연 귀자를 점지하심이로다.」

하고, 부인이 그 지환을 깊이 감추었더니, 과연 그 달부터 부인이 태기 있으매 시랑이 喜不自勝하여 십삭을 기다리더니, 일일은 한 줄 무지개 공중으로부터 부인의 침실에 둘리고 祥瑞의 구름이 온 집을 덮으며 부인이 일개 옥동을 생하니, 봉의 눈과 제비 턱이며 미간에 山川精氣를 띠었으며, 소리 웅장하여 쇠북을 울림 같은지라. 시랑이 만심환희하여 이름을 國樑이라 하고 자를 芝何라 하다.

아해 점점 자라매 玉骨仙風이 父風母習하고 聞一知十하니, 시랑의 부부 사랑함이 비할 데 없더라.

광음이 여류하여 국량의 나이 육세에 이르매, 聰明穎悟하여 모를 것이 없고 글을 읽으매 詩書와 百家를 無不通知하고, 여력이 과인하며 孫吳兵書와 六韜三略을 좋

아하고 혹 산에 올라 말 달리기와 활 쏘기를 익히니, 시랑부부가 그 너무 숙성함을 염려하나 더욱 두굿김을 마지 아니하여 掌中寶玉(장중보옥)같이 기르더라.

슬프다, 興盡悲來(흥진비래)는 고금의 상사라.

차시, 皇叔 燕王(황숙 연왕)이 不軌之心(불궤지심)을 품어 前任大將軍(전임대장군) 方鐵(방철)과 都察院 都御史 張吉(도찰원 도어사 장길) 등으로 더불어 叛逆(반역)을 하다가 事機 漏洩(사기 누설)하매, 황제 대로하사 연왕을 賜死(사사)하시고 그 아들을 遠竄(원찬)하시며 餘黨(여당)을 다스리실새, 吏部侍郞 李穆(이부시랑 이목)이 또한 逆招(역초)에 連累(연루)함이 되매 시랑을 拿問(나문)하시니, 시랑이 意外之變(의외지변)을 당하여 관을 벗고 머리를 두드려 울며 주왈,

「신의 집이 칠대로부터 국은을 후히 입삽고, 신의 벼슬이 또한 亞卿(아경)에 참예하였사오매 주야로 洞洞燭燭(동동촉촉)하와 성은을 만분지일이라도 보답하옴을 생각하오며, 또 신의 가산이 자연히 도주와 의돈을 부러 아니 하오매, 일신이 너무 過福(과복)하옴을 조심하옵거늘, 어찌 逆謀(역모)에 投入(투입)하와 조정을 욕되게 하며 집을 보존치 못함을 헤아리지 아니하오리이까. 복망 성상은 칠대 군신의 의를 下念(하념)하오시며, 또한 신의 사정을 굽어 살피시옵소서.」

말씀을 마치며 별 같은 눈물이 소매를 적시는지라. 상이 들으시고 가라사대,

「경의 집 일과 경의 마음은 짐이 아는 바이니 특별히 不問(불문)하노라.」

하시니, 都御史 盧俊(도어사 노준)이 출반 주왈,

「이목이 비록 애매하오나 이미 賊招(적초)에 그 이름이 정정히 있사오니, 가히 그저 두지 못할지라. 마땅히 그 관작을 사하옵고 원찬하와 후인을 징계함이 좋을까 하나이다.」

하거늘, 상이 마지 못하여 桂陽 땅 黑風島로 定配하라 하시니 차시 金吾郞이 급히 시랑을 押領하여 길을 떠나매, 감히 본부에 다녀가지 못하고 바로 배소로 향할새, 부인과 아자를 보지 못하니 아득한 심사를 정치 못하고 겨우 행하여 여러 달 만에 흑풍도에 이르니, 惡風과 土質이 심하여 사람으로 하여금 견디기 어려우나 호전의 절개를 효측하여 마음을 온전히 하니, 그 충의를 도중 사람들이 모두 탄복하더라.

차시 유부인이 시랑의 소식을 듣고 망극하여 아자를 데리고 일야로 슬허하니, 공자 모친을 위로하여 왈,

「소자 있사오니 태태는 너무 과도히 슬허 마르소서.」

하며 날마다 弓馬之才를 익히니, 부인이 그 재주를 일컬으며 세월을 보내나 때때로 시랑의 일을 생각하여 슬허하는 눈물이 의상에 이음차니, 그 경상이 진실로 慘然하더라.

각설, 雲南王이 반하여 中原을 침범할새, 先鋒이 江南 六州를 쳐 항복받고 紹興府를 취하니, 차시 유부인이 시랑이 적소로 간 후에 아자 국량을 데리고 소흥 고향에 내려와 있더니 不虞之變을 당하매 대경하여 아자와 시비 추향을 데리고 鳳鳴山中으로 향하여 갈새, 피란하는 백성이 길에 덮였더라.

부인이 몽중에 얻은 구슬을 내어 錦囊에 넣어 공자를 채우고 夢中說話를 자세히 이르며 왈,

「이것은 없애지 못할 보배요,「陰」자 쓴 구슬 있는 곳을 얻어야 너의 天定佳緣이니, 잘 간수하고 부질없이 타인의 이목에 뵈이지 말라.」

하고 정히 행하더니, 중도에서 一枝軍을 만나니 이는 적

병이라. 피란하는 인민을 짓치니 부인이 遑遑罔措하여
급히 닫더니, 한 적병이 국량의 상모가 비범함을 보고 놀
라 이르되,

「이 아해 타일에 반드시 귀히 되리라.」
하고 데리고 가거늘, 부인이 대경하여 통곡하다가 昏絶
하니, 시비 추향이 공자의 사생을 아지 못하고 또한 통
곡하다가 부인을 구호하여 봉명산중으로 향하니라.

차설, 운남왕이 소흥부를 쳐 파하고 대병을 몰아 바로
金陵을 범하니, 금릉 지킨 장수가 급히 조정에 奏達한대,
상이 대경하사 大將軍 劉良으로 大元帥를 하이시고, 驃
騎將軍 李吉로 先鋒을 삼고 정병 삼십만을 調發하여 반
적을 치라 하시니, 유량 등이 수명하고 대군을 거느려
금릉에 이르러 여러 번 싸워 운남병이 패하매 군을 물
려 본국으로 돌아갈새, 국량을 데려갔던 자가 급히 행하
다가 光姸山下에 이르러 국량을 버리고 가니라.

이때 부인이 적병의 물러감을 듣고 추향을 데리고 집을
찾아 돌아오니, 적병이 가산을 다 擄掠하여 가고 다만 빈
집이어늘, 부인이 하늘을 부르짖어 통곡하다가 추향을
붙들고 왈,

「나의 팔자가 崎嶇하여 상공은 적소에 멀리 계시고 공
자를 의지하였더니, 난중에 잃어 그 存亡을 알지 못하
고, 이제 또 가산이 蕩盡하였으니 장차 어찌하리오. 내
黑風島로 향하여 상공을 찾아 보고 죽으리라.」
하고, 추향으로 더불어 길에 올라 여러 날 만에 한 곳에
다다르니, 산천이 수려하고 景槪 絶勝한지라. 노주 서로
붙들고 한 두던에 올라 앉아 쉬더니, 문득 한 여승이 산
상으로조차 내려오다가 부인을 보고 대경하여 급히 合掌

拜禮하고 문왈,

「부인이 어이하여 이곳에 오시니이까.」

하거늘, 부인이 눈을 들어 살펴보니, 이 곧 칠년 전에 경사 본부에 왔던 여승이라. 반가움을 이기지 못하여 몸을 일어 답례하고 왈,

「첩은 명도 기박하여 이곳까지 왔거니와, 선사는 어디로조차 오며 오늘 다시 만남은 진실로 世事를 不可測이로다. 첩의 지난 바 일은 倉卒間 어찌 다 이르리오.」

여승이 부인을 위로하며 왈,

「빈승이 있는 절이 머지 아니하오니 그리로 가사이다.」

하고, 인하여 부인과 추향을 인도하여 산 속으로 수리를 행하니, 淸溪白石에 유수는 潺潺하고 蒼松翠竹은 사면에 둘렀는데, 한 적은 암자가 산을 의지하였더라.

사문에 다다르니 십여 명 여승이 나와 예하며 맞아 방 중에 들어가 좌정 후 차를 내와 부인을 권하며, 여승 왈,

「이곳은 金山 七寶庵이오며, 빈승의 법명은 慧正이옵더니, 연전에 상공과 부인이 시주하신 재물로 이 절을 重修하옵고, 날로 부인 양위의 생자하심을 축원하였삽더니, 작년에 世尊이 現夢하사 왈,「지금 이시랑의 부인이 厄會를 만나 이 산 앞으로 지날 것이니, 너는 명일에 일찌기 내려가 뫼셔다가 편히 계시게 하라」하옵시기로 빈승이 오늘 일찌기 일어나 산에 내려갔삽더니, 과연 부인을 만났사오니 부처의 神靈하심이 이와 같삽거니와 감히 묻잡나니 부인이 어이하와 行色이 이렇듯이 蒼皇하시며, 장차 어디로 향하시나이까.」

부인이 聽畢에 부처의 말씀을 신기히 여기며, 그 사이 국량을 낳을 제 몽사와 시랑이 謫居한 事緣이며, 도적

을 만나 모자가 相失한 말이며 시랑을 찾아 흑풍도로 가
는 일을 갖추어 이르니, 혜정이 悲慽함을 마지 아니하며,
인하여 부인더러 왈,

「여기서 흑풍도가 수천여 리요, 산천이 험준하고 도적
이 많사오니, 부인이 어찌 孑孑弱質로 행하시리이까.
아직 이 절에 머물러 공자의 소식을 探知하오며 상공
의 돌아오심을 기다림이 좋을까 하나이다.」

하거늘, 부인이 그 말을 옳이 여겨 드디어 칠보암에 머
무니 일신은 安閑하나 매양 공자의 사생과 시랑의 소식
을 아지 못하여 눈물 마를 날이 없더라.

차설, 국량이 적병의 붙들림이 되어 가다가 광연산하
에서 버린 바가 되어 갈 바를 알지 못하고 모친의 종적
을 찾으니 어찌 알리오.

여러 날을 얻어먹지 못하고 눈물만 흘리며 도로에 방
황하다가 한 곳에 이르니 날이 저물거늘 풀 속에 들어
가 밤을 지내더니, 홀연 노인이 곁에 와 불러 왈,

「너는 어떠한 아해완데 이곳에 누웠느뇨.」

국량이 일어나 그 노인을 향하여 두 번 절하고 울며 왈,
「소자는 난중에 모친을 실산하옵고 정처없이 다니나이
다.」

노인 왈,
「네 情景을 보니 惻隱한지라. 나와 한가지로 있음이 어
떠하뇨.」

하며, 소매로조차 실과를 내어 주거늘, 국량이 받아 먹
으며 재배 왈,

「대인은 뉘시관데 여러 날 주린 아해를 구제하시니 恩
惠罔極이오며, 또 養育하심을 이르시니 잃은 모친을

만난 듯 반갑기 측량없도소이다.」

노인이 미소 왈,

「너의 모친이 무사히 계시나니 너는 염려 말라.」

하고, 이에 국량을 데리고 한 곳에 이르니, 峰巒(봉만)이 빼어나고 운하가 잠겼으며 一座(일좌) 樓閣(누각)이 반공에 솟았으며, 학의 소리 嘹亮(요량)하더라. 노인이 국량더러 왈,

「이곳은 天壽萬山(천수만산)이요, 나는 白雲道士(백운도사)요. 내 너와 더불어 팔년 연분이 있나니라.」

하고, 사랑하기를 마지 아니하며 短笛(단적)을 가르치니, 오래지 아니하여 音律(음률)이 精通(정통)한지라. 도사가 기꺼 왈,

「네 재주를 보니 후일에 큰 그릇이 될 것이요. 천하가 매양 태평할 때 적으니 네 이것을 공부하라.」

하고, 一卷書(일권서)와 一尺劍(일척검)을 내어 주거늘, 국량이 받아 보니 그 책은 兵書(병서) 같으나 모를 것이 많고, 칼은 길이 팔척이요 瑞氣(서기) 玲瓏(영롱)하며 「飛龍(비룡)」이란 두 글자를 새겼더라.

국량이 도사를 뫼셔 낮이면 병서를 배우고 밤이면 칼 쓰기를 익히며 세월을 보내나 매양 嚴親(엄친)이 謫所(적소)에 계심을 짐작하나, 난중에 잃은 모친의 사생을 아지 못하여 눈물 내림은 깨닫지 못하나 마음을 強仍(강잉)하여 요행 다시 만나 뵈옴을 暗祝(암축)하더라.

일일은 도사가 국량을 불러 왈,

「광음이 유수 같으며 逢別(봉별)이 정한 수가 있는지라. 네 이곳에 온 지 벌써 팔년이요, 또 한가지로 머물 인연이 진하였으매 오늘날 이별을 면치 못하려니와, 네 塵世(진세)에 나가 장부의 사업을 잃지 말라.」

국량이 이 말을 듣고 愕然(악연) 涕淚(체루) 왈,

「師父(사부)가 소자를 사랑하심이 己出(기출)과 다름이 없사오며,

가르치신 바가 많사와 그 恩惠(은혜) 하늘 같사오매 종신토록 슬하에 뫼셔 사부의 대덕을 萬分之一(만분지일)이나 갚사올까 하였거늘, 사부가 이제 소자를 어디로 가라 하시나이까.」

도사가 또한 悽然(처연) 왈,

「내 너와 더불어 팔년 정의 깊었으나 금일 相別(상별)은 역인 天定(천정)이니, 너는 세상에 나가 부모를 다시 만나고, 영화 부귀를 누리고 칠십년 후 玉京淸都(옥경청도)에 다시 모두 이리니 과도히 슬허 말라.」

하고 가기를 재촉하니, 국량이 마지 못하여 눈물을 뿌리며 재배 하직하고 산에 내려 정처없이 행할새, 盤纏(반전)이 없음으로 飢渴(기갈)이 太甚(태심)하여 한 송정 아래 이르러 쉴새 몸이 困勞(곤로)하여 잠깐 잠이 들었더니, 일위 노인이 葛巾野服(갈건야복)으로 죽장을 끌고 이르러 국량을 깨어 왈,

「너는 어떤 사람이관데 이곳에 와 무슨 잠이 깊었느뇨.」

국량이 놀라 일어 재배 왈,

「소자는 난중에 부모를 잃삽고 정처없이 다니오며, 성명은 이국량이로소이다.」

그 노인이 국량의 상모가 비범함을 보고 사랑하여 왈,

「네 말을 들으니 심히 悲感(비감)한지라. 저처럼 다니지 말고 내 집에 가 머묾이 어떠하뇨.」

국량이 다시 재배하고 공경 대왈,

「대인이 소자 같은 걸인을 더럽다 아니시고 거두어 문하에 두고져 하시니 은혜 망극이로소이다.」

노인이 인하여 국량을 데리고 자기 집으로 돌아오니라.

원래 이 노인의 성은 花(화)요 이름은 萬洙(만수)니, 太祖高(태조고)皇帝(황제) 초년에 太平府(태평부)를 지키었다가 사절한 將軍 雲(장군 운)의 육

세손이니, 簪纓世族으로 일찍 龍門에 올라 벼슬이 吏部尙書에 이르렀더니, 차시 조정에 張宗과 桂渥 등의 弄權함을 보고 공명에 뜻이 없어 上表辭職하고 고향 太州 땅에 돌아와 雲林에 약 캐기와 벽계에 고기 낚기로 세월을 보내며 일자 일녀를 두었으니, 장녀의 명은 秀英이요, 부인 禹氏는 兵部尙書 禹謙의 손녀라. 수영소저를 낳을 때에 상서와 부인이 일몽을 얻으니, 한 선녀가 彩雲을 타고 공중으로서 내려와 재배 왈,

「소녀는 玉帝의 명을 받아 人間에 나오며, 이 지환은 한 쌍이온대, 볕 양자 쓴 것은 文昌星이 가지고 진세에 또한 謫降*하였사오니, 來頭에 이 지환으로 天緣을 찾아 정하소서.」

하고, 언필에 부인의 품으로 달려들거늘 놀라 깨어 상서와 더불어 몽사를 의논하더니, 홀연 침변에 난데없는 玉指環 한 짝이 놓였는데, 서기 영롱하고 그 위에 그늘「陰」자가 宛然하거늘, 부인이 깊이 간수하였더니 그 달부터 부인이 잉태하여 십삭이 차매 상서가 날로 부인의 解娩하기를 기다리더니, 일일은 祥雲이 집을 두르고 부인의 침실에 異香이 진동하더니, 부인이 일개 여아를 생하매 상서부부가 대희하더니, 점점 자라매 姙姒*의 덕과 莊康의 색을 겸비하여 더욱 사랑함을 마지 아니터니, 가운이 불행하여 소저가 팔세에 부인이 우연 득병하여 여러 달 신음하니, 상서의 근심함과 비복 등의 悄悄함은 이르도 말고, 소저의 至誠救護함과 憫迫號泣함은 보는 자가 뉘 아니 그 大孝心을 탄복하리오.

*적강 : 신선(神仙)이 인간 세상에 내려오거나 사람으로 태어남.
*임사 : 중국 주나라 문왕(文王)의 어머니, 태임(太妊)과 아내 태사(太姒).

일일은 부인이 스스로 이지 못할 줄 알고 소저를 가까이 오라 하여 그 얼굴을 어루만지며 길이 탄왈,

「내 다만 너를 두었으매 장성하기를 기다려 佳郞을 얻어 鳳凰의 雙遊함을 보고져 하였더니, 내 박복함으로 이제 九原으로 돌아가니 어찌 섭지 아니리오. 너는 비록 여자라도 너의 부친을 誠孝로 받들고, 나를 생각하여 과도히 설허 말라.」

또 상서를 돌아보아 왈,

「차아가 여자나 후일에 우리 문호를 빛낼 것이니, 상공은 부디 하늘이 정하신 가연을 찾아 저의 일생을 快樂케 하소서.」

말씀을 마치고 인하여 세상을 버리니, 상서가 비읍함을 마지 아니하고 소저는 통곡하다가 때때로 昏絶하는지라. 상서가 눈물을 거두고 소저를 구호하여 만단으로 위로하며 禮月을 기다려 선산에 安葬하니, 상서의 悲感함과 소저의 哀痛함이 더욱 새롭더라.

세월이 무정하여 三喪을 마치매 소저의 나이 겨우 십세요. 主饋할 자가 없으매 상서가 마지 못하여 본주 사인 劉鐵의 여를 취하니, 유씨의 천성이 奸惡하여 매양 소저를 시기하더니 삼년 만에 일자를 생하니 이름을 秀樂이라 하다.

상서가 항상 擇婿하기를 힘쓰나 「陽」자 쓴 지환 가진 자를 만남을 바라되 얻지 못하여 심중에 우려하더니, 이날 우연히 松亭에 나갔다가 국량을 보고 그 영웅임을 알고 데려옴이리라.

상서가 국량을 극히 사랑하고 대접하며 별당을 정하여 머물게 하고 서책을 주어 공부하라 하니, 국량의 文

才 날로 빼어나더니, 일일은 상서가 국량을 찾아 별당에 이르니, 이때는 暮春三月이라. 천기 심히 온화하여 사람을 곤케 하는지라. 국량이 글을 읽다가 書案을 의지하여 잠이 들었거늘, 상서가 사랑함을 이기지 못하여 깨우지 아니코 그 곁에 나아가 그 읽던 책을 뒤져 보더니, 문득 한 줄기 서채가 輝煌하거늘 놀라 살펴보니 그 기운이 국량의 품속으로조차 나오는지라. 더욱 怪異히 여겨 가만히 국량의 옷을 끄르고 보니 속고름에 금낭이 채었거늘, 열어 보니 한 짝 옥지환이 있는데 광채 찬란하고 별「陽」자가 완연히 쓰였으며, 그 지환을 싼 바 조고마한 비단 조각에 썼으되「浙江 紹興府人 李國樑의 父는 前吏部侍郎 穆이요 母는 劉氏」라 하였거늘, 상서가 이를 보고 일변 놀라며 일변 반겨 국량을 깨우니, 국량이 상서의 소리를 듣고 급히 일어나거늘, 상서가 명하여 앉으라 하고 문왈,

「네 어이하여 이때까지 너의 實情을 노부더러 이르지 아니하였느뇨. 내 너의 대인과 더불어 同朝 수십년에 知己相合하여 情誼膠漆 같더니, 불행히 너의 대인은 무죄히 원지에 謫居하고 노부가 또한 고향에 돌아온 후로 音信이 막연하매, 노부가 매양 옛정을 생각하여 南天을 바라 심회를 傷害오더니, 네 이에 이를 줄 어찌 뜻하였으리오. 이는 蒼天이 留意하사 지시하심이로다.」

하고, 悄悵함을 마지 아니하니, 국량이 이 말씀을 듣고 일어 재배하고 꿇어 고왈,

「대인이 가친의 故舊라 하시니 소자가 嚴親을 뵈온 듯 그 반가움을 이기지 못하리로소이다.」

하고 누수가 여우하거늘, 상서가 위로하고 인하여 지낸

바 일을 물은대, 국량이 이에 난중에 모친을 失散하고 도로에 彷徨하다가 白雲道士를 만나 天壽山에 들어가 팔년을 공부하고, 다시 도사의 명을 받아 산에 내려온 前後首末을 세세히 고한대, 상서가 크게 신기히 여기며 시자를 명하여 술을 가져오라 하여 여러 잔을 마시매, 蒼顔白髮에 화기 무르녹는지라. 이에 국량의 손을 붙들고 웃음을 띠어 왈,

「노부가 너더러 부탁할 말이 있으니 聽從할소냐.」

국량이 상서의 손을 받들고 공경 대왈,

「소자가 대인의 愛恤하옵신 대덕을 입사와 그 갚을 바를 아지 못하옵거늘, 비록 水火인들 명하심을 奉承치 아니리이까.」

상서가 대희 왈,

「내 초취 우씨에게 일녀 있으니, 그 낳을 때에 기이한 꿈을 얻고 또 「陰」자 쓴 옥지환 한 짝이 있으매, 매양 「陽」자 쓴 지환 가진 자를 찾아 그 天定因緣을 이루고져 하더니, 이제 너에게 「陽」자 쓴 지환이 있으니 어찌 기이치 아니하며, 하물며 너는 故友之子이니 더욱 사랑하는 바이라. 내 여아로써 너의 巾櫛을 받들고져 하나니, 아지 못게라. 네 뜻에 어떠하뇨.」

국량이 청파에 감격함을 이기지 못하여 몸을 일어 두번 절하여 왈,

「대인의 소자를 사랑하심이 이에 미치니 惶恐無地하오나 일개 걸인을 거두사 천금 같은 귀소저로 더불어 배우를 정코져 하시니 不敢하옴을 이기지 못하리로소이다.」

상서가 소왈,

「이는 하늘이 주신 인연이니 어찌 다행치 아니리오.」
하고, 다시 국량더러 왈,
「이 지환은 너와 여아의 莫大之寶이니, 마땅히 서로 바꾸어 信物을 삼게 하리라.」
하고, 이에 내당에 들어가 부인 유씨를 대하여 왈,
「내 여아의 배필을 얻지 못함을 한하더니, 이국량은 英雄君子의 기상이요 또 지환을 가졌으니 이는 짐짓 一雙佳耦라. 수이 택일하여 성례하리라.」
유씨 상서가 국량을 데려옴으로부터 그 풍채의 俊逸함과 문학의 아름다움을 들었으나 심내에 불락하여 혼자 말로써 하되,
「상공은 부질없는 아해를 가중에 두었다.」
하더니, 이 말을 듣고 猜忌之心이 대발하여 헤오되,
「수영의 蘭恣蕙質로 또 저와 같은 짝을 얻어 집에 두면 내 어찌 견디리오.」
하고, 거짓 노색을 띠어 대왈,
「수영은 女中君子이어늘, 이제 빌어먹던 아해로 사위를 삼으면 타인이 알지라도 그 繼母의 택서를 삼지 아니함을 책하오리니, 바라건대 상공은 名門貴族의 佳郎을 가림이 좋을까 하나이다.」

상서가 변색 왈,
「이 아해 비록 孑孑無依하나 이시랑의 아들이요. 그 위인이 후일에 받드시 문호를 빛내리니, 부인은 다시 이르지 말라.」
하고, 즉시 소저를 불러 그 雲鬟을 어루만지며 왈,
「내 너를 위하여 豪傑의 사람을 얻었으니 평생의 한이 없도다.」

하고, 지환을 주며 왈,

「너는 이것을 잘 간수하고 네게 있는 지환은 가져오라. 내 이랑을 주어 또한 신을 지키게 하리라.」

소저가 아미를 숙이고 부끄럼을 이기지 못하나 부명을 감히 거스리지 못하여 쌍수로 받아 가지고 침소에 돌아와 깊이 간수하고 자기의 감추었던 지환을 가져다가 상서께 드리니, 상서가 즉시 별당에 이르러 국량을 주며 기쁨을 이기지 못하더라.

차홉다, 好事多魔는 自古而然이라.

상서가 정히 길일을 택하여 소저의 혼사를 이루고져 하더니, 홀연 득병하여 백약이 무효하고 점점 沈重하니 스스로 回春치 못할 줄 알고 부인과 아자를 불러 좌우에 앉히고 왈,

「내 나이 칠순이 가까왔고 世上榮辱을 배불리 겪었으니 무슨 한이 있으리오. 부인은 모르미 나 죽은 후에 가사를 전과 같이 하여 이랑을 후히 대접하고 삼년이 마치기를 기다려 成婚하고, 수악을 잘 가르쳐 家聲을 잇게 하소서.」

하고, 소저를 가까이 오라 하여 일봉서를 주며 가만히 일러 왈,

「너의 모친이 필경 不義之事를 행하리니, 그 때에 급하거든 이것을 떼어 보라.」

하고, 이에 유씨와 소저를 잠깐 치우고 국량을 청하여 그 손을 잡고 왈,

「내 생전에 너를 성취하여 슬하에 재미를 보고져 하였더니, 세사가 뜻과 같지 못하니 可恨이로다. 나 죽은 후에 저 어질지 못한 유씨 필연 너를 恕待하리니, 너

는 몸을 잘 보호하고 또한 여아의 일생을 돌아볼지어
다.」
국량이 체읍 대왈,
「소자가 대인을 길이 뫼실까 하였삽더니, 이제 가르치
심을 듣자오니 어찌 잊음이 있으리이까마는 대인의
은혜를 갚지 못하였사오니 어찌 인자의 도리라 하리
이까.」
상서가 장탄 왈,
「그대는 영웅이라. 오래지 않아 이름이 사해에 震動(진동)하
리니, 만일 여아의 庸劣(용렬)함을 嫌疑(혐의)치 아니면 이는 노
부를 잊지 아니함이니, 그대는 길이 無恙(무양)하라.」
하고, 말을 마치며 상에 누우며 졸하니 享年(향년)이 육십구세
라.
부인이 發喪痛哭(발상통곡)하고 소저가 昏絶(혼절)하며, 노복 등은 罔(망)
極哀痛(극애통)하고 국량이 또한 슬허함이 親喪(친상)과 다름이 없더
라.
喪需(상수)를 극진히 하여 선산에 安葬(안장)할새, 국량의 지극히
보살핌을 일가 친척이 칭찬 아닐 이 없으되, 유씨는 도
리어 슬히 여기며 이후로부터 국량을 薄待太甚(박대태심)하니, 아
자 수악의 나이 팔세라. 모친을 붙들고 간왈,
「이랑은 우리 집의 백년손이 될 것이오. 가사에 看檢(간검)
하기를 지성으로 하옵거늘, 태태는 어이 賤待(천대)하사 부
친 유교를 생각지 아니시나이까.」
유씨 대로 왈,
「이가 畜生(축생)은 본대 빌어먹는 아해여늘, 너의 부친이 妄(망)
靈(령)되이 데려다가 집에 두었으니 그 무엇에 쓰리오. 너
는 그 놈과 同交心(동교심)하여 어미를 그르다 하니, 어찌 인자

의 도리리오.」

하고 무수히 때리니, 수악이 감히 다시 말을 개구치 못하고 물러가니라.

유씨 더욱 국량을 미이 여겨 일계를 생각하고 그 庶從姪 劉澤(서종질 유택)을 불러 조용히 일러 왈,

「우리 상공이 생전에 無端(무단)히 괴이한 아해를 얻어 집에 두시고 수영의 배필을 삼고져 하시니, 어찌 문호에 큰 욕이 아니리오. 이제는 저를 둠이 無益(무익)한지라. 너는 나를 위하여 좋은 말로 저더러 일러 가게 하면 이는 나의 눈에 가시를 제함이요, 네 상처한 후로 이때까지 再娶(재취)치 못하였으니 수영을 취하면 어찌 아름답지 아니리오.」

유택이 이 말을 듣고 대희하여 즉시 별당에 나아가 국량을 대하여 왈,

「이제 상공이 기세하시고 수악의 나이 어려 능히 손을 대접치 못하리니, 그대는 장차 어찌코져 하느뇨.」

국량이 이윽히 생각다가 답왈,

「내 또한 이를 모름이 아니로되, 상공이 재세시에 千金小嬌(천금소교)로 내게 許婚(허혼)하였으니, 내 부득이 삼년을 기다려 성혼 후 무슨 方略(방략)을 차리고져 하노라.」

택이 다시 말하지 아니코 내당에 들어가 유씨에게 그 말을 전하니, 유씨 대로 왈,

「이 축생이 혼사를 稱托(칭탁)하고 물러가지 아니려 하니, 어찌 그저 두리오. 내 마땅히 축생을 없이하리라.」

택이 그 계교를 물은대, 유씨 왈,

「네 독한 약을 얻어 오면 내 스스로 처치할 도리가 있으니, 너는 주선하라.」

택이 대열하여 수일 후에 약을 얻어다가 유씨를 주니, 즉시 밥에 섞어 별당으로 내보내니라.

이때 국량이 유택의 말을 들은 후 상서의 말씀을 생각하며 탄왈,

「내 이곳에 오래 머물지 못하리로다.」

하더니, 일일은 시비 밥상을 올리거늘, 심사가 자연 煩(번)憫(민)하여 그 밥을 먹지 아니하고 옥저를 내어 한 곡조를 부니, 그 소리 심히 청아하며 문득 그릇 가운데로서 검은 기운이 일어나며 독한 내 사람을 侵(침)擄(노)하더니, 이윽고 그 밥이 화하여 재 되는지라.

태연히 상을 물리니, 유씨 이 말을 듣고 더욱 분노하여 다시 유택으로 더불어 꾀한대, 유택이 머리를 숙이고 양구히 생각다가 왈,

「河南(하남) 땅에 한 사람이 있으니, 성명은 方俊道(방준도)라. 용력이 絶倫(절륜)하고 일찍 신인을 만나 금술을 배워 천하에 당할 자가 없고, 내 一面之分(일면지분)이 있사오니 가히 천금을 가져 이 사람을 달래어 오면 어찌 妖魔(요마) 국량을 근심하리이까.」

유씨 대희하여 즉시 천금과 盤纏(반전)할 것을 내어 유택을 주며 수이 다녀오라 당부하니, 택이 받아 가지고 길을 떠나 여러 날 만에 하남에 이르러 준도를 찾아 보고 천금을 주며 왈,

「太州(태주) 李尚書(이상서)가 생시에 한 걸아를 거두어 집에 두었더니, 상서가 기세 후 가중의 大患(대환)이 될지라. 이러므로 그 부인 유씨 천금을 아끼지 아니코 나를 보내어 그대를 청하니, 바라건대 한 번 수고를 아끼지 말라.」

준도가 청필에 심내에 혜오되,

「내 일찍 들으니 이상서는 正大한 君子요, 또 知人之
鑑이 과인하다 하거늘 어찌 악인을 집에 두었을 리 있
으며, 또 유택은 본대 불량한 사람이니 기간에 무슨
緣故가 있음이라. 내 한 번 가 인명을 구하리라.」

하고, 이에 흔연히 유택더러 왈,

「군이 조고마한 일로 멀리 왔으니, 내 어찌 명을 좇지
아니리오. 그러나 이 금은 일을 이룬 후 받음이 늦지
아니하니, 군은 거두어 두라.」

하고, 즉시 행장을 수습하여 택의 집에 이르르는 택이
준도로 편히 쉬라 하고 바삐 가 유씨에게 준도 데려온 설
화를 고하니, 유씨 대희하여 속히 일을 행하라 하다.

이때는 春三月望間이라, 국량공자가 별당에 홀로 앉았
더니, 밤이 돌아오매 명월이 동천에 올라 맑은 빛이 照
耀하며 꽃그늘은 뜰에 가득한지라. 공자가 부모를 생각
하며 또한 자기 신세를 혜아리매, 凄涼함을 이기지 못
하여 난간을 의지하여 옥저를 내어 일곡을 부니, 그 소
리 哀怨凄切하여 남천의 돌아가는 기러기 슬피 울며 원
산의 잔나비 파람하여 서로 화답하더니, 문득 저 소리 끊
어지며 一陣陰風이 일어나 사람을 침노하며 一位 壯士
가 三尺匕首를 손에 들고 언연히 난두에 올라서며 크게
불러 왈,

「내 너의 머리를 취하려 왔나니 빨리 목을 늘이어 내
칼을 받으라.」

하거늘, 공자가 눈을 들어 그 장사를 살펴보니, 신장이
팔척이요 범의 머리며 잔나비 팔이요, 氣宇가 軒昻하고
위풍이 凜凜하여 짐짓 일세 기남자라. 공자가 안색을 불
변하고 安舒히 답왈,

「내 그대와 더불어 疏昧平生이니 무슨 嫌冤이 서로 있
으리오. 반드시 남의 재물을 탐하여 이에 이름이니, 다
만 나의 머리를 취하여 갈지라. 무슨 여러 말을 하는
다.」
그 장사가 快然大笑하며 칼을 던지고 예하여 왈,
「그대는 누구이며 어이하여 이 위태한 곳에 머무느뇨.
내 아까 그대의 옥저소리를 들으니 그 곡조가 기이하
고, 또 지금 그대의 상모를 보니 當世英雄이라. 내 그
대를 시험코져 잠간 戲弄함이러니, 그대 또 죽기를 임
하여 조금도 겁하지 아니하니 그 膽大함이 옛날 장위
공에 지난지라. 비록 서예의 지혜 없으나 어찌 무죄한
사람을 해하여 남의 웃음을 취하리오. 그대는 나더러
실정을 말씀하면 내 마땅히 힘을 다하여 그대를 구하
리라.」
공자가 청파에 그 意氣 山岳 같음을 탄복하고, 또 유
씨의 보냄인 줄 짐작하고 연망히 답례 왈,
「그대 이미 나의 무죄함을 알고 해치 아닐진댄, 다만
물러감이 좋을까 하노라.」
장사가 국량을 즐겨 말 아니 하는 뜻을 알고 가까이 앉
으며 왈,
「나는 刺客이 아니라 建文皇帝 시절에 정학선생 방효
유의 칠세손이라. 禍家餘生으로 하남에 있어 약간 금
술을 공부하였더니, 이제 유택이 이 집 유부인의 명으
로 천금을 가져와 나를 주며 그대를 해하라 하나 내
본대 유택의 착하지 못함을 아는고로, 의심하여 그 금
을 받지 아니하고 이에 와 동정을 살피고져 함이러니
과연 그대 같은 英雄을 만났거니와, 그대는 누구이며

어이하여 이 집에 머물러 있으며, 무슨 일로 유씨의 미이 여김을 입었느뇨. 또 내 생각건대 그대 지금 이곳을 떠나지 않으면 必竟(필경) 유씨의 독수를 면치 못하리니, 그대 만일 갈 곳이 없으면 내 집에 머물러 좋은 때를 기다림이 어떠하뇨.」

공자가 感激(감격)함을 이기지 못하여 이에 사례 왈,

「복은 절강 소흥부 이부시랑의 아자 국량이러니, 명도가 崎嶇(기구)하여 부친이 謫居(적거)하시고, 난중에 모친을 失散(실산)하고 도로에 유리하다가 花尙書(화상서) 거두어 愛恤(애휼)하심을 입어 이곳에 와 있은 지 여러 해며, 겸하여 그 千金小嬌(천금소교)로 허혼이 있더니, 그 소저는 유씨의 소생이 아니요 또 나의 혈혈함을 嫌疑(혐의)하여 向日(향일)에 유택으로 하여금 나더러 이 집을 떠나라 하기로 내 삼년을 기다려 성혼 후 措處(조처)하기로 대답함은 있거니와, 이제 이렇듯 나를 逼迫(핍박)함은 뜻하지 아니하였더니, 이제 그대의 말씀을 들으니 가중에 필연 무슨 사고가 있음이요. 事以到此(사이도차)하여는 내 어찌 다시 이곳에 머물 뜻이 있으리오. 雖然(수연)이나 장부의 行色(행색)을 마땅히 光明(광명)히 하리라.」

하고, 이에 붓을 빼어 벽상에 一首時(일수시)를 쓰니 그 글에 하였으되,

高門三載寄孤踪(고문삼재기고종)

높은 문에 세 해를 외로운 자취를 붙였더니,

一別今朝恨幾重(일별금조한기중)

오늘 아침에 한 번 이별하니 한이 몇 겹인고.

待得靑雲得意好相逢(대득청운득의호상봉)

청운에 뜻 얻음을 기다려 좋이 서로 만나리라.

하였더라.
 쓰기를 다하매 붓을 던지고 飄然(표연)히 소매를 떨쳐 준도와 더불어 문을 날새 준도가 왈,
「내 먼저 유택을 보고 갈 것이니, 그대는 서서히 행하며 나를 기다리라.」
하고, 즉시 유택을 찾아가니, 때 정히 四更(사경)이 되었더라.
 유택이 준도의 이름을 보고 반겨 문왈,
「대사가 어찌 되었느뇨.」
 준도가 답왈,
「이가 축생이 무슨 기미를 알았는지 별당에 없으니, 필연 멀리 도망함이라. 이러므로 내 돌아왔노라.」
 유택이 이 말을 듣고 괴이히 여기나 국량의 없음을 다행히 알아 날이 밝은 후 유씨를 가 보고 그 연유를 이르고 탐지한즉, 과연 그 종적이 묘연하거늘 유씨 왈,
「이는 반드시 家中之人(가중지인)이 누설함이라.」
하고, 국량의 떠남을 상쾌히 여기더라.
 이때 준도가 유택을 작별하고 바삐 행하여 공자를 만나 河南(하남)에 가니, 공자 인하여 준도의 집에 머무니라.
 차설, 수영소저가 이공자의 없음을 듣고 일변 놀래며 일변 怪異(괴이)히 여겨 시비 춘매를 불러 별당에 가 探知(탐지)하라 하니, 즉시 돌아와 보하되,
「과연 이공자의 形影(형영)이 杳然(묘연)하고, 다만 벽상에 쓴 글이 있기로 떼어 왔나이다.」
하거늘, 소저가 보기를 다하고 심내에 혜오되,
「이는 반드시 가중에 변괴 있어 몸을 피함이로다.」
 그 글을 신변에 감추고 말이 없더니, 유씨 이르러 소저를 대하여 왈,

「사람의 팔자는 미리 알 길이 없도다. 너의 부친이 그릇 생각하시고 쓸데없는 이씨 걸아로 너의 배필을 정하시매, 이는 실로 너의 前程을 해롭게 하심이라. 이러므로 내 너의 일생을 念慮하더니, 이제 과연 스스로 집을 버리고 하직 없이 나갔으매 다시 돌아올 길이 없으리니, 너의 靑春이 아까운지라. 어미 마음에 어찌 冤痛치 아니하리오. 나의 종질이 있으니 인물이 非凡하고 재주가 過人하여 隣里鄕党이 推仰치 아닐 이 없고, 일찌기 상처하고 再娶치 못하였으니 내 너로 하여금 成親코져 하노니, 네 내 말을 들을진대 큰 복이 되리니 어찌 즐겁지 아니하랴.」

소저가 청파에 놀라움이 벽력이 꼭뒤를 누른 듯 분한 기운이 胸膈이 막히며, 더러운 말을 들으매 潁川水가 멀어 귀를 씻지 못함을 한하나 본대 효성이 출천하므로 계모의 심사를 알고 변색 대왈,

「태태께옵서 소녀를 위하심이오나 옳지 아니신 말씀을 어찌 奉承하리이까.」

말을 마치매 기색이 冷淡한지라. 유씨 대로하여 꾸짖어 왈,

「네 나의 좋은 말을 듣지 아니하니 어찌 자식의 도리이며, 네 입으로 비록 강한 체하나 금야에 겁칙할 도리 있으리니, 네 그를 장차 어찌할소냐.」

이처럼 얼르며 무수히 拘薄하고 돌아가거늘, 소저가 분함을 이기지 못하여 計較를 생각하더니, 이윽고 수악이 들어와 가만히 말하여 왈,

「금야에 유택이 여차여차하리니, 소저는 바삐 피신할 方略을 행하소서.」

소저가 이 말을 듣고 魂飛魄散(혼비백산)하여 아무리할 줄 모르다가 문득 부친의 유서를 생각하고 급히 떼어 보니 하였으되,

「너의 계모 유씨는 본대 착하지 못한지라. 만일 너를 핍박하는 일이 있거든 남복을 改着(개착)하고 太華山(태화산) 崇寧觀(숭녕관)을 찾아가면 자연 구할 사람이 있으리라.」

하였거늘, 소저가 看畢(간필)에 즉시 시비 춘매를 불러 首末(수말)을 이르고 바삐 남복을 고쳐 입고 후원 문을 열고 달아나니라.

차야에 유택이 유씨의 말을 듣고 밤 들기를 기다려 가만히 소저의 침소를 담으로 넘어 돌입하니 사창에 등불이 俙微(희미)하고 인적이 고요하거늘, 방문을 열고 들어가니 소저의 形影(형영)이 없는지라. 大驚失色(대경실색)하여 무료히 돌아와 유씨에게 이 사연을 전하니, 유씨 또한 놀래며 소저의 도망함을 痛恨(통한)히 여기더라.

차설, 花小姐(화소저)가 춘매를 데리고 길에 올라 태화산을 찾아갈새, 여러 날 만에 한 곳에 다다르니 산천은 秀麗(수려)하고 경개 絶勝(절승)하거늘, 노주가 길가에 앉아 쉬더니 문득 한 노파가 광우리 옆에 끼고 내려오거늘, 춘매가 나아가 예하고 문왈,

「우리는 太華山(태화산)을 찾아가더니, 길을 아지 못하여 감히 묻나니, 바라건대 老娘(노랑)은 밝히 가르치소서.」

노파가 慌忙(황망)히 답례하며 왈,

「이 산이 곧 태화산이어니와 兩位公子(양위공자)는 누구를 찾아 이에 이르시뇨.」

춘매 왈,

「우리는 太州(태주) 사람으로 숭녕관을 찾아가노라.」

노파가 왈,

「연즉 碧河仙子(벽하선자)를 찾아가시는도다.」

소저가 문왈,

「벽하선자는 어떤 사람이뇨.」

노파가 왈,

「저 숭녕관은 송나라 眞宗皇帝(진종황제) 시절에 지은 道觀(도관)이요, 그 가운데 수십명 女冠(여관)이 있어 仙術(선술)을 공부하더니, 십년 전에 벽하선자가 西川(서천)으로조차 修道(수도)하며 여관 등을 가르치매 學術(학술)이 高明(고명)하여 능히 丹沙(단사)를 화하여 황금을 만든다 하더이다.」

소저가 이 말을 듣고 대희하여 즉시 노파를 작별하고 산상을 향하여 수리를 행하니, 祥雲彩霧(상운채무)가 잠긴 곳에 一座 樓閣(일좌 누각)이 반공에 縹緲(표묘)하며, 蒼松翠竹(창송취죽)이 울울한 곳에 青鶴白鹿(청학백록)이 무리 지어 왕래하며 종경소리 은은히 들리니 짐짓 三山別界(삼산별계)요, 神仙洞天(신선동천)이라.

나아가 도관 앞에 다다르니, 두어 여관이 花簪彩衣(화잠채의)로 나와 맞으며 왈,

「그대 등은 太州(태주)로서 오시느뇨.」

소저가 驚問(경문) 왈,

「여관이 어찌 아느뇨.」

여관이 미소 왈,

「우리 선생이 말씀하시되, 오늘 미시에 태주 귀객 양인이 오리라 하시기로 아노라.」

하거늘, 소저가 신기히 여기며 그 여관을 따라 들어가 계하에 이르러 눈을 들어 당상을 살펴보니, 일위 여자가 머리에 八卦冠(팔괘관)을 쓰고 몸에 紫霞衣(자하의)를 입고 손에 白玉如意(백옥여의)를 쥐고 寶榻上(보탑상)에 앉았으니 뚜렷한 용광과 요조한 태

도가 西王母*가 瑤池에 내림이 아니면 麻姑仙女가 天台에 오름이라.

 소저가 춘매와 더불어 계하에서 叩頭再拜하온대, 벽하선자가 명하여 오르라 하거늘, 즉시 당상에 올라 다시 재배하고 공순히 侍立하니 선자 함소 왈,

「月宮姮娥야! 인간 재미 어떠하뇨.」

 소저가 대왈,

「제자는 遐土賤品이라 선생의 이르시는 바를 아지 못하리로소이다.」

 선자가 미소 왈,

「군이 煙火에 골몰하여 玉京 일을 잊었도다. 내 군으로 더불어 수년 연분이 있으니, 군은 이곳에 머물러 학업을 힘쓸지어다.」

 양인이 再拜受命하니라.

 차후로부터 선자가 소저와 춘매를 낮이면 신기한 兵書와 절등한 武藝를 가르치니, 소저가 선자께 고왈,

「제자 등이 이미 여자의 몸이 되온 바 명도가 기구하오니, 終身토록 슬하에 뫼셔 仙術을 배워 인간 만사를 잊고져 하오며, 더구나 병법과 무예는 남자의 할 바이오니, 바라건대 선생은 살피소서.」

 선자가 소왈,

「군은 文昌星으로 더불어 世緣이 중하고 저 춘매는 본대 瑤池에 있던 雙星仙兒로 太乙星과 연분이 있어 또한 인간에 적강하여 紅塵富貴를 누릴 것이니, 이는 모두 하늘이 정하심이라. 어찌 인력으로 할 바리오. 군 등은 오늘로부터 형제 되고 공부를 힘써 하라.」

―――――――
＊서왕모 : 중국 상대(上代)에 받들었던 선녀(仙女)의 하나.

하고, 이에 춘매는 이름을 주어 매수방이라 하니, 양인이 이로조차 승녕관에 머무니라.

　각설, 천자가 皇太子(황태자)를 탄생하시매 大赦天下(대사천하)하시고 文武科(문무과)를 베퍼 인재를 뽑으실새, 이때 방준도가 이공자더러 왈,

「우리 마땅히 경사에 가 관광하리라.」

하니, 공자가 그 말을 옳이 여겨 행장을 차려 여러 날 만에 북경에 이르러 科日(과일)을 기다리더니, 천자가 皇極殿(황극전)에 御坐(어좌)하사 文科(문과)를 뵈이시며 練武臺(연무대)에 武科(무과)를 배설하여 命官(명관)으로 뵈이라 하시니, 이때 이공자가 과장에 나아가 글제를 보고 즉시 글을 지어 呈卷(정권)하고 방준도는 연무대에 가 응시하였더니, 방이 나매 文科壯元(문과장원)은 소흥인 이국량이요, 武科壯元(무과장원)은 하남인 방준도이라.

　천자가 대열하사 즉시 新來(신래)를 命招(명초)하시니, 양인이 옥계하에 나아가 山呼拜舞(산호배무)하온대, 상이 양인의 상모가 비범함을 보시고 더욱 기뻐하사 이에 국량으로 翰林學士(한림학사)를 하이시고 준도로 羽林將軍(우림장군)을 하이시며, 각각 桂花青衫(계화청삼)을 사급하시니 양인이 사은하고 물러나올새, 한림이 몸이 榮貴(영귀)하나 영화를 뵈올 곳이 없어 부모를 생각하고 자연 비감하여 눈물이 이음차 青衫(청삼)에 떨어지니, 준도 위로하여 왈,

「형장은 과도히 슬허 마르소서. 형장의 효심으로 영존과 영당을 필경 만날 날이 있으오려니와 소제는 쌍친을 여의온 지 벌써 여러 해오매 風樹之感(풍수지감)*이 더욱 새롭도소이다.」

하고, 말을 마치며 涙水(누수)가 如雨(여우)하거늘, 한림이 눈물을 거

───
＊풍수지감 : 효행을 다하지 못하는 슬픔.

두고 서로 위로하더라.
　　三日 遊街 후 한림이 표를 올려 失散한 부모 찾기를 奏達하온대, 상이 보시고 대경 왈,
「이국량의 부 목은 强勁正直한 재상이러니, 무단히 逆招에 남으로 짐이 부득이하여 遠竄하였더니, 이제 경 같은 아들을 두었으니 어찌 기이치 아니리오.」
하시고, 즉시 赦命을 내리우사 李穆으로 吏部尙書를 배하시고 바삐 承日上來하라 하시며 또 가라사대,
「짐이 장차 천하에 頒布하여 경의 노모를 찾을 것이니, 경은 아직 安心察職하라.」
하시니, 한림이 황은을 축사하고 물러나니라.
　이때 河南城이 흉년을 만나 도적이 일어나매 상이 근심하사 按撫御史를 보내려 하실새, 東閣 太學士 河彦이 주왈,
「한림학사 이국량은 위인이 忠厚正直하오니, 가히 이 소임을 맡기음직 하니이다.」
　상이 대열하사 즉시 한림으로 河東 河南 按撫御史를 하이시니, 어사가 수명하고 하남에 이르러 창고를 열어 주린 백성을 賑恤하고 방을 붙여 도적을 曉諭하니, 적당이 모두 병기를 던지고 어사에게 나와 죄를 청하거늘, 어사가 면면히 慰諭하고 금백을 흩어 주니 하남 인민이 거리 거리 비를 세워 어사의 덕을 稱頌하더라.
　어사 이에 위의를 떨쳐 太州 花尙書 집에 나아가니, 화공자가 문에 나와 맞아 들어가 당상에 좌정하고 재배하며 석사를 생각하여 눈물을 흘리거늘, 어사가 답례하고 모부인의 安候를 물은 후 소저의 平否를 探問한대, 공자가 대왈,

「소매 불행히 삼년 전에 병들어 세상을 버렸나이다.」

하니, 원래 유씨 어사의 이름을 듣고 惶怯하여 공자를 가르쳐 이러이 대답케 함이러라.

어사가 청필에 정신이 아득하며 一雙鳳眼에 淚水泫然 왈,

「그러하면 그 분묘가 어디 있느뇨. 내 비록 성례치 못하였으나 한 번 나아가 그 孤魂을 위로코져 하노라.」

공자가 대왈,

「소매 죽은 후 또한 현형의 소식을 아지 못하옵기로 火葬하였나이다.」

하니, 이 또한 유씨의 가르친 바이러라.

어사가 더욱 愀然長歎하더니, 즉시 祭奠을 갖추어 화상서 묘전에 나아가 제문 지어 제하니, 그 祭文에 하였으되,

「모년 월일에 소자 한림학사 겸 하남 하동 양도 안무어사 이국량은 삼가 菲薄之奠으로 고이부상서 화공대인 묘전에 고하옵나니 嗚呼라. 소자가 일찍 부모를 失離하옵고 孑孑單身이 정처없이 다니오매 그 醜陋한 모양이 인류에 섞이지 못하옵거늘, 대인이 거두어 사랑하시니 그 은덕은 태산이 가비얍고 하해 얕삽거늘, 하물며 千金小嬌로 秦晉之緣을 허하시니 소자가 비록 粉骨碎身하온들 어이 大德을 만분지일이나 갚사오리이까. 연이나 소자의 身運이 불길하와 잠간 은혜를 입삽고 귀택을 떠나옴은 萬萬不得已에 출함이요, 어이 소자의 본심이리이까. 오호라, 대인의 明靈이 黙佑하심으로 몸이 龍門에 오르옵고 節鉞을 잡아 按撫重任을 맡사오니, 대인의 석일 愛恤之澤을 다시 생각하며

臨終之時의 유언을 奉承코져 이에 이르렀삽더니, 오호라, 소자의 박복함으로 令愛 일조에 세상을 버리오니, 슬프다, 樂昌의 거울이 한 번 깨어지매 다시 둥글기 어려우며, 연진의 칼이 나누이매 그 합함이 기약도 없사오니, 소자의 悠悠한 한이 此生百年에 어이 있사오리리까. 다만 令胤을 만나오매 그 英發한 기상이 가히 대인의 가상을 이을지라 어이 감동치 아니리이까. 슬프다! 다시 往日事를 헤아리오매 어이 써 대은을 갚사오리이까. 만일 대인의 明靈이 계실진대 한잔 술을 歆饗하소서.」

하였더라.

읽기를 다하매 어사가 일장 통곡하니, 산천이 위하여 슬퍼하는 듯한지라. 화공자가 또한 통곡함을 마지 아니하고 비복 등이 모두 눈물을 내리우며 유씨를 痛駭히 여기고 어사를 칭송하더라.

어사가 이에 천금으로써 화공자를 주어 모부인의 菽水之供*을 보태라 하고 또 금백을 흩어 비복 등을 나눠주어 석일 지내던 정을 표하니, 가장 상하가 모두 感泣하며 유씨는 왕사를 追悔함을 마지 아니터라.

어사 길에 올라 하동으로 향할새, 화공자가 멀리 나와 전별하며 연연한 정을 이기지 못하더라.

어사가 河東郡縣을 순행하여 貪官汚吏를 죄 주며 백성 사랑하기를 赤子같이 하니 뉘 아니 그 덕을 감격하리오.

여러 달 만에 어사가 京師에 돌아가 북궐에 復命하온대, 상이 크게 아름다이 여기사 그 벼슬을 돋우어 禮部侍郞을 배하시니, 시랑이 굳이 사양하되 상이 不允하시

* 숙수지공 : 가난한 중에도 부모를 잘 섬기는 일.

니 시랑이 마지 못하여 謝恩退朝하니라.
　각설, 土蕃이 반하여 鐵騎 오십만을 몰아 甘肅 等處 지방을 범하니 西蜀이 震動하는지라. 甘肅總督 王栢이 급히 조정에 奏文하온대, 상이 보시고 대경하사 만조 문무를 모아 討賊함을 의논하실새, 班府中에 일인이 出班奏曰,
　「신이 비록 재주가 없사오나 一枝軍을 빌리시면 도적을 파하와 폐하의 근심을 덜리이다.」
　모두 보니 이는 禮部侍郎 李國樑이라, 상이 대열 왈,
　「경이 年少才志로 출전함을 자원하니 朕心이 歡喜하도다.」
하시고, 이에 시랑을 배하여 征西大元帥를 하이시니 원수 사은하고 물러나려 하더니, 홀연 계하에 일인이 고성 주왈,
　「신이 원컨대 국량의 先鋒이 되어 叛賊을 討滅하리이다.」
하니, 이는 羽林將軍 方俊道라.
　상이 준도로 征西大先鋒을 배하시고 정병 이십만을 주시니, 원수와 선봉이 사은 후 대군을 휘동하여 出征할새, 상이 백관을 데리시고 서교 십리에 나와 餞送하시니라.
　선시에 雲南王이 中原을 침범하다가 패하여 본국에 돌아가 군사를 연습하며 糧草를 모아 다시 邊方을 범하려 하는지라. 雲南總督 馬靖이 이 연유를 조정에 啓文하온대, 상이 제신을 모아 의논 왈,
　「이제 토번이 반하고 또 운남이 역모를 꾀하니 어찌 방비하리오.」
　太學士 河彦이 주왈,

「신의 생각에는 방금 조정에 文武之才(문무지재) 부족하오니 바삐 設科(설과)하사 인재를 擇用(택용)하옴이 좋을까 하나이다.」
상이 즉시 下詔(하조)하사 文武兩科(문무양과)를 배설하시니라.
차시에 花小姐(화소저)가 숭녕관에 머무른 지 벌써 수년이라.
일일은 벽하선자가 소저와 매수방을 불러 왈,
「이제 여 등의 厄會(액회) 진하고 吉運(길운)이 돌아오니 바삐 인간에 나가 立身揚名(입신양명)하여 富貴榮華(부귀영화)를 누리고, 각기 天定佳緣(천정가연)을 맺으라.」
하고, 이에 창검을 내어 놓으며 왈,
「이 칼 이름은 自轉劍(자전검)이니 간장, 막야의 유이니 花娘(화랑)이 가지고, 이 창은 雪花槍(설화창)이니 梅娘(매랑)이 간수하여 兵征(병정)에 대공을 이루고 북경에서 設科取士(설과취사)하니, 낭 등은 먼저 경사에 나아가 科甲(과갑)*을 취하라.」
양반인이 체읍 왈,
「제자 등이 사부의 愛恤(애휼)하신 덕과 教訓(교훈)하신 은혜를 깊이 입사온지라, 이제 슬하를 떠나오매 어느 날 다시 尊顔(존안)을 瞻拜(첨배)하오리이까.」
선자 미소 왈,
「나는 黃帝 軒轅氏(황제 헌원씨) 때에 九天玄女(구천현녀)의 제자로서 佛門(불문)에 돌아가 수도한 지 하마 수천년이러니, 世尊(세존)의 명을 받아 낭 등을 위하여 이곳에 머물더니 이제 장차 西天(서천)으로 돌아가리니, 塵世 相逢(진세 상봉)이 杳然(묘연)하나 天上極樂(천상극락)을 같이 즐김은 칠십년 후에 있을까 하노라.」
양인이 이에 재배 하직하고 떠날새, 선자가 멀리 나와 전별할새, 양인이 눈물을 금치 못하며 차마 떠나지 못하니, 선자가 또한 悄悵(초창)함을 이기지 못하여 왈,

---
*과갑 : 옛날 과거에 급제함.

「佛家 戒律이 正緣을 미치지 아니하나니, 노신이 부질없이 낭 등으로 더불어 서로 만나 그 재주를 사랑하매 자연히 許心하고, 이미 허심하매 또한 정연이 깊었으니 이제 비록 青山白雲에 逢別이 無情하나 玉京清都에 후약이 있을지니, 낭 등은 塵世宿緣을 빨리 마치고 上界極樂으로 돌아오라.」

하고, 소매 안으로 玉如意를 내어 수영을 주며 왈,

「이는 太上老君의 지극한 보배라. 급한 일이 있거든 한 번 던지면 造化가 無窮하고 降魔除妖하리니, 부디 妄靈되이 쓰지 말라.」

수영이 두 번 절하여 받은 후, 선자가 가기를 재촉하니 양인이 할 수 없이 배사하고 길에 올라 바로 북경으로 향하여 여러 날 만에 경사에 다다라 同化門 밖에 정한 客店을 얻어 쉬더니, 과일이 이르매 양인이 과구를 준비하여 場屋에 나아가 글제를 보고 순식간에 글을 지어 바치고 주인의 집으로 돌아오다가 길에 練武臺를 지나는지라.

수영이 마음에 쾌활히 여겨 수방을 돌아보아 왈,

「내 한 번 시험하리라.」

하고, 타인의 궁시를 빌어 들고 과거 보기를 청한대, 命官 趙文華가 허락치 아니커늘, 兵部員外郎 楊桂星이 말려 왈,

「방금에 국가가 多事하매 황상이 문무 인재를 빼시거늘 저 거자가 일찍 單子를 못하여 呼名함이 없거니와, 저의 재주를 봄이 옳을까 하노라.」

문화가 그 말을 옳이 여겨 수영을 불러 활을 쏘라 하니, 수영이 廣袖를 걷어치고 纖纖玉手로 強弓을 다리이

니, 위소리 연하여 나는 곳에 살 다섯이 한 구멍에 박힘같이 貫革을 맞추니, 만장중이 齊聲喝采하고 명관 등이 그 재주를 무수히 칭찬하며 장원을 정하니라.

이때 상이 수만장 글을 꼬노시다가 수영의 글을 보시니 지면에 風雲이 일어나며 문체 正大廣濶한지라. 상이 대열하사 즉시 壯元으로 빼이시고 또 수방으로 甲科第三人을 정하신 후 新來를 부르시니, 차시 양인이 미처 객점에 가지 못하였다가 호명함을 듣고 옥계하에 趨進하온대, 상이 용안을 들어 양인의 상모를 살펴보시니 옥같은 얼굴과 빼어난 눈썹이며, 桃花兩眼과 皓齒丹脣이 하나는 이고 반야에 黃石公에게 素書를 받던 張子房 같고 하나는 백등칠일에게 계를 내어 韓太祖의 외운 것을 풀던 陳孺子이라. 상이 크게 기뻐하시며 殿上殿下之人이 嘖嘖稱善*하더라.

상이 신래를 進退하시더니 武所의 명관이 방을 올리거늘 상이 보시니 장원은 河南 太州人 花秀英이요, 부는 前吏部尙書 萬洙라 하였거늘, 상이 크게 희한히 여기사 좌우 제신을 돌아보사 왈,

「짐이 萬古歷代事를 많이 보았으되, 한 사람이 文武兩榜에 장원에 참예함을 보지 못하였나니, 그 장구지술이 어찌 기특치 아니하리오.」

제신이 頓首獻賀 왈,

「신 등이 이제 두 신래를 보오니 짐짓 天下奇才오니, 이는 폐하의 홍복이로소이다.」

상이 더욱 기뻐하사 수영으로 翰林學士 겸 禦營左衛將軍을 배하시고 수방으로 翰林編修를 배하시며, 각각 桂

───────────────

*책책칭선: 큰 소리로 떠들어 가며 좋은 것을 칭찬함.

화청삼   쌍개우동   이원풍악
花靑衫과 雙盖羽童과 梨園風樂을 사급하시고, 또 수영더러 가라사대,

                경부   겸전 재상
「卿父는 충효가 兼全한 宰相이라. 짐이 매양 잊지 못하더니 벌써 고인이 되었으니 어찌 슬프지 아니리오. 수연이나 경 같은 아들을 두었으니, 무슨 餘恨이 있으리오.」

이에 양인이 황은을 축사하고 물러나오니 도로 관광자가 그 玉貌英風을 칭찬치 아닐 이 없더라.

양인이 삼일 유가 후 각각 임소에 나아가 察職하니라.

          운남총독
이때 雲南總督이 조정에 급히 보하되, 「운남왕의 반할 꾀 더욱 긴급하다」하였거늘, 상이 대경하사 즉시 만조를 모아 의논하시니, 太學士 河彦이 주왈,

「운남은 사마가 강장하고 산천이 험준하오니 용이히 정벌치 못하올지라. 먼저 慰諭使를 보내어 恩威로 효유함이 좋을까 하노이다.」

상이 그 말을 옳이 여기사 이에 좌우를 돌아보사 왈,

「뉘 능히 짐을 위하여 운남에 가 그 逆賊을 꺾어 감히 다른 뜻을 두지 못하게 하리오.」

    언미필   한림학사 화수영
言未畢에 翰林學士 花秀英이 출반 주왈,

「신이 비록 무재하오나 폐하의 위덕을 입어 운남에 가 삼촌설을 놀려 항복받아 오리이다.」

                          운남위유사
상이 대열하사 이에 수영으로 雲南慰諭使를 하이시고
백모황월
白旄黃鉞을 주시니, 학사가 사은하고 길을 떠날새 백관이 멀리 나와 전별하는지라. 학사가 梅翰林의 손을 잡고 왈,

「우형이 이제 군명을 받아 멀리 행하니, 현제는 기간 충성을 다하여 찰직할지어다.」

음양옥지환 · 203

매한림이 눈물을 뿌려 배별하며 원로에 보중함을 당부하더라.
　학사가 행하여 수삭 만에 운남에 이르니, 이때 운남왕이 제신을 모아 의논 왈,
「명천자가 위유사를 보내어 지금 이에 다다랐고, 내 들으니 화수영은 소년 명사라 하니 반드시 나를 달래리니, 장하에 도부수를 매복하였다가 만일 뜻과 같지 못하거든 당당히 죽이리라.」
하고, 이에 학사를 맞아 볼새 학사가 들어가니 운남왕이 교의에 걸터앉아 요동치 아니커늘, 학사가 대로하여 왕을 꾸짖어 왈,
「足下(족하)는 일방의 적은 왕이요 나는 천자의 사신이라. 천자의 조서를 뫼시고 왔거늘, 족하가 당돌히 걸터앉아 천자를 보니 그 禮度(예도)가 없음을 알지라. 그윽이 족하를 위하여 취치 아니하노라.」
　왕이 이 말을 듣고 노기 대발하여 빨리 내어 베라 하니, 학사가 안색을 불변하고 더욱 꾸짖기를 마지 아니하니, 왕이 학사의 爲人(위인)을 取脈(취맥)코져 하다가 점점 실례함을 깨달아 그제야 몸을 일어 뜰에 내려 사죄 왈,
「과인의 무례함을 용서하소서.」
　학사가 비로소 그 뜻을 알고 공경 대왈,
「복이 대왕의 誠心(성심)을 짐작하나니, 무슨 허물이 있사오리이까.」
　왕이 대열하여 학사를 맞아 전상에 올라 좌정 후 香案(향안)을 排設(배설)하고 조서를 받아 보니, 其詔(기조)에 왈,
「大明皇帝(대명황제)는 두어 자 글월을 운남국 왕에게 부치나니, 짐이 祖宗(조종)의 基業(기업)을 이어 즉위함으로부터 덕이 박하여

인국에 和好를 잃어 왕년에 왕이 動兵하여 짐의 지방을 侵擄하기로 부득이하여 장수를 보내어 막으매 피차에 사상이 적지 아니하매, 짐이 매양 양국 백성을 위하여 恨歎함을 마지 아니터니, 이제 들은즉 왕이 다시 기병하여 전에 패함을 씻고져 한다 하니 이로조차 양국이 병련화결하여 인민의 强壯한 자는 칼날 아래 놀란 혼이 될 것이요, 老弱은 군기와 양초를 傳受하기에 분주하여 丘壑에 빠지리니, 이는 왕이 한 몸의 분함으로 인하여 兩國 生靈이 塗炭에 듦을 돌아보지 아니함이니, 어찌 차홉지 아니하리오. 이제 짐이 특별히 한림학사 화수영을 보내어 짐의 衷曲을 이르나니, 왕은 적은 혐의를 잊어 버리고 대의를 생각하여 和議를 다시 맺어 양국 민생을 괴롭게 아닐진대, 짐이 왕을 禮待함이 一毫인들 소홀히 하리오. 왕은 깊이 생각하기를 천만 바라노라.」

하였더라.

왕이 보기를 다하매, 그 사의 간절함을 탄복하는지라. 학사가 왕더러 왈,

「우리 황상이 聖神文武하사 덕화가 제국에 미치시고, 왕의 망령되이 동병코져 함을 알으시나 양국 백성을 위하사 차마 起兵問罪치 아니시나니, 대왕은 어이 이를 혜아리지 못하시느뇨.」

왕이 만만 사례 왈,

「과인이 君臣之禮를 모름이 아니로되 일시 迷惑하여 자연 不恭한 마음을 두었더니, 이제 聖旨 여차하시고 대인의 가르치심이 밝으시니 과인이 목석이 아니어든 어찌 감격치 아니리오. 마땅히 臣節을 지키어 후세 자

손까지 변치 아니리이다.」

하고, 이에 대연을 배설하여 학사를 대접하고, 즉시 사죄하는 表文을 닦고 方物을 갖추어 사신을 보내어 경사에 가게 하고, 황금 일천 냥과 채단 오백 필을 가져 학사를 주니, 학사 받지 아니하고 길을 떠날새 왕이 멀리 나와 전별하며 戀戀한 정을 이기지 못하더라.

학사가 본국으로 돌아올새 길에서 먼저 무사히 돌아오는 표를 上達하였더니, 상이 보시고 대열하사 제신더러 가라사대,

「화수영은 漢武帝 시절의 陸賈와 우리 高皇帝 때의 王暐라도 그 재주를 미치지 못하리로다.」

하시고, 특별히 조서를 내리우사 학사의 벼슬을 돋우어 吏部侍郞 겸 都察院 左副都御史를 하이시고, 또 칙지를 내리사 돌아오는 길에 강남 각처 지방을 按撫하여 혹 주리는 백성이 있거든 창고를 열어 賑恤하라 하시니, 시랑이 칙지를 받자와 북향 사은하고 각읍을 순행하여 인민을 救恤하니 백성들이 모두 대열하더라.

시랑이 두루 다니다가 한 곳에 이르니 이곳은 金山寺 七寶庵이라. 제승이 官行이 이름을 듣고 모두 사문에 나와 맞거늘, 시랑이 들어가 불전에 焚香 禮拜한 후 암중에 두루 행하여 구경하더니, 한 곳에 이르니 슬피 우는 소리 들리거늘 시랑이 괴이히 여겨 문왈,

「이 무슨 소리이뇨.」

제승이 대왈,

「연전에 浙江 紹興府 李侍郞宅 부인 劉氏 시랑이 원지에 謫居하신 후, 또 난중에 그 공자를 失散하옵고 이곳에 와 머무시매 매양 슬퍼하여 우나이다.」

하거늘, 시랑이 경문 왈,

「연즉 이시랑의 함자는 누구이며, 그 공자의 이름은 무엇이라 하더뇨.」

제승이 대왈,

「이시랑의 함자는 穆(목)자시고, 공자의 이름은 國樑(국량)이라 하더이다.」

시랑이 이 말을 듣고 즉시 方丈(방장)에 돌아와 좌정 후 바삐 여승으로 하여금 유부인께 전언 왈,

「소생은 太州(태주) 花尙書(화상서)의 아자 秀英(수영)이오며, 연전에 귀댁 공자가 폐사에 와 수년을 머물다가 소생의 부친이 기세하신 후 집을 떠났사옵고, 그 후에 등과하여 지금 征西大元帥(정서대원수)로 토번에 출정하였삽고, 그 부친은 성은을 입사와 解配(해배)와 吏部尙書(이부상서)를 배하였사오매 미구에 경사로 오시리이다.」

또 자기 운남을 위유하고 돌아오는 길에 각읍을 순무하다가 이곳에 온 사연을 세세히 전하니, 이때 부인이 가군과 아자를 생각하며 슬피 울다가 이 말씀을 듣고 大驚大喜(대경대희)하여 즉시 시랑을 보기를 청하니, 시랑이 여승을 따라 부인 방중에 들어가 再拜問候(재배문후)하온대, 부인이 답례하고 좌정 후 왈,

「노신이 頑命(완명)을 유지하였다가 오늘날 그대를 만나 가군과 아자의 소식을 들으니 어찌 감격치 아니하며, 또 아자가 영존 대인의 愛恤(애휼)하오신 대덕을 입어 몸이 현달하였으니 此生此世(차생차세)에 그 은혜를 어이 보답하리오. 또 영존 대인은 가군의 知己之友(지기지우)러니, 이제 그대를 만나니 일변 석사를 생각하매 도리어 悲愴(비창)함을 이기지 못하리로다. 또 감히 묻나니 그대 아자와 필연 수년 동

거하였으리니, 기간 아자 얼마나 장성하였더뇨.」

시랑이 이에 손사함을 마지 아니하고 대왈,

「소생이 일찍 외가에 가 공부하였기로 令郎(영랑)을 상봉치 못하였삽고, 소생이 집에 돌아오매 영랑이 벌써 떠났더이다.」

부인이 우문 왈,

「그대의 연기 얼마나 되었느뇨.」

시랑이 대왈,

「헛되이 십구 春光(춘광)을 지내었나이다.」

부인이 경희 왈,

「생일이 어느 때뇨.」

대왈,

「기축 구월 십구일이로소이다.」

부인이 대희 왈,

「정히 아자와 동년월일시로다.」

하고, 더욱 사랑함을 마지 아니하니, 시랑이 이에 천금을 드려 헌수하고 즉시 본관에 기별하여 위의를 갖추어 부인을 뫼셔 發程(발정)할새, 먼저 이 소식을 천폐에 주달하니라.

　차시 부인이 천금을 흩어 제승을 주고 추향을 데리고 彩轎(채교)에 올라 행할새, 제승이 멀리 나와 배별하며 부인과 시랑을 칭찬하며 모두 이르되,

「세상에 희한한 일도 있다.」

하더라.

　선설, 李尚書(이상서)가 黑風島(흑풍도)를 떠나 수월 만에 경사에 득달하여 북궐에 나가 사은하온대, 상이 인견하사 그 손을 잡으시고 추연 탄왈,

「짐이 밝지 못하여 경으로 하여금 무죄히 만리 해도에 다년 고초를 겪게 하였더니, 이제 서로 대하매 慙愧(참괴)함을 이기지 못하리로다.」

상서가 돈수 주왈,

「신이 不肖無常(불초무상)하와 성은을 저버림이 많사옵거늘, 성교가 여차하오시나 신이 惶恐戰慄(황공전률)하와 몸 둘 곳을 아지 못하오며 신이 風霜之餘(풍상지여)에 성덕을 입사와 殘喘(잔천)을 持保(지보)하왔다가 오늘날 다시 天顔(천안)을 瞻拜(첨배)하오니, 今則雖死(금즉수사)나 無恨(무한)일까 하나이다.」

말을 마치며 충성된 눈물이 白鬚(백수)에 이음차 옷깃을 적시거늘, 상이 또한 悽然墮淚(처연타루)하시며 가라사대,

「경이 귀자를 두어 짐을 도와 충성을 다하며 萬里遠征(만리원정)에 출정하였더니, 작일에 捷書(첩서)가 이르렀으니 이는 국가의 柱石(주석)이요, 사직의 洪福(홍복)이라. 짐이 장차 무엇으로써 그 공을 갚으리오.」

하시고, 그 첩서를 내시사 상서를 주신데, 상서 받아 보니 이 곧 아자의 처음 승전한 첩서라. 대희하여 물러나 왔더니 수일 후에 상이 또 상서를 명초하사 花侍郎(화시랑)의 표문을 뵈이시니, 대개 유부인을 만나 함께 돌아오는 말씀이라.

상서 시랑의 일행이 경사에 다다라 유부인은 추향을 데리고 바로 상서 부중으로 가니, 상서가 맞아 서로 붙들고 통곡하고 전후 지낸 일을 말씀하며 못내 기뻐하더라.

차시, 화시랑이 북궐에 復命(복명)하온대, 상이 그 공을 칭찬하시고 황금 일천 냥과 채단 일천 필을 사급하시니, 시랑이 홍은을 축사하고 부중에 돌아오니 매한림과 만조

문무가 모두 이르러 그 성공 환조함을 치하하고 주배를 날려 말씀하더니, 문득 문자가 보하되,

「이상서가 오시나이다.」

하거늘, 시랑이 의관을 整齊(정제)하고 당에 내려 맞아 升堂(승당)하여 시랑이 재배 문후하온대, 상서가 답례 후 거수 칭사왈,

「노부가 영존 대인으로 더불어 同朝(동조) 삼십여 년에 정의 형제나 다름없더니, 노부가 남방에 적거한 후 關山(관산)이 요원하고 음신이 阻絶(조절)이러니, 영존 대인이 불초자를 거두어 양육하여 몸이 榮貴(영귀)함에 이르고, 이제 또 군이 소년 영재로 황명을 받아 운남을 歸順(귀순)케 하니 그 功業(공업)이 浩大(호대)하고, 또 노부의 부처로 하여금 생전에 다시 만나게 하니 군의 부자에 대은덕이 곧 산이 가벼웁고 바다가 얕은지라. 노부가 어이 言辭(언사)로써 그 감격함을 다 이르리오.」

시랑이 손사함을 마지 아니터라.

이윽고 상서가 돌아가거늘, 명일에 시랑이 이상서 부중에 이르니 상서가 반겨 맞아 그 손을 이끌고 바로 내당에 들어가니, 유부인이 시랑의 이름을 보고 못내 기뻐하며 주찬을 내와 대접하니 그 정의 은근함을 이로 형용치 못할러라.

선설, 이원수 대군을 거느려 여러 날 만에 西平關(서평관)에 이르러 結陣(결진)하니, 토번이 벌써 관하에 이르러 진을 굳게 쳤는지라. 원수가 군마를 정돈하고 토번왕에게 檄書(격서)를 전하니 하였으되,

「大明 兵部侍郎 平西大元帥 李國樑(대명 병부시랑 평서대원수 이국량)은 토번왕에게 檄文(격문)을 부치나니, 우리 황상이 聖神文武(성신문무)하사 덕택이 사해

에 미치시매 四夷八蠻이 복종치 아닐 이 없고, 또 토
번을 대접하심이 조금도 소홀함이 없거늘, 이제 대왕
이 천시를 모르고 무단히 동병하여 변방을 침노하며 생
민을 塗炭케 하니 어찌 천벌을 면하리오. 이러므로 내
황명을 받자와 백만 웅사를 거느려 이에 이르렀나니 대
왕은 빨리 항복하여 잔명을 보전하라. 만일 종시 항거
할진대 결단코 용대치 아니리니, 玉石이 俱焚하는 날
비록 후회하나 미치지 못하리라.」
하였더라.

토번왕이 보고 대로하여 회답하되, 명일에 자웅을 결
하자 하였거늘 원수가 제장을 약속하여 익일 평명에 관
문을 크게 열고 나와 對陣하니, 토번왕이 또한 진문을 열
고 나서며 명진을 바라보니 명진문이 열리는 곳에 일위
소년 대장이 머리에 황금투구를 쓰고 몸에 용린쇄자갑을
입고 천리대완마를 타고 손에 비룡검을 빗겨 들었으니,
얼굴은 荊山白玉에 온화한 기상은 춘풍이 화려하고, 엄
정한 위풍은 泰山高嶽이 설리에 높은 듯하니 짐짓 一世
英雄이요, 千古奇男子라. 이때 원수가 토번진을 바라보
니, 토번왕 상결타가 머리에 흑금투구를 쓰고 몸에 鐵
甲을 입고, 좌하에 烏騅馬를 타고 우수에 鐵椎를 들고
좌수에 검은 기를 잡았으니, 얼굴은 먹장을 갈아 부은 듯
하고 입시울은 주홍을 찍은 듯하고 신장은 십척이요,
腰帶는 십위요, 목소리는 바다를 울리는 듯 진실로 凶
獰한 번왕이라. 토번왕이 원수를 향하여 왈,

「명국의 사람 없음을 가히 알리로다. 그대 같은 白面
書生으로 三軍大將을 삼아 보내었으니, 그대 무슨 재
주로 나를 대적코져 하느뇨.」

원수가 노질 왈,

「무지한 오랑캐 감히 큰 말을 하는다. 내 비록 나이 어리나 너의 쥐무리를 씨도 남기지 아니코 掃蕩하리라.」

토번왕이 대로하여 좌우를 돌아보아 왈,

「뉘 寡人을 위하여 이국량을 生擒할꼬.」

말이 마치지 못하여 선봉장 호달이 挺槍出馬하여 바로 원수를 취하거늘, 명진중에서 대선봉 방준도가 말을 내몰아 호달을 맞아 싸워 십여 합에 준도의 칼이 빛나며 달의 머리 마하에 떨어지는지라.

호달의 아우 호철이 대로하여 창을 두르며 내달아 소리 질러 왈,

「적장은 닫지 말라. 내 너를 죽여 형의 원수를 갚으리라.」

하고 달려들거늘, 준도가 칼을 춤추어 맞아 싸워 삼십여 합에 호철이 크게 한 소리를 지르고 창을 날려 준도의 가슴을 찌르거늘, 준도가 몸을 기울여 피하고 칼을 들어 호철을 쳐 두 조각에 내니 토번왕이 연하여 두 장수의 죽음을 보고 憤氣大發하여 철퇴를 두르며 말을 내몰아 준도로 더불어 대전 삼십여 합에 不分勝負라.

이때 원수가 양인의 싸움을 보니, 토번왕은 점점 승승하고 준도는 칼법이 어지러운지라. 행여 실수함이 있을까 저허하여 이에 보조궁에 金飛箭을 메겨 한 번 쏘니, 시위소리 나는 곳에 토번왕의 철퇴 든 손을 맞추니 토번왕이 크게 소리를 지르고 말을 돌려 달아나거늘 원수가 대대인마를 몰아 엄살하니, 토번병이 대패하여 삼십여 리를 물러 下寨하거늘, 원수가 군을 거두어 관에 돌아와 제장더러 왈,

「내 상결타를 보니 범상한 인물이 아니오. 또 손에 黑(흑)旗(기)를 가졌으니 필연 妖怪(요괴)로운 술법을 행하리니, 가히 輕敵(경적)치 못하리라.」

하고, 이튿날 대군을 휘동하여 관 밖에 나가 싸움을 돋우되 토번왕이 見壁不出(견벽불출)하거늘, 원수가 할 수 없어 관에 돌아와 또한 굳게 지키더니 제 삼일에 이르러 토번왕이 군을 거느려 관하에 싸움을 청하거늘, 원수가 제장과 더불어 나와 대진하니 토번왕이 원수를 향하여 왈,

「내 오늘은 너와 더불어 雌雄(자웅)을 결하리라.」

하고, 철퇴를 들어 바로 원수를 취하거늘, 좌익장 우충이 내달아 맞아 싸워 십여 합에 토번왕이 大呼一聲(대호일성)에 우충을 쳐 내리치니 우익장 장도가 우충의 죽음을 보고 대로하여 장창을 두르며 내달아 싸워 수십여 합에 승부가 없는지라. 대선봉 방준도 칼을 춤추어 내달아 협공하니, 토번왕이 조금도 두려 아니 하고 두 장수를 대적하여 삼십여 합에 토번왕이 철퇴를 들어 장도의 머리를 깨쳐 마하에 내리치고 다시 철퇴로 준도의 면문을 치니, 준도 급히 피하다가 왼편 어깨를 맞으니 아픔을 견디지 못하여 말을 돌려 본진으로 돌아오거늘, 원수가 이 거동을 보고 怒氣衝天(노기충천)하여 비룡금을 두르며 말을 내몰아 토번왕을 맞아 싸워 팔십여 합에 승부를 결치 못하니 원수의 날램은 滄海神龍(창해신룡)이 풍운을 헤치는 듯, 토번왕의 흉녕함은 주린 猛虎(맹호)가 공산에서 뛰노는 듯 양진의 皷角喊聲(고각함성)은 산천을 뒤치고 살기는 등등하여 일색이 무광하더라.

다시 싸워 오십여 합에 토번왕이 능히 힘으로 원수를 취치 못할 줄 헤아리고 문득 말을 돌려 달아나거늘, 원수 따르지 아니터니 토번왕이 흑기를 흔들며 입으로 眞(진)

言을 염하니, 홀연 검은 안개 사면으로 일어나 천지 아
득하며 狂風이 대작하여 飛沙走石하니, 명군사가 능히
눈을 뜨지 못하고 手脚이 慌忙한지라.

　토번왕이 대병을 몰아 일시에 엄살하니, 명병이 대패
하여 四散奔潰하는지라. 원수가 대경하여 급히 소매 안
으로서 옥저를 내어 일곡을 부니, 청풍이 일어나며 안개
걷어치며 광풍이 사라지고 일색이 명랑하거늘, 원수가
급히 패잔군을 거두어 관에 들어가니 토번왕이 일진을
대첩하고 돌아가니라.

　원수가 수일을 싸우지 아니터니, 일일은 제장을 모아
破敵할 계교를 의논할새, 원수가 왈,

「적병이 우리를 크게 이기었으매 군심이 懈怠하리니,
이때를 타 겁칙하면 가히 파하리라.」

하고, 左翼將 맹철을 불러 왈,

「그대는 삼천군을 거느려 적진 우편에 매복하였다가 관
상의 포성을 듣고 적진을 충돌하라.」

하고, 右翼將 공선을 불러 왈,

「그대는 삼천군을 거느려 적진 좌편에 매복하였다가 또
한 관상의 포향을 듣고 일시에 시살하라.」

하고, 後軍將 안홍을 불러 왈,

「그대는 삼천군을 거느리고 서으로 사십리만 가면 천
산이란 뫼가 있으니, 그곳에 매복하였다가 토번병이 패
하여 그곳에 이르거든 내달아 짓치라.」

하고, 大先逢 방준도를 돌아보아 왈,

「그대는 삼천군을 거느려 적진 전면을 衝殺하라.」

하고, 中軍將 주걸을 불러 왈;

「그대는 관을 굳게 지키고 성상에서 放砲하라.」

하고, 원수가 스스로 오천군을 거느려 二更(이경)에 장졸이 밥 먹고 三更(삼경)에 행군할새, 사람은 銜枚(함매)*하고 말은 방울을 떼며 가만히 관문을 열고 적진에 다다라는 문득 서편 관상에 연주 砲響(포향)이 일어나며 명병이 吶喊(납함)하며 삼면으로 적진에 달려드니, 이때 토번 장졸이 잠을 깊이 들었다가 不虞之變(불우지변)을 만나매 미처 의갑을 정제치 못하고 일어나 대적코자 하더니, 좌편 공선과 우편 맹철이며 전면에는 방준도가 짓쳐들어오고 그 뒤 이원수가 대대인마를 揮動(휘동)하여 접응하니, 토번병이 대패하여 주검이 쌓여 산 같고 유혈이 모여 내 되었더라.

이때 토번왕이 휘하 장졸 수천인을 데리고 급히 서를 바라고 닫더니, 동방이 밝으며 천산 아래 이르러 홀연 一聲砲響(일성포향)에 一枝軍(일지군)이 돌출하여 크게 엄살하니, 이는 후군 장안홍이라.

토번왕이 대로하여 정히 迎敵(영적)코져 하더니, 후면에 함성이 대진하며 원수의 대진이 풍우같이 몰아오는지라. 토번왕이 싸울 마음이 없어 급히 달아나며 흑기를 두루며 진언을 염하니, 독한 안개와 모진 바람이 일어나니 명병이 대경하여 아무리할 줄 모르는지라.

원수가 토번왕의 뒤를 따르다가 날이 밝음을 보고 다행히 여기더니, 토번왕의 요술을 행함을 보고 급히 옥저를 내어 한 번 부니 안개 걷어치고 바람이 자며 천기 명랑하거늘, 제장을 호령하여 토번왕을 따라 또 일진을 대살하니, 토번왕이 겨우 수백기를 거느리고 주야로 달려 본국으로 달아나거늘, 원수가 이에 군을 몰아 감숙 등처 사십여 성을 회복하고 일변 牛羊(우양)을 많이 잡으며 술을 걸

*함매 : 옛날 행진할 때에 떠들지 못하도록 군사의 입에 하무를 물리던 일.

러 대소 삼군을 犒饋하고 金帛을 흩어 상사하며, 일변 첩서를 닦아 경사에 보하고 다시 군사를 정돈하여 토번을 향하여 進發하여 흡니 산하에 다다라 결진하니 이곳은 토번지경이러라.

각설, 북방 위납국왕 엄답이 매양 중원을 엿볼 마음이 있더니, 이때 명국이 토번의 난을 당함을 듣고 이에 기병하여 맹장 백여 원과 정병 팔십만을 거느려 변방을 침노하여 數月之間에 永平府 등 사십여 처 성지를 쳐 앗고 宣化府에 다다르니, 부 지킨 총병 장길이 급히 조정에 보하니, 상이 대경하사 만조 제신을 모아 의논 왈,

「이제 이국량이 토번을 멸치 못하였고, 또 엄단이 반하였으니 장차 어찌하리오.」

태학사 하언이 주왈,

「이제 적병이 선화부를 범하였사오니 이곳은 要衝之地라. 만일 실수함이 있사오면 北京이 震動하리니, 신의 愚見에는 어가가 親征하여 육군을 지휘하시면 士氣百倍하와 도적을 파함이 쉬울까 하나이다.」

상이 黙黙하시더니, 문득 일인이 출반 주왈,

「妖魔 엄답을 치려 하와 御駕가 친히 矢石을 무릅쓰시게 하오면 어이 조정에 있다 하오리이까. 신이 비록 재주가 없사오나 一枝軍을 주시오면 마땅히 엄답의 머리를 베어 폐하의 근심을 덜리이다.」

모두 보니 이는 吏部侍郎 花秀英이라, 상이 미처 답치 못하여서 또 일인이 부복 주왈,

「신이 약간 弓馬之才 있사오니, 원컨대 수영을 도와 선봉이 되고져 하나이다.」

하니, 이는 翰林編修 梅秀芳이라. 상이 대열하사 가라사

대,

「짐이 본대 경 등의 文武之才를 아나 이 도적은 가히 輕敵치 못할지라. 짐이 진정코져 한 바이니, 경 등은 힘을 다하여 짐을 도우라.」

하시고, 이에 상이 스스로 大元帥가 되시고 화수영으로 副元帥를 하이시고, 매수방으로 總兵指揮官으로 하이시고 경태로 副先鋒을 하이시고, 禦營軍 삼십만을 조발하라 하시며 太學士 하언과 吏部尙書 이목으로 도성을 지키라 하시고 擇日出師하실새, 만조 백관이 황성 십리 밖에 나와 어가를 이별할새 이상서가 화원수의 손을 잡고 왈,

「노부 군으로 더불어 매일 一府中에 모이매 범사에 군의 協贊한 힘을 입었으며, 또 아자를 대한 듯 정의 자연 깊었더니, 이제 군이 自願出戰하니 군의 文武之略으로 그 성공함은 노부가 십분 믿음이 있거니와 저 북방 오랑캐는 성품이 强悍하여 다만 威武로 제어치 못하리니, 군은 부디 인덕으로써 그 마음을 항복받고 수이 聖駕를 뫼셔 돌아옴을 바라노라.」

화원수가 이 말을 듣고 마음에 크게 흠복하여 공경 대왈,

「소자가 비록 연유하오나 어찌 다만 血氣之勇으로 도적을 치리이까. 대인의 가르치시는 말씀은 이 곧 석일 諸葛武侯가 남만 孟獲을 항복받던 계책이오니, 소자가 불민하오나 마땅히 존명을 肺腑에 새겨 봉행하리이다.」

상서가 더욱 사랑하여 그 손을 어루만지며 왈,

「군은 짐짓 聰明男子로다.」

하며 차마 놓지 못하더니, 행군북을 세 번 울리매 대소

삼군이 일시에 떠날새, 화원수가 이상서께 하직하고 말께 올라 행하니 旌旗는 蔽日하고 鼓角은 暄天하여 수백 리에 연하였더라.

여러 날 만에 대군이 선화부에 이르니, 총병 장길이 성문을 크게 열어 어가를 맞아들어가 安寧 후, 상이 적진 동정을 물으신대, 장길이 대왈,

「엄답이 군사를 나누어 각처 군현을 擄掠하오며, 그 대진은 북문 밖 삼십리에 下寨하였나이다.」

하거늘, 상이 이에 부원수 화수영을 명하사 檄文을 지어 적진에 보내라 하시니 원수가 즉시 龍榻하에 엎디어 一筆揮之하여 격문을 지어올리니, 기문 왈,

「대명 황제는 위납국왕 엄답에게 수행서를 전하나니, 짐이 조종의 대업을 이어 四夷를 鎭撫하매, 각방 추장이 王廷에 賓服치 아닐 이 없거늘, 홀로 너 엄답이 덕화를 모르고 조공을 폐하여 신절을 닦지 아니하되, 짐이 생령을 위하여 興師問罪치 아니하였더니, 이제 너 엄답이 無故히 동병하여 天威를 거스리니 그 죄상이 어떻다 하리오. 이제 짐이 육사를 통솔하여 이에 왔나니 猛將은 如雲하고 謀士는 如雨리니, 너 엄답이 두렵지 아니한다. 네 손을 묶어 성하에 나아와 항복하면 짐이 상천 好生之德을 본받아 너의 一縷殘命을 容待할 뿐 아니라, 또한 王爵을 허하여 북방의 부귀를 世世히 누리게 하려니와 만일 그렇지 아니하면 한 번 북쳐 너희를 소멸하고 두 번 북쳐 너의 窟穴을 掃蕩하리니, 너 엄답은 익히 생각하여 進退를 정하라.」

하였더라.

상이 보시고 그 문사를 크게 칭찬하시며, 즉시 사자를

부려 적진에 보내시니라.
　이때 엄답이 奮然하여 선화의 관하 수십군을 쳐 얻고 意氣揚揚하더니, 명제 친정함을 듣고 각처 병마를 모으더니 사자가 이르러 檄書를 전하거늘, 받아 보고 대로하여 사자를 꾸짖어 보내고, 그 아내 소낭자를 돌아보아 왈,
　「이제 명황제 이르렀으니 무슨 계교로써 파하리오.」
　소낭자가 대왈,
　「대왕은 근심치 마르소서. 첩이 마땅히 명일에 한 번 싸워 명제를 사로잡아 오리이다.」
　엄답이 대희하여 즉시 대군을 거느려 나아와 선화부 십리 밖에 결진하고 싸움을 청하거늘, 익일 평명에 천자가 육군을 거느려 성 밖에 나와 營寨를 세우시고 친히 말을 내시니, 이때 엄답이 소낭자와 일반 중장을 데리고 진문에 나와 명진을 바라보니, 운당 寶蓋와 龍鳳旗幡이 좌우에 나열하고 어영군이 위의를 갖추어 호위하였는데, 명황제 머리에 翼善冠을 착하시고 몸에 袞龍袍를 입으시고, 우수에 珊瑚鞭을 잡으시고, 좌수에 玉笏을 쥐었으니 龍鳳之姿와 天日之表가 짐짓 太平天子의 상이요, 우편 문이 열리는 곳에 白旄黃鉞이 벌려 서고 일위 소년 대장이 머리에 紫金束髮冠을 쓰고 몸에 隱身甲에 紅金袍를 껴입고, 허리에 白玉帶를 띠고 우수에 삼척자전금을 들고 좌수에 白玉如意를 쥐었으니, 신장은 사척이요 백설 같은 두 귀에 녹발이 덮였으니, 은은한 검은 구름이 빗겼는 듯 秋水兩眼은 洞庭新月이 霜光을 사양하고 八字蛾眉는 春山和氣를 띠었으며, 양협은 홍도화가 춘풍에 무르녹고 丹脣은 오월 앵도가 아침 이슬에 붉었으며, 뚜

렷한 용광은 秋天明月(추천명월)이 동산에 솟은 듯 찬란한 광채는 모란화가 朝陽(조양)에 어리었으니, 東晉(동진) 시절에 어버이의 위태함을 구하려 하여 두증의 군사를 충살하던 순관이 아니면 唐高祖(당고조) 때에 娘子軍(낭자군)을 거느리고 수나라를 치던 平壤公主(평양공주)이니, 이는 부원수 화수영이요, 그 곁에 또 일위 소년 장군이 머리에 紫金(자금)투구를 빗겨쓰고 몸에 五色安寧甲(오색안녕갑)에 綠金戰袍(녹금전포)를 껴입고 손에 雪花槍(설화창)을 들었으니, 얼굴은 崑山白玉(곤산백옥)을 깎은 듯, 샛별 같은 두 눈은 水湖兩眼(수호양안)이 서채를 부끄리며 遠山兩眉(원산양미)는 一代畵工(일대화공)이 彩筆(채필)로 그린 듯, 잠간 은은히 살기를 띠어 찡그리는 듯 五尺香身(오척향신)에 일만 가지 고운 것을 띠었으니, 수나라 세상에 어버이를 대신하여 변방에 출전하던 玉蘭(옥란)이 아니면 唐玄宗(당현종) 시절에 安綠山(안녹산)을 치던 육가고라.

이때 명진 장졸이 적진을 바라보니, 엄담이 머리에 적금투구를 쓰고 몸에 철갑을 입고 손에 철창을 들었으니, 상모가 당당하고 위풍이 늠름하며 그 곁에 일위 여장이 머리에 붉은 마락이를 쓰고 몸에 협수전포를 입었으며, 손에 三尺寶刀(삼척보도)를 잡았으니 沈魚落雁之容(침어낙안지용)과 閉月羞花之態(폐월수화지태) 사람의 안목을 炫煌(현황)케 하니, 三國(삼국) 시절에 諸葛武侯(제갈무후)를 황거하던 祝融夫人(축융부인)이 어이 당하리오. 이 분명히 남방을 진압하던 金山夫人(금산부인)이 更生(갱생)함이러라.

차시 천자가 珊瑚鞭(산호편)을 들어 엄담을 가리켜 꾸짖어 왈, 「짐이 너를 禮待(예대)함이 밝지 아니커늘, 이제 네 무단히 군사를 일으켜 생민을 塗炭(도탄)케 하니 그 죄 어찌 誅戮(주륙)을 면하리오마는 네 지금이라도 만일 항복하면 짐이 특별히 용서하리라.」

엄담이 대소 왈,

「무릇 천하는 한 사람의 천하가 아니요, 천하 사람의 천하이니, 朱氏 어이 홀로 누리리오. 내 이제 應天順人하여 주씨를 멸하고 백성을 건지고져 하노니, 그대는 빨리 항복하여 天命을 거역치 말라.」

하거늘, 상이 대로하사 좌우를 돌아보사 왈,

「뉘 저 도적을 잡아 짐의 분함을 풀게 할꼬.」

언미필에 한 장수가 내달아 왈,

「폐하는 근심치 마르소서. 신이 먼저 적장의 머리를 베어 오리이다.」

하니, 이는 좌장군 두충이라. 칼을 둘러 바로 엄답을 취하니, 엄답의 등 뒤로서 한 장수가 창을 들고 내달아 맞아 싸워 십여 합에 두충을 베어 내리치니, 이는 적진 선봉장 야률흡이라. 명진중에서 또 한 장수 칼을 춤추어 내달아 야률흡과 싸우니, 이는 편장군 유홍이라. 불과 수합에 야률흡이 대호 일성에 유홍을 찔러 마하에 내리치고 往來馳騁하거늘, 이때 梅摠兵이 憤氣大發하여 설화창을 두르며 내몰아 야률흡을 취하여 십여 합에 매총병이 창을 날려 야률흡의 가슴을 찔러 내리치니, 적진 부선봉 납찰이 철퇴를 두르며 내달아 매총병과 싸워 삼십여 합에 찰이 크게 한 소리를 지르고 철퇴를 들어 매총병을 치거늘, 매총병이 급히 몸을 기울여 피하고 창을 날려 납찰의 왼편 어깨를 찔러 마하에 내리치고 다시 한 창으로 찔러 죽이니, 엄답이 대로하여 철창을 두르며 매총병을 취하여 대전 팔십여 합에 不分勝負라.

소낭자가 엄답이 이기지 못함을 보고 보도를 춤추어 내달아 협공하거늘, 화원수가 행여 매총병이 실수할까 저허하여 자전금을 두르며 바로 소낭자를 취하여 오십여 합에 이르러는 소낭자가 우수로 칼을 들어 자전금을 막으며 좌수로 방울을 내어 흔드니, 문득 왕풍이 대작하여 飛沙走石하며 黑雲濃霧가 사면에 자욱하며, 무수한 神兵鬼卒이 공중으로 내려와 명진을 시살하니, 명진 장졸이 황망하여 아무리할 줄 모르는지라.

화원수 대경하여 급히 좌수에 들었던 玉如意를 공중을 향하여 던지니, 홀연 일성 벽력이 일어나는 곳에 바람이 그치고 운무가 사라지며 허다한 신병이 간 데 없는지라.

소낭자가 대경하여 급히 말을 돌려 본진으로 돌아가니, 원수가 따르지 아니하고 또한 쟁 쳐 매총병을 거두니, 엄답이 싸우지 아니코 돌아가니라.

이때 상이 군을 거두어 성에 들어가 화원수와 매총병을 불러 친히 옥배에 香醞을 부어 양인을 권하며 가라사대,

「경 등의 용맹과 재주는 當世無雙이니, 짐이 무슨 근심이 있으리오.」

하시고, 이에 원수의 벼슬을 돋우어 兵部尚書 겸 都察院 左都御史를 하이시고 총병으로 兵部侍郞 겸 都察院 右副 都御史를 하이시니, 양인이 굳이 사양하되 상이 不允하시니 마지 못하여 사은하고 물러나니라.

차설, 소낭자 엄답더러 왈,

「명장 화수영과 매수방은 비상한 인물이니 힘으로 잡지 못하리니, 여차하여 선화부를 先破하고 명제를 먼저 사로잡으리라.」

하고, 이에 좌장군 목탑을 불러 오천군을 거느려 소낭자의 기호를 가지고서 산 소로조차 가만히 가 大同府를 엄습하라 하다.

이때 상이 제장으로 더불어 도적 파할 묘책을 의논하시
니, 문득 探馬(탐마)가 보하되 「적장 소낭자가 대동부를 엄습
하매 급함이 시각에 있다」하거늘, 상이 대경 왈,

「대동부는 우리 양초가 싸인 곳이니, 만일 이곳을 잃
으면 대사가 낭패하리니 바삐 구하리라.」

하시고, 원수를 돌아보사 왈,

「경 곧 아니면 소낭자를 당치 못하리니, 한 번 수고를
아끼지 말라.」

원수가 개연히 수명하는지라. 매총병이 나와 주왈,

「신이 원컨대 원수와 함께 가 소낭자를 생금하여 오리
이다.」

상이 대희하사 허하시니, 양인이 이에 삼천군을 거느
려 대동부로 향하니라.

이때 엄답이 명진 동정을 살피더니, 세작이 보하되「명
장 화수영과 매수방이 삼천군을 거느려 대동부로 가다」
하거늘 소낭자가 대희 왈,

「이제는 선화부를 파함이 손바닥 뒤침 같으리라.」

하고, 이에 선봉장 첩홀을 불러 왈,

「너는 오천군을 거느려 선화부 동문 밖에 매복하였다
가 북문에 불 일어남을 보고 일시에 雲梯(운제)를 놓고 성을
넘어 들어가 시살하라.」

하고, 엄답을 돌아보아 왈,

「대왕은 오천군을 거느려 남문 밖에 매복하였다가 또
한 북문에 불 일어남을 보아 성을 파하소서.」

하고, 이날 밤 삼경에 소낭자가 오천군을 거느려 북문 밖
에 이르러 가만히 방울을 내어 흔드니, 모진 바람이 일
어나고 검은 안개 사면에 자욱하며 무수한 神將(신장)이 鬼卒(귀졸)

을 거느려 성중으로 향하거늘, 소낭자가 군사를 호령하여 일시에 불을 지르며 성문을 깨치고 달려드니, 명병이 不虞之變(불우지변)을 만나 서로 짓밟아 죽는지라.

이때 상이 대경하사 급히 어영군 수천을 거느려 대적코져 하시더니, 적병이 벌써 성중에 들어와 화광이 충천하며 함성이 대진하거늘 상이 倉皇罔措(창황망조)하시더니, 문득 보하되 「서문이 비었다」 하거늘, 상이 황망히 서문으로 달아나시더니, 수십리는 가서 망망한 대강이 앞을 가리웠고 한 척 배도 없는지라.

군신이 정히 着急(착급)하더니, 후면에 함성이 일어나며 소낭자가 대대인마를 거느려 이르러 사면으로 에워싸거늘, 총병 장길이 내달아 소낭자를 맞아 싸워 삼합이 못하여 소낭자의 칼이 빛나며 장길의 머리 마하에 떨어지는지라.

선봉장 경태 대로하여 창을 두르며 말을 놓아 소낭자로 더불어 어우러져 싸워 십여 합에 칼소리 쟁연하며 경태의 머리 금광을 좇아 떨어지니, 명진 장졸이 喪魂落膽(상혼낙담)하여 감히 싸울 자가 없는지라. 소낭자가 크게 외쳐 왈,

「명제는 빨리 항복하여 잔명을 보전하라.」

하니, 상이 방성 대곡하시고 좌우 제신이 서로 붙들고 통곡하니, 그 경색의 처량함을 차마 보지 못할러라.

각설, 화원수가 매시랑으로 더불어 군사를 거느려 대동부 성하에 이르러 보니, 적장은 소낭자가 아니요, 이에 첩목탑이라. 원수가 대로하여 말을 내몰아 첩목탑과 싸워 일합에 그 머리를 베니 여중이 四散奔潰(사산분궤)하거늘, 원수가 성에 들어가 쉬더니 익일 曉頭(효두)에 探馬(탐마)가 보하되,

「거야에 적병이 선화부를 함몰하고 천자는 어디로 가신지 모른다」 하거늘, 원수가 대경하여 매총병더러 왈,

「내 그릇 소낭자의 계교에 속아 이곳에 왔는지라. 이제 내 單騎(단기)로 먼저 가 황상을 구하리니, 사제는 군사를 거느려 뒤를 쫓아오라.」

하고, 급히 말을 달려 선화부를 향하여 오더니, 길에서 피란하는 백성을 만나 천자의 소식을 물으니 대답하되,

「작야 삼경에 적병이 선화부를 파하매, 천자가 서문을 나 백하로 가셨다.」

하거늘, 원수가 이 말을 듣고 천지 아득하여 빨리 행하여 백하에 다다르니, 과연 천자가 여러 겹에 싸여 십분 위태하신지라.

원수가 분노하여 소리를 크게 지르며 자전금을 둘러 적진을 짓쳐들어가며 적장과 적졸을 썩은 풀 베듯 하니, 적진 장졸이 不虞之變(불우지변)을 만나 사면으로 흩어지는지라.

적장 첩목탑이 대로하여 창을 둘러 원수를 맞아 싸워 사오합에 원수의 칼이 빛나며 첩목탑의 머리 땅에 떨어지니, 소낭자와 엄답이 이를 보고 憤氣衝天(분기충천)하여 일시에 내달아 원수와 더불어 싸우더니, 문득 함성이 대진하며 매총병의 군마가 이르러 엄살하니 소낭자와 엄답이 군을 거두어 돌아가거늘, 원수와 총병이 천자를 구하여 뫼시고 대동부로 향하여 갈새 헤어졌던 장졸이 찾아 모이거늘, 성에 들어가 군마를 정돈하고 상이 원수더러 왈,

「경은 하늘이 명실을 위하여 내신 사람이로다.」

하시고, 이에 그 벼슬을 文淵閣太學士(문연각태학사) 겸 天下兵馬大都督(천하병마대도독)을 하이시고, 매총병으로 兵部尚書(병부상서) 겸 副都督(부도독)을 하이시고 금백을 후히 상사하시니, 양인이 고사하되 상이 불윤하시다.

도독이 이에 매도독으로 하여금 군사 십만을 거느리고

천자를 뫼셔 대동부를 지키라 하고 스스로 정병 오만을 이끌고 선화부성 십리 밖에 와 下寨(하채)하니라.

이때 소낭자가 엄답더러 왈,

「화수영은 짐짓 영웅이라. 가히 힘으로 잡지 못하리니, 첩이 마땅히 금야에 명진에 들어가 그 머리를 취하여 오리이다.」

하니, 엄답이 대희하며 부디 조심함을 당부하니, 소낭자가 응낙코 이날 밤 삼경에 寶刀(보도)를 끼고 一陣淸風(일진청풍)이 되어 명진으로 향하니라.

차시 도독이 장중에 앉아 서안을 의지하여 병서를 潛心(잠심)하더니, 문득 한 까치 월색을 띠어 장 밖에 와 세 번 울고 날아가거늘 괴이히 여겨 소매 안으로 한과를 얻고 미소하며 앉아 기다리더니, 삼경은 하여 홀연 일진 청풍이 장을 걷어치며 일위 미인이 표연히 들어와 서며 삼척 보도를 들고 크게 소리하여 왈,

「화수영아, 내 칼을 받으라.」

하며 달려들거늘, 도독이 몸을 일어 자전금을 들어 어우러져 싸우다가 두 사람이 장 밖으로 나가 공중에 올라 오십여 합을 싸우니, 이때 월색은 명랑한데 다만 두 줄 무지개 반공에 뻗쳤으며 칼소리만 쟁쟁하더라.

도독이 정신을 가다듬어 다시 육십여 합에 이르러는 좌수에 玉如意(옥여의)를 날려 소낭자를 향하여 던지니, 이는 太上老君(태상노군)의 지극한 보배라. 상광이 찬란하여 사람의 안목을 현황케 하는지라.

소낭자가 정신이 어쑬하여 미처 손을 놀리지 못하여 왼편 어깨를 맞아 땅에 떨어지거늘, 도독이 급히 내려와 소낭자를 붙들어 일으키며 왈,

「낭자는 소장의 無禮(무례)함을 용서하라.」

하고, 인하여 그 손을 잡고 함께 장중에 들어가 술을 내와 그 놀래임을 진정케 하며 무수히 위로하니, 소낭자가 도독의 意氣(의기)와 仁德(인덕)을 感服(감복)하여 땅에 엎디어 눈물을 흘리며 머리를 두드려 왈,

「첩이 장군의 천신 같은 위엄을 아지 못하고 범하였사오니, 그 죄 일만번 죽어도 아깝지 아니하옵거늘, 이제 대덕을 드리우나 잔명을 사르시니, 첩이 목석이 아니어든 어이 감격치 아니리이까.」

하며 누수가 여우하는지라. 도독이 그 손을 잡고 왈,

「그대의 聰明才質(총명재질)로 어이 天時(천시)를 모르리오. 바라건대 그대는 돌아가 가군을 달래어 일찌기 귀순하면 우리 성천자가 그 죄를 사하시고 북방 왕작의 부귀를 대대로 누리게 하시리니, 어이 아름답지 아니리오.」

하고, 이에 말을 가져 소낭을 태워 돌아보내니, 소낭자가 再拜叩頭(재배고두)하여 무수히 사례하고 말께 올라 본진으로 돌아가니라.

이때 엄답이 소낭자를 명진에 보내고 돌아오기를 기다리더니, 날이 새도록 소식이 없는지라. 정히 민망히 여기더니, 평명에 소낭자가 돌아와 지난 바 일을 이르고 항복함을 권하니 엄답이 또한 도독의 威德(위덕)을 감복하여 대소 장졸을 거느리고 소낭자와 더불어 진문 밖에 와 항복하거늘, 도독이 대희하여 친히 나와 맞아 진중에 들어가 대연을 배설하여 즐기며 일변 이 사연을 대동부에 보하니, 상이 대열하사 매도독으로 더불어 삼군을 거느려 이르시니, 화도독이 엄답과 소낭자를 데리고 원문 밖에 나와 맞아 들어가니 상이 도독의 성공함을 치하하시고 엄

답과 소낭자를 좋은 말씀으로 開諭(개유)하시니, 엄답과 소낭자가 황은을 더욱 감읍하고 이에 도독으로 더불어 상을 뫼시고 선화부에 들어가 대연을 베퍼 삼일을 즐긴 후, 상이 금백을 많이 흩어 엄답의 장졸을 주시고 엄답을 봉하여 北平王(북평왕)을 삼으시고, 소낭자를 성명을 주어 朱玉娘(주옥랑)이라 하고 북평왕비를 봉하시니, 엄답과 옥랑이 황은을 못내 축사하며 대소 장졸의 즐기는 소리 우뢰 같더라.

　상이 이에 장길의 아우 장철을 배하여 선화부총병을 삼으시고 백하가에 장길과 경태의 비를 세워 그 충절을 표하시고, 그 벼슬을 추증하여 다 兵部尙書(병부상서)를 하이시고 선화부 성밖에 두충과 유홍의 비를 세워 그 열절을 표장하시고, 또한 다 工部尙書(공부상서)를 추증하시고 장길 등 사인의 자손을 重用(중용)하라 하시고 수일을 머무신 후 환궁하실새, 엄답과 주옥랑이 멀리 나와 천자께 배별하고, 또 화양모독과 작별할새, 옥랑이 화도독의 소매를 붙들고 처연 타루 왈,

「첩이 비록 북방에 생장하였사오나 약간 옛글을 읽어 인의를 아옵더니, 이제 장군의 후덕을 입사와 목숨을 보전할 뿐 아니오라 부부가 부귀 영화를 누리게 하시오니, 첩의 부부가 장차 무엇으로 도독의 대은을 갚사오며, 이제 또 이별을 당하오니 어느 날 다시 尊顔(존안)을 瞻拜(첨배)하리이까.」

도독이 또한 처연 왈,

「이는 다 황상의 대덕이라. 어찌 소장에게 사례할 바가 있사오며, 다만 바라건대 그대는 신절을 지켜 변방을 진무하여 양국 백성으로 하여금 太平(태평)의 복을 받게 하면 이만 다행함이 없으리니, 복은 다만 이로써 부

탁하노라.」

엄답과 옥랑이 더욱 그 말씀을 탄복하더라.

차시 천자가 회군하여 여러 날 만에 북경에 돌아오사 군신의 進賀(진하)를 받으시고 잔치를 베퍼 정히 즐기시더니, 문득 보하되 「평서대원수 이국량의 첩서가 왔다」하거늘, 상이 반기사 급히 떼어 보시니, 대략 토번을 여러 번 쳐 파하매 토번이 항복하거늘, 班師(반사)하여 돌아오는 표문이라. 상이 대희하사 이상서를 돌아보사 국량의 공을 칭찬하시며 못내 기뻐하시더라.

선시에 이원수가 토번지경에 이르니, 토번왕 상결타가 여러 번 싸워 패하매 능히 당치 못할 줄 알고 이에 제신을 거느려 肉袒負荊(육단부형)*하고 轅門(원문)에 나아와 항복하며 죽기를 청하거늘, 원수가 붙들어 일으켜 장상에 올려 앉히고 술을 내와 권하며 천자의 威德(위덕)을 자세히 이르니, 토번왕이 살을 껶어 다시 반치 아니함을 맹서하고 원수를 청하여 궁에 들어가 대연을 배설하여 삼일을 즐기고 원수가 반사할새, 토번왕이 십리 밖에 나와 전송하며 또 사신을 보내어 천자께 사죄하는 表文(표문)과 方物(방물)을 올리게 하니, 원수가 토번왕을 작별하고 일변 첩서를 닦아 경사에 보하고 행군하여 수월 만에 북경에 이르니, 상이 원수의 돌아옴을 들으시고 친히 西郊(서교)에 나와 원수의 대군을 맞아 들어가사 대연을 배설하여 西征將卒(서정장졸)과 北征諸軍(북정제군)을 대접하여 종일토록 즐기시고 파조하매, 원수가 부중에 돌아오니 상서가 부부를 붙들고 一喜一悲(일희일비)하여 서로 지낸 일을 말씀할새, 원수가 화상서의 아자 수영이란 말을 듣고 심중에 의혹 왈,

* 육단부형: 웃옷 한쪽을 벗고 등에 형장을 지고 가는 일. 곧 사죄의 뜻.

「화상서가 다만 일자 일녀뿐이어늘 이 어인 일인고.」
하며, 이튿날 원수가 화도독의 부중에 이르니 도독이 맞
아 승당하여 禮畢坐定 후, 원수가 몸을 일어 칭사 왈,
「소제 석년에 영존대인의 애휼하신 애덕을 입어 귀댁
에 수년을 머물렀사오며, 그 千金小嬌로써 허혼하시오니
그 은혜를 소제 銘感하옵더니, 소제의 박복함으로 영
존대인이 기세하신 후 가내에 무슨 사고가 있어 소제
가 귀댁을 떠났사오며, 그 후에 소제 천은을 입사와 몸
이 榮貴하였삽기로 전 언약을 이루고져 하와 귀댁에
나아가온즉, 영매 벌써 세상을 버렸다 하오니 소제의
슬픈 마음이 이 때까지 걷잡지 못하오며, 현형이 소제
의 실산한 노모를 찾아 소제로 하여금 窮天之恨을 면
케 하오니 현형의 대은을 장차 무엇으로 갚사오며, 또
현형이 소년영재로 文武榜을 장원하옵고 强悍한 北奴
를 파하여 공이 사직을 붙들고 이름이 사해에 震動하
오니, 소제 위하와 그 치하하올 바를 아지 못하오며,
이제 또 존안을 상대하오니 先相公을 다시 뵈온 듯 그
반가움이 그지없사오며, 또 감히 묻나니 선상공이 다
만 영매와 영제 수악만 두어 계시거늘, 이제 현형이
그 영랑이라 하오니 소제 그윽이 의심하는 마음이 없
지 아니하오이다.」
설파에 기색이 처량하며 일쌍 봉안에 누수가 어리어 자
주 소매를 들어 씻는지라. 화도독이 그 자기를 생각하여
슬허함인 줄 알고 마음에 또한 비창하나 사색치 아니하
고 손을 들어 손사 왈,
「令大夫人을 뫼셔옴은 이는 구의를 생각하옴이요, 현
형의 복이오니 족히 사례할 바가 없사오며, 북노를 파

함은 성천자의 威武所及이오며 제장의 공이오니 소제
무슨 수고함이 있다 하오며, 소제 어려서 모친을 여의
옵고 외가에 생장하였삽기로 일찍 현형을 만나지 못
하였사오며, 선부가 기세하신 후 집에 돌아오매 현형
이 벌써 폐사를 떠났사오며, 그 후에 소제 산중에 들
어가 공부하옵다가 科行으로 경사에 온즉 현형이 이
미 출정하였음으로 또 상봉치 못하옴이요. 지어 小妹
의 早夭하옴은 이 또한 저의 命數이오니, 일러 無益일
까 하노이다.」

하고, 인하여 시자를 명하여 주찬을 내와 권하거늘, 원
수가 다시 묻지 못하고 서로 잔을 잡아 말씀하더니, 문
득 보하되,

「매시랑이 오시나이다.」

하며 언미필에 매방이 들어오거늘, 양인이 일어 맞아
좌정 후 원수 눈을 들어 살펴보니 그 면모가 심히 익은
지라, 심중에 疑訝하며 도독을 향하여 문왈,

「이 아니 현형과 同榜及第하고 함께 北征하였던 매도
독이시냐.」

화도독이 대왈,

「연하여이다.」

원수가 이에 매도독을 향하여 그 공을 치하하니, 매
도독이 손사하고 또한 원수의 西征한 공로를 치하하며
삼인이 서로 술을 내와 즐길새, 원수가 매도독의 성음을
들으니 이 분명한 화소저의 시비 梅娘이라. 심중에 大
驚疑惑하나 감히 묻지 못하고 날이 저물매, 원수가 이인
을 작별하고 돌아가니라.

명일 천자가 자신전에 전좌하시고 제장을 차례로 봉작

하실새, 화수영으로 燕王(연왕)을 봉하시고 식읍 일만호를 사급하시며, 그 부친 만수를 王爵(왕작)을 追贈(추증)하시고 모친 우씨로 왕비를 추증하시며, 이국량으로 楚王(초왕)을 봉하시고 그 부친 이목으로 楚國公(초국공)을 봉하시고 모친 유씨로 楚國王大妃(초국왕대비)를 봉하시며, 매수방으로 北平侯(북평후)를 봉하시고 식읍 오천호를 사급하시며, 방준도로 西平侯(서평후)를 봉하시고 식읍 오천호를 주시며, 각각 노비 천구를 분급하시고 기여 제장은 다 벼슬을 돋우시고 대소 삼군은 金銀綵帛(금은채백)을 많이 나누어 주시니, 모두 만세를 불러 즐기더라.

이때 연왕과 초왕이며 북평, 서평후가 天陛(천폐)에 머리를 두드려 굳이 벼슬을 사양하되 상이 불윤하시니, 마지못하여 모두 물러나다.

이날 밤에 燕王(연왕)이 北平侯(북평후)더러 왈,

「우리 당초에 선생의 명을 받아 산에 내려와 부귀 인신에 극한지라. 어찌 종래 군부를 속이며 또 부명을 어기어 이랑을 저버리리오. 이제 마땅히 상소하여 황씨의 처분을 기다리리라.」

하니, 북평후가 이윽히 생각하다가 왈,

「사형의 말씀이 당연하여이다.」

하고, 이에 양인이 표를 닦아 용탑하에 올리니라.

익일에 상이 다시 출전 제공신을 궁중에 모으사 잔치를 베풀어 즐기시더니, 좌우가 연왕과 북평후의 상소를 올리거늘 상이 괴이히 여기사 翰林學士(한림학사)를 명하사 먼저 연왕의 소를 읽으라 하시니, 기소에 왈,

「모년월일에 문연각 태학사 겸 병부상서 연왕 신 화수영은 돈수 백배하옵고 삼가 일장표를 萬世皇爺(만세황야) 용탑하에 올리옵나니, 伏維(복유) 臣妾(신첩)이 명도 기구하와 어려 자

모를 여의옵고 노부를 의지하와 세월을 보내옵더니, 신첩의 나이 겨우 십육세에 아비 또 세상을 버리옵고 가중에 괴이한 변이 있삽기로 남복을 改着(개착)하옵고 집을 떠나 태화산 숭녕관에 들어가 벽하선자의 제자가 되어 병법과 검술을 공부하고 선생의 명을 받자와 산에 내려 외람히 文武榜(문무방)에 참례하옵고, 또 성상을 뫼셔 전진에 驅馳(구치)하와 비록 촌공이 있사오나 이는 다 폐하의 如天洪福(여천홍복)이오며 제장의 汗馬之力(한마지력)이옵거늘, 이제 또 왕작을 입사오니 신첩의 몸에 복이 손할까 두리오며, 또 신첩이 陰陽變體(음양변체)하온 죄 萬死無惜(만사무석)이오니 복망성상은 欺君之罪(기군지죄)를 다스리시고 전후 직첩을 환수하사 타인을 징계하시며 조강을 엄숙히 하옵소서.」

하였더라.

상이 듣기를 다하시고 크게 신기히 여기시며 또 이수빙의 표를 읽으라 하시니, 기문에 왈,

「병부시랑 겸 도찰원 우부도어사 북평후 신 매수방은 돈수 백배하옵고 성상 옥탑하에 한 장 소를 올리옵나니, 신첩은 본대 화부 천비라. 어려서부터 수영소저를 뫼셔 이름은 노주이오나 정의는 골육과 같삽더니, 신첩의 주인 전 이부상서 화만수가 초왕 신 이국량이 부모를 실산하옵고 도로에 유리하올 때에 그 영웅임을 알아보옵고 거두어 글을 가르치오며 또 수영소저의 百年佳耦(백년가우)를 정하였삽더니, 화문이 불행하와 상서가 기세하옵고 국량이 떠나온 후 또 기변이 있사오매 수영소저가 화를 피하와 문을 나오매 신첩이 소저를 뫼셔 또한 女化爲男(여화위남)하와 深山 道觀(심산 도관)에 舍兄舍弟(사형사제) 되옵고, 북새 풍진에 장수 되옴은 공명을 취코져 함이 아니요, 다

만 주인을 따라 의기를 중히 여김이오나 전후에 군부를 기망하온 죄 많사오니, 엎디어 바라옵건대 폐하는 신첩의 벼슬을 삭하시오며 그 죄를 다스리사 신첩의 종적이 얼올함이 없게 하소서.」

하였더라.

상이 듣기를 마치시고 제신을 돌아보사 왈,

「세상에 어이 이러한 여자 있을 줄 뜻하였으리오. 이는 하늘이 명실을 위하사 이 두 사람을 내심이로다.」

하시고, 즉시 批答(비답)을 내리시니, 하였으되,

「경 등은 양인의 표를 보니 이는 천고에 희한한 일이로다. 경 등이 사직의 대공이 있거늘 무슨 청죄함이 있으며, 또 짐의 갚음이 박하거늘 어찌 봉작을 사양함이 있으리오. 경 등은 安心察職(안심찰직)하며 존당에 대사가 있거든 남복으로 조반에 오르고, 소사가 얻은 부중에서 處決(처결)하라.」

하시니, 양인이 성지를 받자와 더욱 황공하여 여러 번 상소사직하되 상이 終不允(종불윤)하시니, 양인이 마지 못하여 상표 사은하니라.

이때 상이 초왕부자를 명초하사 연왕의 표를 뵈이시며 크게 칭찬하시니, 초왕이 이에 화상서를 만나 그 집에 머물던 일과 음양옥지환으로 신물을 삼아 정혼하던 일이며, 그 후에 화를 피하여 그 집을 떠나던 전후 수말을 고하온대, 상이 차탄하심을 마지 아니시고 가라사대,

「경은 마땅히 연왕과 옛언약을 이루려니와 북평후는 아직 정혼한 곳이 없는지라. 짐이 생각건대 서평후 방준도가 또한 당세 영웅이니, 가히 북평후의 배필이 될 것이매 짐이 마땅히 중매하리라.」

하시니, 초왕이 사은하고 성교 지당하심을 아뢴대, 상이 이에 하조하사 북평후와 서평후의 혼사를 말씀하시고 인하여 欽天監(흠천감)으로 하여금 택일하라 하시니, 길일이 三月(삼월) 望間(망간)이며 또한 동일이라. 만조 제신이 성덕을 칭송하더라.

길일이 다다르매 초왕과 서평후가 위의를 갖추어 연왕과 북평후와 더불어 성례하니, 사인의 아름다운 일을 뉘 아니 欽歎(흠탄)하리오.

이날 상이 황봉어주와 금은채단을 사인에게 많이 상사하시니 그 영총이 비할 데 없더라. 사인이 각각 표를 올려 황은을 축사하니라.

그 후에 연왕이 사람을 보내어 그 계모 유시와 수악공자를 데려오니, 유씨 전사를 뉘우치며 연왕을 사랑함을 마지 아니터니, 명년 춘에 수악이 등과하여 벼슬이 한림학사를 배하니 그 부귀 또한 거룩하더라.

이때 상이 광산도사와 벽하선자의 공을 생각하사 사당을 세워 수시로 치제하시니라.

그 후 연왕은 오자 삼녀를 생하고 북평후는 사자 이녀를 생하며, 초왕과 서평후부부 각기 九十享壽(구십향수)하고 그 자손이 모두 부귀 영화가 면면하더라.

〈활판본〉

● 編著者 略歷

金起東 : 東國大學校卒. 文學博士
　　　　前 東國大學校 敎授
　　　　主著「韓國古典小說硏究」

全圭泰 : 延世大學校卒. 文學博士
　　　　現 全州大學校 敎授
　　　　主著「高麗歌謠의 硏究」

장익성전·금강취유기·음양옥지환
한국고전문학 100 ④

1994년 8월 10일 인쇄
1994년 8월 20일 발행

편저자　김 기 동
　　　　전 규 태
발행인　최 석 로
발행처　서 문 당
서울특별시 마포구 서교동 459-11
　　등록일자　1973. 10. 10.
　　등록번호　제7-69호
　　전　화　(322) 4916~8